LA TOILE DU MONDE

Après des études de philosophie, Antonin Varenne devient alpiniste du bâtiment puis charpentier, travaille en Islande, au Mexique, en Guyane et aux États-Unis où il écrit son premier roman, *Le Fruit de vos entrailles*, suivi de *Gâteau mexicain*. Avec *Fakirs*, il reçoit le Grand Prix Sang d'encre, le prix Michel-Lebrun et le Prix du meilleur polar des lecteurs de Points. *Le Mur, le Kabyle et le Marin* a reçu le Prix des lecteurs Quais du Polar/*20 Minutes*, le Prix du polar francophone et le prix Amila-Meckert. Il est également l'auteur de *Trois mille chevaux vapeur* et *Équateur*.

Paru au Livre de Poche :

ÉQUATEUR

TROIS MILLE CHEVAUX-VAPEUR

ANTONIN VARENNE

La Toile du monde

ROMAN

ALBIN MICHEL

ISBN : 978-2-253-07765-7 – 1re publication LGF

« Ce problème de dynamique rendait l'historien américain gravement perplexe. Il y avait eu un temps où la femme avait régné suprême ; en France, encore, elle semblait avoir conservé sa puissance et comme sentiment et comme force. L'Amérique, il était évident, avait honte d'elle, comme elle avait honte d'elle-même. La femelle américaine, telle que l'ont faite les revues illustrées, ne possédait plus un seul trait par lequel Adams ait pu la reconnaître. Fait notoire et souvent comique : quiconque avait été élevé parmi les puritains savait que le sexe, c'était le péché. Dans les âges passés, le sexe était la force, il n'avait besoin pour cela ni de l'art ni de la beauté. Tout le monde, même parmi les puritains, savait que ni la Diane d'Éphèse ni les déesses de l'Orient n'étaient adorées pour leur beauté. La déesse était déesse par sa force ; elle était la dynamo animée ; elle était la reproduction, la plus grande, la plus mystérieuse de toutes les énergies. »

Henry ADAMS, « La Dynamo et la Vierge »,
dans *L'Éducation d'Henry Adams* (1901)

« J'ai donné naissance au XXe siècle. »

Jack l'Éventreur, dans *From Hell*,
Alan MOORE et Eddie CAMPBELL

New York Tribune, *mars 1900*
De notre envoyée spéciale Aileen Bowman

LE VENT DE L'AVENIR

C'est à bord d'un paquebot français que nous avons embarqué, avec mille autres passagers, à destination de Paris bientôt illuminée de millions de lumières.

Le Touraine, par un hasard curieux, est le dernier vaisseau de la Compagnie générale transatlantique à être encore gréé. Ajoutées à la vapeur, ses voiles jettent leurs ombres rondes sur le pont métallique. Le coton des toiles, alors que nous voguons vers la plus grande Exposition universelle jamais imaginée, fait figure de vieille tradition, d'hommage à une ancienne marine et un ancien temps. Le blanc coton de notre Sud, richesse des empires, sur lequel roule le panache noir des cheminées à charbon. Le bruit du vent est couvert par le sifflement de la chaudière. Mais aussi différentes que soient les forces propulsant le Touraine, elles nous mènent ensemble. L'étrave du navire, sans faiblir, tranche les vagues de l'Atlantique.

Un vieil oncle – rude pionnier d'une époque disparue – avait coutume de me raconter l'héroïque conquête du continent américain. Il concluait ses récits, un sourire aux lèvres, par cette phrase devenue formule magique pour l'enfant que j'étais : « L'Amérique ne connaît qu'une seule direction, l'ouest ». Pourtant, durant les six prochains mois, les boussoles de la planète ne connaîtront plus qu'un pôle, un nord éphémère et brillant : Paris.

Cette traversée vers l'Europe, pour nous, citoyens de la jeune nation américaine, est un voyage vers les origines. De telles idées – ou peut-être les voiles du navire ? – font naître à bord un sentiment surprenant, en route vers cette gigantesque exhibition de nouvelles technologies : la nostalgie. Particulière émotion, attachée à un objet qui lui échappe, le passé déjà consumé. Si la mémoire était une pomme, la nostalgie serait le ver qui s'en nourrit et dévore sa demeure.

L'évidence est là : en célébrant un siècle neuf, nous refermerons la porte de celui dans lequel nous sommes nés. Une menace plane sur nos souvenirs : le progrès, dans son empressement, balayera-t-il notre mémoire ? Parmi les passagers du Touraine, tout le monde ne s'encombre pas de tels doutes.

Parmi les passagers, des entrepreneurs savent les enjeux de l'Exposition et sont décidés à y faire leur place. J'ai écouté les avis d'un fabricant de métiers à tisser, d'un propriétaire de scieries en Californie et d'un représentant en Pennsylvanie de la grande Standard Oil. Si variés que soient leurs domaines d'expertise, ces hommes avaient deux choses en commun : le même sourire quand je leur eus demandé ce qu'ils pensaient des voiles du paquebot et la volonté de ne pas se laisser impressionner par les ingénieurs européens. Ils citaient

Thomas Edison, fabuleux inventeur, étoile incontestable des grands noms de cette Exposition, qui à lui seul a déposé autant de brevets que dix entreprises allemandes, françaises et anglaises réunies. « Oui, m'ont-ils dit, nous allons à Paris pour faire des découvertes et des affaires. Mais ceux qui pensent que nous ne serons là-bas que des visiteurs ébahis se trompent. L'ouest du monde est américain désormais. Nous sommes des partenaires commerciaux à part entière de l'Europe. D'ailleurs, notre pays à lui seul est aussi grand que le Vieux Continent ! »

D'autres voyageurs s'irritent du paternalisme de la France, mais les Français ont aussi pour nous un surnom dont nous pouvons être fiers : ils nous appellent la « République sœur » des États-Unis d'Amérique, bourgeon des Républiques des Lumières. Cet héritage n'implique-t-il pas une responsabilité morale et politique ? Les États-Unis sont assez grands pour nous satisfaire de nous-mêmes et de notre marché intérieur, mais quel sens auraient les principes d'ouverture et de tolérance de notre Constitution si nous ne les appliquions qu'à nous-mêmes ? « Nous sommes à la hauteur de ces exigences et de ce défi », déclare l'homme d'affaires californien.

Pour preuve, symbolique et matérielle : notre engagement dans cet événement unique qu'est l'Exposition et le budget d'un million de dollars attribué par le Congrès, quatre fois plus important que celui investi dans la précédente Exposition de 1889 (marquée par la construction de la très fabuleuse tour de M. Eiffel). Notre pays sera aussi, en dehors de nos hôtes français, celui qui présentera le plus grand nombre d'œuvres d'art et d'artistes. Sans oublier les épouses de ces distingués entrepreneurs, habillées des plus belles robes de New York, Boston ou

Chicago, déterminées à prouver que la grande couture et le bon goût ne sont pas des monopoles parisiens.

Si en 1889 des rivalités historiques avaient retenu certains pays de participer à la célébration du centenaire de la Révolution française, cette Exposition de 1900 les réunira tous, sous le signe d'une nouvelle ère de collaboration. C'est le message et le ton des témoignages recueillis à bord du paquebot Touraine, français, mais déjà, en esprit, vaisseau international.

Sous ses lampes à pétrole charmantes et désuètes, les représentants de la nouvelle Amérique, enthousiastes et déterminés, ont rendez-vous avec le monde électrifié.

1

Aileen avait été accueillie à la table des hommes d'affaires comme une putain à un repas de famille, tolérée parce qu'elle était journaliste. Le premier dîner, dans le grand salon du luxueux *Touraine*, avait suffi à la convaincre qu'elle naviguait à bord d'une ménagerie, transportant les animaux et les clowns d'un cirque dont les vrais artistes étaient à bord d'un autre navire.

En sa présence, les maris n'avaient pas laissé leurs épouses parler. De peur sans doute qu'elles expriment, par sottise ou inadvertance, de la curiosité pour cette femelle scandaleuse : la socialiste du *New York Tribune*, la femme aux pantalons, Aileen Bowman la rousse.

Quand la conversation en était arrivée à Thomas Edison, elle avait rappelé la guerre des courants, l'alternatif de Tesla et le continu d'Edison, qui pour prouver les dangers de l'invention de son adversaire s'était fait le promoteur zélé de la chaise électrique de Brown et Southwick. Aileen avait demandé à la ronde si quelqu'un avait assisté à une démonstration d'Edison, quand il sillonnait les États-Unis avec une chaise électrique et des cages pleines de chiens et d'orangs-outangs, qu'il électrocutait au courant alternatif sur des champs de foire. Puis elle avait décrit l'exécution de William Kemmler au pénitencier d'Auburn – une première mondiale et l'un de ses premiers articles. La fumée qui s'échappait par les orifices du corps noirci du condamné, les claquements des tendons arrachés par les muscles tétanisés, l'odeur de la chair brûlée. Aileen avait déclaré qu'elle irait elle aussi, à Paris, écouter le phonographe d'Edison. L'Amérique devait exporter ses plus belles inventions.

Ensuite elle avait bu, ignorant leurs débats hostiles, et s'était distraite en dégrafant en pensée les robes des femmes. Elle avait imaginé leurs seins, de toutes les tailles, tous les âges et toutes les formes, se balançant au-dessus des assiettes de porcelaine fleurie au rythme du tangage. La jeune épouse de l'homme de la Standard Oil n'avait pas regardé qu'avec mépris les deux boutons ouverts du chemisier de la journaliste, se demandant peut-être à quoi ressemblait la poitrine d'une célibataire de trente-cinq ans qui n'a pas allaité d'enfant. Aileen se redressait quand elle croisait son regard. La jeune femme avait été le seul moment d'amour de cette soirée.

Le plus grand scandale de tous était sa solitude.

*

À son arrivée au Havre, Aileen attendit sur le pont, accoudée au bastingage, observant les passagers qui se précipitaient vers la gare d'où partaient les trains pour Paris.

Elle était plus impressionnée qu'elle ne l'avait

imaginé. Cette nostalgie, évoquée dans la chronique qu'elle télégraphierait aussitôt à terre, était-ce seulement la sienne ?

Ses parents avaient fait ce voyage dans l'autre sens, quarante ans plus tôt, sans savoir qu'ils se rencontreraient là-bas. Ils n'avaient jamais parlé de ce continent comme d'un endroit qu'ils souhaitaient revoir. Aileen suivait des traces qu'ils avaient tenté d'effacer.

Ils étaient morts cet hiver, l'un et l'autre en l'espace de quelques mois, comme si le siècle suivant leur avait été interdit, cette année 1900 la dernière qu'ils furent autorisés à vivre. Arthur d'abord, trop vieux et abîmé, puis Alexandra, incapable de continuer sans lui. Aileen avait pensé que sa mère deviendrait une veuve sereine, reconnaissante du temps passé, continuant seule. Que son énergie inépuisable la ferait tenir encore des années, gérant le ranch, menant ses combats politiques. Mais elle s'était éteinte aussitôt après Arthur. Un lien d'amour mortel.

Un an plus tôt, la tante Maria et l'oncle Pete avaient eux aussi quitté ce monde, soudés l'un à l'autre par le gel de l'Oregon.

Le ranch Fitzpatrick, fondé par ses parents, avait été dès ses débuts un refuge de migrants, de déserteurs et de fuyards, une tribu de hasards et d'adoptions. Sa tribu, balayée en une année. Dans cet Ouest qui usait les os et les dents, l'hiver fauchait allègrement les vieux pionniers fatigués.

Une somme impressionnante de disparitions et de souvenirs, qui tenaient dans une besace à son épaule et un petit sac de voyage à ses pieds sur le pont du *Touraine*, soudain trop lourd.

17

Le passé de son père était un mystère entretenu par le long silence qu'avait été sa vie. Comme les employés du ranch et les habitants de Carson City, elle ne connaissait que quelques bribes de sa carrière militaire ; ancien sergent de la Compagnie des Indes britanniques. Son corps et son visage étaient couverts de cicatrices terrifiantes. Des doigts lui manquaient. Mais son mutisme était le symptôme des vraies douleurs. Il avait été policier à Londres, après la Compagnie, puis avait embarqué sur un bateau pour l'Amérique. Avant qu'il rencontre Alexandra, Aileen imaginait son père comme un spectre errant sur Terre.

Alexandra et Arthur avaient bâti leur ranch au bord du lac Tahoe. Une propriété gagnée à la Sierra Nevada sauvage, prélevée sur des vieilles terres indiennes. Le ranch était tout ce qui avait survécu des grands rêves d'Alexandra l'idéaliste, une prison dorée pour les cauchemars d'Arthur le vétéran.

Pendant l'hiver 1865, à la fin de la guerre de Sécession plus acharnée, meurtrière et absurde que jamais, deux frères déserteurs, deux gamins en fuite à travers les montagnes, s'étaient cachés au ranch, recroquevillés dans la chaleur du fumier d'une grange : Oliver et Pete Ferguson. Les premiers d'une longue liste de marginaux, de petits criminels de la misère et de révoltés qui avaient passé ensuite au Fitzpatrick quelques jours, semaines ou plusieurs mois. Oliver et Pete, eux, étaient restés y vivre. Alexandra, l'utopiste, et Arthur Bowman, le vétéran sans sommeil, les avaient protégés et adoptés, une fois la guerre terminée. Aileen avait tout juste un an.

Pete Ferguson était devenu son oncle préféré, à

elle la princesse de ce royaume. Il détestait le monde entier, sauf son jeune frère et cette nièce qu'on lui avait inventée. L'oncle Pete brûlait et cassait tout ce qu'il touchait. Après s'être fait trop d'ennemis dans le comté, il avait fui le ranch. Il n'était revenu que trois ans plus tard d'un long voyage ; Aileen avait dix ans. Cette partie de sa vie, comme le passé d'Arthur Bowman, était devenue l'un des mystères qui faisaient la matière triste de cette communauté, cette famille d'incapables.

Pete était revenu avec une jambe estropiée, le corps fatigué, couvert non de cicatrices mais de tatouages. L'oncle Pete n'était pas revenu seul. Il s'appuyait sur l'épaule d'une toute petite Indienne parlant une langue inconnue, l'espagnol du Guatemala et un peu d'anglais. Maria, devenue la tante Maria, qui ne voulait pas de cette famille blanche. Pete et Maria, trop marginaux même pour le ranch, avaient trouvé refuge auprès d'autres Américains sans terre, dans le dernier refuge possible d'un déserteur et d'une exilée : une réserve indienne. Warm Springs, Oregon, où ils étaient morts tués par le gel.

L'oncle Oliver, lui, était resté au ranch avec sa femme Lylia et leurs trois enfants, ces *cousins* qu'Aileen connaissait à peine. Ils étaient devenus la branche de la famille qui avait pris racine, celle des notables dont la fortune, conforme au rêve américain, rendait les origines sans importance. Quand Aileen les avait vus pour la dernière fois, à l'enterrement d'Alexandra, ils s'étaient regardés de loin, chacun dans ses pensées et les nuages de vapeur de son souffle. C'étaient eux désormais qui géraient l'élevage et les terres.

Les frères Ferguson, sauvés par le ranch, avaient donné naissance à deux dynasties distinctes d'Américains ; l'une, en plus grand nombre, de solides entrepreneurs et défenseurs du droit de propriété, et l'autre, minoritaire, de nomades encerclés.

Après les funérailles de sa mère, Aileen, orpheline, était repartie pour New York avec un acte notarié – faisant d'elle une femme riche – et l'horrible sentiment que le ranch, le lac, les chevaux, Alexandra et Arthur eux-mêmes n'étaient plus qu'un rêve de gamine.

La nostalgie, d'abord douloureuse, finissait peut-être par devenir un remède, une fois le passé recyclé en oubli.

Le Havre était baigné de soleil, les grues se penchaient sur les bateaux à quai, il y avait foule et les maisons du front de mer, hautes et étroites, serrées les unes contre les autres, avaient des allures de danseuses de revue se tenant par les coudes, dans une danse folklorique un peu sage mais joyeuse. Aileen imagina les guiboles des maisons se lever bien haut pour montrer un peu de cuisses, de jarretelles et de culottes à la mer elle aussi trop sage. Le temps avait été parfait pendant la traversée, elle regrettait de ne pas arriver en France tout échevelée et le paquebot en désordre, après avoir affronté une colère de l'Atlantique.

Sur la passerelle de débarquement passait la femme du représentant de la Standard Oil. Aileen lui fit un signe de la main, la jeune épouse s'empêtra dans les plis de sa longue robe.

Elle décida que Paris attendrait un jour de plus. Elle passerait la nuit ici, mangerait dans le meilleur restaurant de la ville et dormirait dans une chambre avec vue sur le port.

*

La marée était haute et le soir venu la houle s'était creusée ; les vagues s'écrasaient sur la jetée, le vent soufflait des embruns gras de sel jusque sur les vitres des maisons, transportant un parfum d'algues et de granit éclaboussé. Aileen mangeait des fruits de mer avec les mains. Ses doigts mouillés laissaient des traces sur son verre de vin blanc. L'Exposition ouvrait ses portes dans moins d'une semaine, les restaurants et les hôtels étaient pleins jusqu'à deux cents kilomètres de Paris. Mais pour une femme seule on avait trouvé une chambre et dressé un coin de table. Ses dollars avaient été changés contre des francs.

Elle écoutait les clients et les serveurs, curieuse et surprise de les comprendre, inquiète de savoir si elle leur répondrait correctement. Elle n'avait jamais pratiqué le français qu'avec sa mère, née dans un village d'Alsace. Depuis sa disparition, Aileen s'efforçait de penser dans cette langue maternelle, de peur d'oublier celle qui la lui avait enseignée. D'avoir grandi quelque part où elles étaient seules à se comprendre, Aileen s'était rêvée la dernière gardienne d'un langage secret. Tout le monde ici le connaissait.

L'existence de cette France mystérieuse avait toujours confirmé ce que la petite Aileen supposait : qu'elle était une princesse venue d'un autre monde, et sa mère une magicienne qui avait choisi Arthur Bowman, le plus fort des hommes, pour mari sur cette terre.

Elle y était enfin, ce soir. Là d'où elle venait.

Pour cela, elle avait convaincu son employeur de l'envoyer en Europe. Whitelaw Reid, propriétaire du *New York Tribune*, n'était pourtant pas un homme influençable, lui qui militait pour une presse d'opinion mais n'appréciait la dialectique que s'il obtenait le dernier mot.

— Royal Cortissoz sera déjà sur place, inutile que vous soyez deux.

— Je vous interdis de nous confondre. Royal est un homme obtus, qui ne sait parler que l'anglais de New York. Qui couvrira ce qui se passe à Paris quand il aura quitté la France après l'inauguration ?

— Deux semaines suffiront à rendre compte de l'essentiel, la suite de l'Exposition n'intéressera plus personne.

— Je resterai les six mois, pour écrire des articles de fond.

— Six mois ? Vous êtes folle ! Ce serait une perte considérable de temps et d'argent.

— Je resterai jusqu'en 1901. Le début du nouveau siècle.

— C'est hors de question. Cette Exposition est une foire à touristes grandiloquente, dont l'intérêt a été largement surévalué par les Français eux-mêmes.

— Des millions de visiteurs y sont attendus. Des princes d'Asie, des rois d'Afrique, des politiciens de toute l'Europe, les plus grands savants et intellectuels du monde y viendront. Si vous n'avez personne sur place parlant le français, comment ferez-vous pour en savoir quelque chose ? Vous achèterez ses articles au *New York Herald* de M. Bennett ?

Les yeux de Whitelaw Reid s'étaient rétrécis. Le *Herald* n'était pas seulement le plus acharné concurrent du *Tribune*, Bennett était aussi un ennemi personnel de Reid. Aileen avait enfoncé le clou :

— Je suis certaine que M. Bennett a embauché une armée de reporters parlant le français et l'anglais. Savez-vous qu'il s'est fait installer, comme en 89, un bureau au premier étage de la tour Eiffel ?

— Vous menacez d'aller travailler pour cet agent du divertissement et des mauvaises nouvelles, mademoiselle Bowman ?

— Non.

— Non ?

— Non. Je vous propose au contraire d'être un caillou dans sa chaussure. Je peux écrire des articles en anglais pour New York et des versions françaises à partager avec des journaux parisiens. Le *Tribune* serait présent des deux côtés de l'Atlantique.

Elle avait remporté la bataille à la première évocation de James Gordon Bennett, Whitelaw Reid avait continué d'argumenter pour sauver la face :

— Je ne vous paierai pas six mois de vacances dans cette ville devenue folle.

— Je prendrai à ma charge la moitié des loyers et des frais.

— Contrer Bennett est une chose, mais je ne veux pas de vos articles incendiaires et provocateurs. De la matière, certes, mais du compromis. Entendu ?

— Mais j'aurai carte blanche si je trouve des journaux français intéressés par ce que vous refusez.

— Pas en votre nom. Tant que vous serez à Paris, il appartient à mon journal.

— Vous avez raison, je choisirai un pseudonyme masculin pour parler des droits des femmes.

— Ne commencez pas !

— Jusqu'en 1901 ?

— Vous télégraphierez une chronique hebdomadaire, plus des articles si se présentent des actualités importantes.

— Je ne parlerai pas de mode.

— Accordé. Vous feriez de toute façon peur aux couturiers. Tant que Royal Cortissoz sera à Paris, vous serez son assistante pour les arts et la culture.

— Hors de question.

— Sortez de mon bureau.

*

On la regardait manger à pleine bouche, souriante, les huîtres déjà laiteuses de ce début avril. Elle se félicitait d'atteindre Paris avec un jour de retard et de provoquer la colère de Royal Cortissoz, jamais plus ridicule que lorsqu'il s'emportait. Les émotions fortes révélaient son inaptitude à la passion, dont il se prémunissait en se faisant défenseur de l'art américain le plus conservateur, celui qui imitait l'art européen le plus conservateur.

Aileen étala sur son pain une épaisse couche de beurre et se resservit du vin.

Plus tard, à la fenêtre de sa chambre, cherchant dans un ciel couvert des étoiles au-dessus de la Manche, Aileen pleura en repensant aux occasions manquées de rendre visite à ses parents devenus vieux. Elle aurait voulu leur écrire une lettre maintenant, leur parler du goût des coquillages, du port du Havre d'où, lui avait-on dit, quelques jours de l'année, quand l'air était pur et le soleil à un certain degré, on apercevait la ligne sombre de la grande île d'Angleterre, le pays de son père. Elle se coucha tard, inquiète que ce séjour en France ne soit rien d'autre qu'un long deuil coupable. «La fatigue est le monde des esprits trompeurs, dors», lui disait son père dont les nuits étaient rongées de cauchemars.

Ce deuil serait-il comme les voiles du *Touraine*, une ancre plantée dans le passé, qui la retiendrait? Triste posture pour fêter un nouveau siècle à Paris, mais peut-être pas la plus déraisonnable au fond, puisqu'elle se proposait d'interroger des ingénieurs sur la place qu'ils réservaient, dans leur futur radieux, aux femmes comme elle et aux métis comme Joseph, l'autre cousin.

Le ranch Fitzpatrick avait trois héritiers. Aileen Bowman, Oliver Ferguson et, depuis la mort de l'oncle Pete et de la tante Maria, leur fils Joseph.

De tous les rejetons du ranch Fitzpatrick, Joseph, bâtard d'Indienne et de déserteur, était le plus tragique et le plus dangereux de cette lignée d'hommes dangereux. Celui qu'Aileen comprenait le mieux.

Après l'enterrement, Aileen n'était pas rentrée tout de suite à New York et s'était rendue à la réserve de Warm Springs. Au bureau des Affaires indiennes, elle avait questionné un agent du gouvernement. L'homme avait tergiversé, Aileen avait posé dix dollars sous son nez pour le convaincre de chercher le nom de Joseph Ferguson dans ses registres.

— Il a été embauché.
— Embauché?

— Pour un show.

— Quel show ?

— Le Pawnee Bill's Show.

— Qui se trouve où ?

La réponse lui avait coûté dix dollars de plus.

— Il va vous falloir un sacré paquet de ces billets si vous voulez voir le spectacle ! Parce que Pawnee Bill, il a embarqué tout un tas de Rouges ici, pour aller remplacer ce bon vieux Buffalo Bill à Paris !

— En France ?

— Je pense bien, oui !

— Pour l'Exposition universelle ?

— La quoi ?

Elle avait repris un train pour l'Est, tentant de classer par ordre d'importance les raisons d'entreprendre un voyage en France et les arguments susceptibles de convaincre le patron du *New York Tribune*.

2

Les Expositions apparaissent, de loin en loin, comme des sommets d'où nous mesurons le chemin parcouru. L'homme en sort réconforté, plein de vaillance et animé d'une joie profonde dans l'avenir. Cette joie, apanage exclusif de quelques nobles esprits du siècle dernier, se répand aujourd'hui de plus en plus; elle est le culte fécond où les Expositions universelles prennent place comme de majestueuses et utiles solennités, comme les manifestations nécessaires de l'existence d'une nation laborieuse poussée par un irrésistible besoin d'expansion, comme des entreprises se recommandant moins par les bénéfices matériels que par l'impulsion vigoureuse donnée à l'esprit humain.

Aileen étudia le plan de l'Exposition, lut les noms des principaux bâtiments, puis reposa la brochure sur la banquette. Cet extrait de décret officiel l'avait mise mal à l'aise. La syntaxe administrative et ronflante en était violente, naïve et écrasante. Glorieuse. Sûre d'elle-même. Une prose guerrière.

Elle regarda par la fenêtre le bocage normand d'un vert de tableau, et dans une longue courbe du chemin de fer, les lignes brillantes des rails, surélevés sur leur talus rocailleux, coupant le paysage en deux parties égales et plates de champs, de clôtures et de bétail. Les frères Pereire avaient fondé la Compagnie générale transatlantique, qui reliait New York au Havre, puis la Compagnie des chemins de fer de l'Ouest, entre Le Havre et Paris. Les Pereire avaient été inspirés par les écrits du comte de Saint-Simon, théoricien d'un monde en paix et uni, sous l'autorité bienveillante des savants et des industriels ; rêve partagé par son contemporain Fourier, qui espérait le réaliser grâce à des sociétés communautaristes, de travail et de partage, où les passions humaines seraient toutes en harmonie. Les frères Pereire, mécènes et messies de l'ère industrielle s'élevant sur les ruines des anciens régimes, avaient imaginé un moyen concret de financer ces théories : le Crédit mobilier, destiné à investir l'argent de particuliers dans des projets de développement public à long terme. Leur idéalisme et leur avidité avaient conduit cette banque bâtarde à la faillite. Après cet échec retentissant, les utopistes échaudés s'étaient fixé des objectifs plus modestes, des communautés, certes toujours idéales, mais plus petites. Certains, pour échapper aux forces réactionnaires de la vieille Europe, avaient exporté leurs visions vers une terre nouvelle et sans passé : l'Amérique. Des articles de presse, des conférences et des publicités avaient convaincu des centaines de personnes de vendre leurs biens et de s'embarquer dans l'aventure : saint-simoniens, fouriéristes, apprentis sorciers et messies maladroits partis bâtir des phalanstères aux États-Unis. Là encore, des idéaux mal pratiques et les trahisons de quelques faux amis financiers avaient provoqué la faillite de ces communautés dont l'une, joliment baptisée Reunion, avait été fondée au Texas. Cette cité éphémère, le long de la Trinity River, était née de l'association d'un élève de l'École polytechnique, Victor Considerant, et d'un industriel, fabricant de poêles à bois et ami du progrès humain, Jean-Baptiste Godin. Après trois années de survivance, la petite cité avait dramatiquement périclité. La mère d'Aileen, Alexandra Desmond, alors âgée de dix-neuf ans, partie d'Alsace, avait été l'une des trois cents colons embarqués pour Reunion en 1858, avec son mari, mort là-bas, au phalanstère, de malnutrition et de fièvre.

C'était le nom de ce Français qu'Aileen essayait de retrouver, suivant du regard la ligne du chemin de fer des frères Pereire. Elle fouilla sa mémoire à la recherche de la page de garde d'un livre du ranch, sur laquelle était écrite une dédicace de ce mari disparu à sa femme Alexandra. Quelques lignes serrées et lancées vers l'avant, qui se terminaient par ces mots : « Avec tout mon amour », puis le prénom qui lui échappait. « Avec tout mon amour ». La première fois qu'elle avait lu la dédicace, Aileen ignorait tout du désastre de Reunion et s'en serait bien moquée si Alexandra lui en avait alors parlé : elle venait de découvrir qu'il y avait eu un autre homme dans la vie de sa mère, un autre amour. Que l'on pouvait avoir plusieurs vies.

Longtemps elle avait eu peur de l'ouvrage, rangé parmi d'autres sur une étagère du salon, aux yeux de tous mais surtout de son père, comme d'un horrible secret qu'elle était forcée de partager avec sa mère. Plus tard, Alexandra lui avait expliqué que les amours doivent être libres, qu'elles meurent comme le reste des choses mais survivent aussi à tout. Elle lui avait raconté comment son père, Arthur le soldat, avec sous le bras un seul livre qu'il lisait en suivant les mots du doigt, était arrivé dans la communauté en ruine de Reunion. Comment cet homme terrifié et terrifiant était devenu son nouvel et dernier amour. Arthur connaissait l'existence du livre, de la dédicace, de cet autre avant lui. «Ce n'est pas un secret, tu n'as rien à craindre, lui avait dit sa mère. Le vrai danger vient de ce que je te dis. Parce que le reste du monde ne veut pas entendre parler de l'union libre et des passions, du droit des corps et des esprits à la jouissance.»

Jérôme. Jérôme Desmond, qui avait donné son nom de famille à Alexandra, qu'elle avait gardé ensuite aux côtés d'Arthur. Le prénom lui était revenu alors qu'Aileen avait délaissé le paysage pour observer les passagers du wagon de première classe, surprenant des regards hostiles, se détournant quand elle les croisait.

Les villages étaient plus proches les uns des autres et plus grands, l'express du Havre traversait sans arrêts les petites gares adossées aux faubourgs, sifflant et fumant, emportant avec lui vers Paris les regards des curieux en attente d'un omnibus.

*

Les hommes descendaient les valises des porte-bagages, les enfants collaient leur nez morveux aux vitres et les femmes rajustaient leur tenue. Aileen enfonça sur sa tête le chapeau mou en laine noire avachi qu'elle traînait depuis le jour où elle avait quitté le

Nevada pour New York. Elle surprit d'autres regards désapprobateurs ou curieux; les voyageurs pensaient peut-être qu'elle travaillait pour l'un de ces spectacles de cow-boys et d'Indiens dans lesquels Joseph s'était enrôlé.

Aileen avait fait une interview de William Cody, quand il ne se faisait plus appeler que Buffalo Bill et que le public commençait à prendre au sérieux sa version ridicule de la conquête de l'Ouest. Mais Aileen n'était pas une citadine lectrice de Fenimore Cooper. Elle avait grandi là-bas. Après l'article qu'elle avait écrit, malgré ses bottes de cavalière, ses pantalons et son adresse au tir, pas une seconde Cody n'aurait envisagé de l'embaucher. Son père disait, plaisantant à demi, que s'il fallait vivre entouré d'amis, mourir sans quelques ennemis était une honte. Aileen se félicitait d'avoir pour ennemi le célèbre Buffalo Bill.

Le train ralentissait, secoué par les aiguillages des rails convergeant vers la gare enfoncée dans la ville. Les façades des immeubles bordant les voies étaient noircies par les fumées des locomotives. Derrière les fenêtres des étages elle apercevait les silhouettes des premiers Parisiens, indifférents aux grondements des machines et de leurs wagons. Le ciel s'obscurcit, des verrières et une charpente métallique glissèrent au-dessus du train.

Elle rajusta sur son épaule la besace, aussi avachie que son chapeau. En toile huilée étanche, ses cuirs noircis par l'usage et sentant encore le crin de cheval, ce grossier sac à main ne contenait pas de produits de beauté, de brosse à cheveux ou de bicarbonate de soude pour enduire les dessous de bras. Aileen y transportait des carnets, des crayons, des livres, une ceinture hygiénique, des changes de coton et un Smith & Wesson Ladysmith. La besace avait appartenu à son père. Un sac magique d'où sortait tout ce dont ils avaient besoin quand ils chassaient dans la Sierra. Les munitions, le matériel de nettoyage des armes, de l'eau, du pain et de la viande séchée, un livre à lire le soir près du feu, du tabac pour la pipe qu'il la laissait fumer et, quand elle avait faim et pensait qu'il n'y avait plus rien, toujours un dernier abricot sec ou un quartier de pomme. Arthur Bowman, homme taciturne, était obsédé par l'étanchéité. Il avait évoqué une nuit, pour sa fille seulement, une corne à poudre magnifique, taillée dans de l'ivoire d'éléphant, enduite à l'intérieur de sève d'hévéa, parfaitement étanche, qui lui avait sauvé la vie en Inde. Alors qu'il décrivait cet objet fantastique, la petite Aileen avait compris qu'il parlait d'autre chose, qu'Arthur lui donnait des conseils sur la façon d'affronter le monde : savoir se taire, garder sa poudre au sec, être toujours prête. Et peut-être aussi être belle. À la façon dont Arthur Bowman appréciait la beauté : quand elle naissait d'une harmonie entre un objet et son utilité, une personne et la place qu'elle occupait dans le monde. La besace de son père et le français de sa mère étaient ce qu'Aileen avait hérité de plus précieux.

Les voitures stoppèrent, elle sentit dans ses pieds le fourmillement de son sang agité pendant quatre heures par les vibrations. Les poteaux rivetés de la gare continuèrent à s'éloigner en une lente translation optique. Elle eut un vertige, sentit son cœur gonflé cogner contre ses côtes et dans la chair de ses seins.

Sur le quai, le flot de voyageurs la dépassait comme un paysage de tissu déroulé derrière une scène de théâtre. Ses doigts jouaient avec le papier au fond de sa poche, cette adresse mémorisée depuis longtemps déjà. 14, rue Saint-Georges, dans le IXe arrondissement de Paris.

Avant de sortir dans les rues, elle voulut reprendre son souffle et s'installa à la terrasse d'un bistrot de la salle des pas perdus.

— Qu'est-ce que je vous sers, madame ?

— Un verre de vin rouge.

Le garçon observait sa tenue.

— Madame est américaine ?

— Non, française.

Le serveur ne goûta pas ce qu'il prit pour une plaisanterie, apporta le verre.

— C'est cinq centimes.

La grande verrière des pas perdus, perpendiculaire aux quais, répandait sur les usagers une lumière de beau temps. Une lumière vive qui rehaussait les contrastes entre les costumes sombres et les couleurs tranchantes des publicités recouvrant toutes les surfaces utiles. Sur les colonnes, en demi-cercle sur les arches, sur les pancartes suspendues ou les enseignes en équerre, noyant les panneaux indiquant les numéros des voies et les destinations. Les slogans vantaient le goût de chocolats, la qualité de meubles, l'ancienneté de négociants de vins et liqueurs, l'élégance de chaussures et de gants, le raffinement de restaurants et de pâtisseries. L'enseigne du Bon Marché, au-dessus de la grande porte, faisait concurrence aux immenses lettres, peintes au plafond, des Galeries Lafayette. Masquant chaque recoin de stuc, des affiches faisaient la réclame d'exposants venus promouvoir leurs produits à l'Exposition de Paris : ampoules électriques et ustensiles en latex, vélos, chauffe-eau ou cotons inusables. Les lettrages colorés indiquaient les noms et adresses des palais où découvrir ces merveilles : palais de l'agriculture, de la mécanique et des industries chimiques, palais de l'eau, des tissus et des vêtements, de la métallurgie.

Sous le feu d'artifice des noms et produits, la mode réglementaire – robes balayant le sol, corsets forçant les tailles, dos gainés – dessinait les silhouettes des femmes avec plus de netteté que celles des hommes, monolithes aux longs manteaux sans formes. Les baleines cintrées remontaient les poitrines, comprimées dans les vestes courtes telles des mamelles figées de marbres classiques, abreuvoirs des futurs fils héroïques de la nation : la mode faisait aux femmes des seins en obus patriotiques. Des lignes de boutons, partant des ventres creux, passaient entre ces corniches raides et continuaient vers les gorges aux veines serrées, qu'Aileen s'imagina déboutonner, pour les laisser respirer.

Les femmes étaient dessinées pour être soulevées par la taille et tourner comme des toupies. Plus elles étaient élégantes, plus leur sang était retenu et oppressé. Les silhouettes laineuses et avachies des travailleuses, elles, se confondaient presque avec celles des hommes appuyés à des cannes. Cet accessoire martial donnait à leur groupe une allure âgée, de professeurs prêts à botter le cul à des gamins trop bruyants ou d'inspecteurs qui allaient, du bout ferré de leur badine vernie, soulever une robe pour vérifier dessous le nombre de jupons. Ils paradaient comme si chacun avait droit de regard sur toutes les femmes.

Aileen termina son vin, laissa une pièce sur la table et se leva. Les pans de sa veste d'équitation aux coudes renforcés de cuir ne couvraient pas la moitié de ses fesses moulées par les pantalons. Ses bottes de cheval claquaient lourdement. Dans la gare faisant office de galerie marchande, elle creusa un sillon de murmures.

Si dans Saint-Lazare on se pressait, rue de Rome on courait. Elle se trouva contre un mur un recoin à l'écart de la cohue, s'immobilisa et observa intensément, le temps de transformer ces premières sensations en un souvenir qui durerait, comme elle le faisait parfois pour un coucher de soleil ou la lumière du matin sur une avenue de New York. Regarder vraiment, faire quitter à ce soleil-là, à cette image-là le chemin de mémoire qui conduit à la fosse commune des souvenirs indistincts ; ces tiroirs de l'esprit où s'entassent tous les couchants et tous les paysages que l'on a trouvés beaux, que nous ne savons plus ni voir ni convoquer, seulement accumuler.

Les piétons traversaient la chaussée en zigzaguant entre les carrioles, les omnibus et les fiacres filant sous les coups de fouet des cochers ; quelques véhicules à vapeur faisaient bondir les chevaux, il y avait des vélos, des charrettes à bras, des triporteurs à pédales, des vendeurs de journaux, des marchands ambulants, des policiers s'époumonant dans leurs sifflets. Là aussi les publicités recouvraient tout, les kiosques à journaux, les murs, les bâches des chariots et les façades.

Elle se concentra sur ce qu'elle ressentait, la somme de ses impressions, de cette architecture, de ce qu'elle entendait, de la présence, encore invisible, de l'Exposition sans pareille : tout ce qui composait cette photographie mentale, d'une Aileen Bowman qui n'avait encore jamais été cette femme adossée à ce mur, de cette sensation qui trouva un nouveau chemin dans son cerveau, par un sentier de mémoire unique ; elle se sentait à sa place dans cette ville étrangère.

3

De la gare au siège du journal *La Fronde*, il n'y avait que dix minutes de marche, le long de la grande rue Saint-Lazare, puis de la Chaussée-d'Antin et de la Victoire. L'hôtel particulier, 14, rue Saint-Georges, avec ses trois étages, était élégant, discret, dans une rue de bâtiments de même hauteur et de style jumeau. Rien sur sa façade n'annonçait un bastion féministe, ni même un journal. Aileen s'était imaginé des bureaux dans un quartier ouvrier, adossés à une usine, une de ces baraques de plain-pied, en planches, où l'on imprime des feuilles de chou socialistes, un taudis à demi clandestin. *La Fronde* avait pignon sur rue dans un quartier cossu. À l'intérieur un hall d'accueil, des murs aux couleurs claires, vert et blanc, l'éclairage électrique, des dallages brillants. Une jeune femme derrière un comptoir lisait un livre, ouvert à côté d'un téléphone semblable à ceux équipant les bureaux du *New York Tribune*. Derrière la réceptionniste, un vestiaire pour deux cents manteaux, puis des portes vitrées donnant sur une salle de réception où des femmes de ménage nettoyaient, sur des tables devant une scène de spectacle, les restes d'une fête.

Des odeurs de tabac froid et de vin passaient dans le courant d'air de l'entrée.

— Je suis bien au journal *La Fronde* ?

La réceptionniste le lui confirma.

— Que puis-je faire pour vous ?

— Je n'ai pas de rendez-vous, mais j'ai télégraphié à Mme Durand que je serais à Paris cette semaine. Elle m'a répondu de venir ici dès mon arrivée.

— Qui dois-je annoncer ?

— Aileen Bowman. Je suis journaliste au *New York Tribune*.

La réceptionniste décrocha son téléphone et demanda si Mme Durand était disponible pour une interview du *New York Tribune*.

— Mme Durand va vous recevoir. Son bureau est au premier étage, la seconde porte à votre gauche.

Pas de unes de *La Fronde* accrochées aux murs, mais des tableaux modernes, des scènes de la vie parisienne, de rues populaires, de marchés, représentant des femmes. Aileen salua une secrétaire, aussi élégante que la réceptionniste, qui frappa à la porte de la directrice.

La patronne de *La Fronde*, une blonde au sourire de comédienne, était habillée comme une princesse et couverte de bijoux. Elle finit de convaincre Aileen qu'elle avait fait erreur. La conversation allait se borner aux œuvres de charité, à la défense de principes moraux et hygiénistes, au droit des femmes à mettre des plumes sur leur chapeau.

Marguerite Durand perdit son sourire lorsqu'elle eut terminé d'étudier la tenue de sa visiteuse.

— Mon Dieu, mais d'où sortez-vous ?

— D'un bateau et d'un train.

— Sans avoir été arrêtée ? Une heureuse confusion, je suppose. Vous voyant habillée de la sorte, les policiers vous auront crue voyageant à cheval.

— Pardon ?

— Il me semble qu'à New York non plus les femmes n'ont pas le droit de porter de pantalons.

— On nous laisse faire. J'ai grandi dans un ranch, je sais à peine par quel côté on enfile une robe.

Marguerite Durand éclata d'un rire parfait et se reprit aussitôt.

— C'est bien dommage. Un peu de toilette et à mes côtés nous récolterions en une soirée assez de fonds pour financer six mois notre journal. Votre français est remarquable. Sachez néanmoins que le port des pantalons n'est autorisé dans notre pays qu'aux femmes tenant le guidon d'une bicyclette ou les rênes d'un cheval. D'horribles culottes bouffantes qui ne montrent pas (elle agita un doigt devant le ventre et les hanches d'Aileen) tout ça.

Mme Durand était grande, ses cheveux clairs avaient foncé à l'approche de la quarantaine, ses épaules étaient larges, fortes, droites et belles.

— Je n'ai jamais fait de bicyclette, mais je peux rester à cheval un jour et une nuit avant de devoir tremper mes fesses dans un ruisseau.

— Surprenante image.

— Je vais vous laisser travailler, j'ai fait erreur.

La voix de Marguerite Durand passa de l'emphase mondaine à une netteté plus convaincante :

— Je me souviens de votre télégramme. Vous disiez que vous alliez rester à Paris pendant les six mois de l'Exposition, que vous alliez envoyer des articles à New York mais cherchiez des journaux français susceptibles de publier des articles plus personnels. Si vous partez avant de m'avoir dit ce que vous voulez écrire, comment pourrai-je vous offrir de collaborer à *La Fronde* ?

— Je ne sais pas encore ce que je vais écrire.

— Comment avez-vous appris notre langue aussi parfaitement ?

— Ma mère était française.

— Votre accent est délicieux, ce qui n'est pas toujours le cas de vos compatriotes.

— J'ai un accent ?

Mme Durand eut un nouveau rire de comédienne.

— Qu'avez-vous à me proposer ?

— Qu'êtes-vous prête à publier ?

— Mettons les choses au point, madame Bowman.

— Mademoiselle.

— Mademoiselle Bowman. Parmi nos collaboratrices, nous comptons la première femme de ce pays à avoir gagné sa vie en tant que journaliste professionnelle. Notre amie Séverine a ses entrées dans les ministères et les bureaux des députés, les tribunaux et les syndicats. Son avis compte dans le panier de crabes politique et elle est une fervente partisane de vos méthodes américaines de reportage, sur le terrain. Il y a aussi parmi nous la première interne des hôpitaux de Paris spécialiste en psychiatrie moderne. Vous pourrez croiser dans nos couloirs la première avocate jamais admise dans un tribunal français et autorisée à plaider. Nous avons une journaliste économique qui n'a pas non plus de consœurs en France. Nous travaillons avec la traductrice des œuvres de M. Charles Darwin.

D'autres collaboratrices sont des artistes reconnues par les critiques. Certaines se battent depuis que je suis enfant pour améliorer les conditions de vie, d'éducation et de travail des femmes. Toutes, nous luttons pied à pied pour l'adoption d'une loi nous accordant le droit de vote. Bien que non éligibles, nous présentons à chaque élection des candidates et défendons publiquement des programmes pour l'avancement de la cause des femmes, pour affirmer notre présence et légitimer nos arguments. Il y a dans ce journal des socialistes, des anarchistes, des libertaires, des croyantes et des athées, des femmes mariées, célibataires, jeunes, vieilles, coquettes ou révoltées à l'idée de se maquiller. Parmi les coquettes, aucune ne l'est autant que moi et je demande à nos collaboratrices assurant l'accueil de nos visiteurs de s'habiller avec bon goût. J'organise des fêtes, des concerts et des spectacles où se presse le Tout-Paris que j'arrose de champagne. Je suis la seule féministe de France à recevoir des fleurs des cabinets ministériels et des hommes d'affaires les plus conservateurs. Depuis le début de la scandaleuse affaire du capitaine Dreyfus, dont vous avez certainement entendu parler, nous sommes parmi les rares journaux à réclamer justice pour cet innocent. Nous en avons perdu la moitié de nos lecteurs. Je suis une libre-penseuse et le premier devoir des libres-penseurs est de laisser les autres penser librement. Ne faites pas l'erreur de croire que je prends notre combat à la légère parce que je jouais les ingénues à la Comédie-Française. Seulement, j'ai de l'expérience en matière de spectacle. Le reste est affaire personnelle. Vais-je vous reprocher de défendre la cause des femmes en vous habillant en homme ? Non.

En revanche, je vous reprocherai, chère amie, de cacher si maladroitement votre beauté et je m'inquiète, après ce que vous m'avez dit, de savoir si votre jeunesse, passée les fesses dans l'eau, a été une longue succession de rhumes. Je publierai tout ce que vous apporterez si c'est de qualité et si j'en ai les moyens. Ce n'est pas avec moi mais avec vos collègues de *La Fronde* que vous débattrez de vos opinions.

Aileen ne desserra pas les dents. Elle n'allait pas s'excuser d'avoir pris *La Fronde* pour un nid de poules de luxe puisque c'en était un, ni admettre, bien que cela se voie sur son visage, que ce petit historique l'avait impressionnée. La directrice lui sourit, acquiesçant à l'entêtement de l'Américaine. L'obstination était un trait de caractère, dont les excès ne diminuaient pas l'utilité.

— Savez-vous où loger ?

— Je vais trouver un hôtel.

— J'en doute. Paris déborde, vous ne trouverez rien à part des pensions de dernier ordre. Les choses se calmeront après l'inauguration, en attendant je vous propose d'utiliser une des chambres que nous avons aménagées au dernier étage de notre immeuble.

— Je réglerai le loyer qui vous convient.

— Non-sens. Je le retiendrai sur vos gages. Nous avons une salle d'escrime, un salon de thé, une galerie d'exposition et une bibliothèque. Déplacez-vous et visitez à votre guise. Vous êtes ici chez vous. Je dois vous quitter, j'ai d'autres rendez-vous. Eloïse vous accompagnera. Eloïse ?

La secrétaire entra, rapide comme un chien de chasse.

— Auriez-vous la gentillesse de conduire Mlle Bowman à la chambre du dernier qui n'est pas occupée ? Mlle Bowman est journaliste, venue de New York. Je l'ai convaincue de travailler avec nous pendant la durée de l'Exposition. Une dernière chose, mademoiselle Bowman. La préfecture de Paris peut vous accorder une autorisation de porter des pantalons. M. le préfet Lépine est une relation et un habitué de nos soirées. J'obtiendrai rapidement ce document, mais pourriez-vous d'ici là porter une robe, s'il vous plaît ? Pour votre tranquillité.

— Je n'en ai pas.

— Eloïse arrangera cela. Nous prendrons bientôt le temps de déjeuner ensemble et vous m'en direz plus sur ce ranch où vous avez grandi. Bienvenue à Paris, mademoiselle Bowman.

L'entretien s'arrêta là, sur un dernier sourire de comédie et une poignée de main ferme, suivis du froissement de la soie et du cliquetis des bijoux quittant la pièce. Aileen n'avait pas eu le temps de remercier, mais se persuada qu'une fois les décisions prises, Marguerite Durand n'avait pas besoin que tout soit dit.

*

La chambre, petite et mansardée, était décorée avec le même soin que le reste de l'immeuble. Sous ses pieds, au deuxième étage du journal, Aileen entendait les bruits de la salle de composition. *La Fronde* était un quotidien du matin. Les typographes allaient s'activer toute la nuit. Aileen dormirait parfaitement. Mais tard. Le plus tard possible. Par le chien-assis elle voyait les toits du quartier et au-dessus la grande tour de M. Eiffel déjà allumée. La nuit tombait, la ville électrifiée était blanche.

Elle s'arrêta à la porte de la salle de composition, la fabrication du journal, identique à celle du *New York Tribune*, avec les mêmes gestes, mêlant concentration et empressement, fatigues et répétitions, mais ici, seulement des femmes, manches retroussées, aux articulations fines et souples, d'où semblait naître leur détermination.

Alors qu'elle traversait le vestibule, Eloïse, la secrétaire, la rattrapa en courant et lui remit une enveloppe.

— Mme Durand m'a chargée de vous remettre cette lettre. C'est une recommandation qui pourrait vous être utile en cas de problème avec la police.

— La police ?

La secrétaire pomponnée regardait l'accoutrement d'homme de l'Américaine.

— Mme Durand se doutait que vous ne changeriez pas de tenue.

Ses pantalons faisaient l'objet d'une autorisation de police, plus dangereux sans doute que son Ladysmith, pour lequel on ne lui demandait rien.

4

Aileen n'avait pas de goût pour la poésie. Au lieu de se laisser bercer par les sons des mots, d'accepter les images sans les questionner, elle s'y perdait en considérations intellectuelles. Elle ne pouvait s'empêcher de déplier le contenu des vers, trop denses, de questionner l'arbitraire des choix. Mais si elle ne pouvait pas terminer de lire un poème, elle reconnaissait aux poètes un talent particulier et partageait leur plaisir de l'errance et de la déambulation. De la cadence des pas donnant naissance aux idées. Et nulle part mieux que dans les rues des villes ne résonnaient les talons des chaussures. Parfois, sur une terre sèche, les sabots d'un cheval pouvaient aussi mener à cette hypnose réflective. Mais c'était à New York qu'elle avait découvert cette lente activité dilettante de la marche aux objectifs changeants, qui transformait la ville en décor et chambre d'écho des pensées.

Elle chercha le bon tempo pour les talons de ses bottes.

C'était son baptême, la conception érotique du premier article qu'elle voulait écrire en France. Ce ne serait pas une chronique pour Whitelaw Reid, mais pour *La Fronde*. Un texte pour les femmes de cette ruche. Dans lequel elle pourrait s'autoriser un peu de cette poésie interdite aux journalistes.

*

Sur l'île de Manhattan, la moitié des immeubles avait été construite pendant les quinze années qu'elle y avait vécu. Ici, le premier immeuble venu était plus vieux que son pays. Elle savoura cette contradiction – sur l'itinéraire la conduisant à vue de nez vers la place de la Concorde – d'être ici pour écrire sur une Exposition faite de bois et de plâtre, vouée dans quelques mois à la destruction, au milieu d'une cité qui se trouvait déjà, deux mille ans plus tôt, sur le chemin des conquêtes de Rome.

Les Américains, pour compenser la brièveté de leur histoire et parer de gloriole les complexes de leur jeunesse, cherchaient sans cesse à prouver leur identité, à la refonder dans des postures nationalistes caricaturales. Les pavés parisiens, sous le cuir de ses semelles, obtenaient le même résultat par leur seule présence et un peu de bruit. L'Amérique peinait encore à se construire des mythes solides. Ceux de sa fondation, par les pères de la Constitution, avaient volé en éclats moins de cent ans après l'indépendance, quand le pays s'était entre-dévoré, abîmé dans la rage de la guerre civile. La fable douteuse de l'abolition de l'esclavage était tout ce que l'on avait pu sauver de ce naufrage. Pas de pavés assez vieux aux États-Unis, mais les tombes de cinq cent mille Américains pour prouver que l'unité avait un prix, que le temps de l'Histoire était plus long qu'on ne l'avait cru.

À l'inverse, les Français avaient sous les pieds tant de passé qu'ils n'en connaissaient probablement presque rien. C'était l'écho de catacombes oubliées qui faisait résonner le granit des rues. Trop courtes ou trop longues, les frises chronologiques ont pour conséquence des mémoires incomplètes. La maîtrise du temps – l'instruction – est aux mains des puissants. Les peuples, occupés à survivre, n'en possèdent pas assez pour le capitaliser, le faire jouer en leur faveur. Ils empilent seulement les pierres des bâtiments qui leur survivront.

Aileen était partie loin du ranch pour la première fois à dix-sept ans. C'était au printemps, elle montait une jument rapide et était bien armée. Il lui avait fallu dix jours pour atteindre la réserve de Warm Springs. Elle y était partie pour toute la saison. Là-bas, un de ces soirs où le feu invite au partage, l'oncle Pete, ermite à moitié fou, vivant avec Maria à l'écart des autres Indiens, lui avait montré son tipi : « Le monde est fait comme ça. C'est une pyramide. Une pointe depuis laquelle la force de gravité s'exerce, s'aplatissant sur elle-même, répartissant ses efforts sur toute la surface au sol, nous. Dans un monde juste, la pointe porterait la base, elle serait plantée dans la terre et nous porterait vers le ciel. » Le petit Joseph, sept ans, était là entre ses parents, essayant de comprendre de quoi les adultes parlaient, observant sa *cousine*, pas de l'âge d'une mère mais déjà une femme, blanche comme son père, habillée à l'indienne. Joseph comparait la couleur de sa peau métissée à la sienne.

Aileen, à l'unisson de ses pas, entendait crépiter le feu de l'oncle Pete.

Les livres sont trop longs pour ceux qui ne possèdent pas de temps ; les journaux, brefs, sont faits pour eux. Le journalisme, pensa Aileen, deviendra peut-être une force nouvelle dans la pyramide, capable de la transformer, comme l'avait dit Marguerite Durand, si on le pratiquait sur le terrain. Plus question de quémander des informations distribuées par le sommet. Il fallait faire remonter les sujets depuis la terre, les trouver en parcourant la base. En battant le pavé, pas en colportant des mythes.

Les Parisiens étaient moins nombreux, les heures d'ouverture des commerces étaient passées, estaminets, restaurants et caveaux remplaçaient les boutiques. Le jour on vendait des objets, la nuit du temps à ceux qui avaient besoin d'en prendre. L'alcool le ralentit et l'allonge, les ouvriers sans loisirs en redemandaient.

Du siège de *La Fronde* à la Concorde, les rues étaient propres et larges, les établissements bien éclairés. Au croisement de rues plus étroites, Aileen devinait des entrées discrètes, des portes à lanterne qui se passaient plus volontiers de l'éclairage public. L'exploration de ces rues parallèles attendrait, pas l'Exposition. Elle voulait la voir dans le noir, dans ses derniers moments de silence avant les foules et les discours tonitruants.

Mais il n'y avait ni tranquillité ni obscurité. Une fois la place du grand obélisque traversée, elle perçut aussitôt le brouhaha. Elle s'était attendue à des grilles et des gardiens devant des guichets fermés, surveillant les attractions cachées derrière des palissades et des bâches. C'était une fourmilière. Des Champs-Élysées à l'ouest et des quais à l'est convergeaient vers la grande entrée des centaines de charrettes, transports de poutres, de sacs de chaux, de pierres, d'ouvriers maçons, charpentiers ou peintres. Des vendeurs de soupe et de tabac, de pain et de vin criaient les prix de leurs produits sous les lanternes de leurs stands. Personne ne gardait l'Exposition : on se bousculait pour y entrer. Le cœur de Paris battait de coups de marteau, bruissait des grincements des grues et des scies, des ronflements des machines à vapeur, des fers des chevaux et des râles des bœufs sous le bât. On s'interpellait, on se battait pour passer le premier ; chacun pour soi, dans l'empressement et la fatigue, tentait d'atteindre son but : décharger, passer, soulever, manger, se faire entendre.

Aileen se faufila entre les bêtes et les chariots. Dans ses vêtements on la prenait pour un homme et la bousculait comme l'un des leurs. Elle joua des coudes pour franchir le cours la Reine et atteindre le pont de la Concorde.

Elle riait.

Les deux berges étaient prises d'assaut par des dizaines d'embarcations dont on vidait les cales. Des vapeurs descendaient ou remontaient le courant, passaient sous les ponts en faisant résonner leur moteur, noyant les tabliers et les parapets dans des nuages noirs asphyxiant les éclairages. Elle devinait les silhouettes de dômes et de tours, des sphères, des clochers et des minarets, des constructions complexes aux toits entrecroisés, se mélangeant les unes aux autres. Pas un bâtiment qui ne soit habillé des dentelles sombres d'un échafaudage. On faisait des essais de lumière et, pendant quelques secondes, des centaines de kilowatts électriques illuminaient soudain la façade d'un palais avant de s'éteindre et de se dissoudre dans la nuit, le temps pour les pupilles de se dilater à nouveau. L'entrée magistrale, cours la Reine, s'illumina à son tour. Deux minarets de vingt mètres de haut l'enca-draient, couverts d'ampoules, et, des piliers de ses trois arches géantes jusqu'à son sommet, des milliers d'autres scintillèrent, éblouissant une douzaine de peintres encordés, surpris la main dans le sac en train d'étaler des couleurs vives sur le stuc. Au-dessus d'eux l'immense sculpture de *La Parisienne*, grave dans son long manteau soulevé par un vent léger, dominait la nuit. Sur le parvis, quelques secondes, l'activité se ralentit, les hommes baignés de lumière levèrent la tête vers elle et se turent. Les ampoules s'éteignirent et avec elles cessa le bourdonnement des filaments. La rumeur des ouvriers et les mouvements reprirent, augmentant graduellement jusqu'à retrouver toute leur intensité, comme si rien n'était arrivé, ni l'apparition des arches ni celle de cette femme géante.

Depuis combien de temps Paris ne dormait plus ? Combien d'ouvriers se relayaient jour et nuit, pres-sés par les contremaîtres et les architectes, pour finir à temps ? Le retard était évident. Des charpentes de trois étages étaient encore à nu et l'Exposition, dont l'entrée principale n'avait pas fini de sécher, ouvrait dans huit jours.

Aileen supposa que le palais des États-Unis n'échap-pait pas à la règle. Elle imagina Royal Cortissoz fulmi-nant dans la poussière des travaux, en train d'assister terrifié à l'accrochage des œuvres, manipulées sans ménagement par des rustres à godillots et casquettes.

Elle resta une heure sur le pont, méditant, les yeux baissés sur le cours noir de la Seine et les sillons qu'y traçaient les navires. Elle se redressait pour observer l'immense chantier clignotant, souriait et perdait son sourire, faisait tourner des phrases dans sa tête pour en retenir la matière de son article. Le puissant phare de la tour Eiffel balayait le ciel de son faisceau, passant au-dessus des toits, frappant des nuages bas. Cette projection de lumière, pourtant mécaniquement régulière, prenait à mesure qu'on la suivait une dimension paniquée, telle la recherche inquiète d'une direction sûre sur des horizons obscurcis. À trop le suivre, le phare ne signalait plus la présence de Paris, mais appelait à l'aide.

Sur le chemin du retour, elle s'arrêta rue Cambon dans un bougnat presque vide. Elle but des verres de vin, à une table dans un coin.

Il était minuit passé quand elle revint rue Saint-Georges. Une nouvelle réceptionniste l'accueillit, de service de nuit, aussi coquette que la précédente. À son étage, Aileen vit de la lumière sous la porte de la chambre voisine.

Le petit bureau, installé sous le chien-assis, était éclairé par une lampe à pétrole qu'on avait pris soin de laisser là, avec un stylo à plume, un encrier et un bloc de papier de belle qualité.

Aileen ôta ses bottes, se débarrassa de sa veste, s'assit devant le papier et, avant de se mettre au travail, écouta les bruits de la salle de composition sous ses pieds, se releva et colla son oreille à la cloison la séparant de l'autre chambre. Elle n'entendit rien, retourna à son papier et son encre.

Avant l'aube, la lampe à la main, sur la pointe des pieds, elle traversa le palier jusqu'à la salle d'eau et les toilettes communes, équipées de l'eau courante et chauffées.

Elle se plongea dans la baignoire sabot, frottant au gant de crin sa peau de rousse aussitôt rougie. L'irritation du crin l'excita. Elle frotta les fibres rêches sur ses seins, son autre main entre ses jambes, s'arrêta brusquement quand les vaguelettes de la baignoire heurtèrent les parois et éclaboussèrent trop bruyamment le parquet. La chambre habitée était juste de l'autre côté de la cloison, elle avait cru y entendre du bruit. Elle sortit de l'eau et se sécha.

*

— Souhaitez-vous publier sous votre nom ?

— L'important pour moi est la publication, pas le nom de l'auteur.

— Nous n'avons pas peur du scandale, ni de bousculer l'ordre établi, si le résultat est bon. Je n'ai rien contre votre écriture et le sujet de votre texte satisfait aux exigences de *La Fronde*, même s'il est plus littéraire que ce dont nous avons l'habitude. Je demande seulement pour votre tranquillité si vous voulez utiliser un pseudonyme. Votre article sortira demain. Il fera du bruit. Si vous pensez en faire une série, nous pouvons vous attribuer une colonne hebdomadaire.

— Je pense continuer, mais deux chroniques par mois suffiraient.

— Alors c'est entendu. Et pour ce pseudonyme ?
— Alexandra Desmond.

*

La Fronde, *6 avril 1900*
Une chronique de Mme Alexandra Desmond

L'ILLUMINÉE

On dit que je suis la putain des despotes, que j'ai accueilli dans mon lit plus de rois et d'empereurs que d'élus du peuple. Parce qu'on ne retient de mes amants que les plus fous, ceux qui m'offrent pour leur gloire des ponts, des dômes dorés et des palais, les pierres que l'Histoire laisse le plus longtemps debout. Mais je couche aussi avec les foules, affamées, délirantes, en fête ou en colère, les foules qui étripent d'autres foules. J'ai réconforté, dans des recoins de mes rues, les jeunes soldats d'armées de toutes les langues, cachés un instant, pissant dans leurs culottes, tremblant de peur, qui faisaient une prière pour ne pas mourir à cause de moi, avant de repartir à ma conquête. J'ai couché avec les barbares, les Vikings, les cohortes romaines et les bourreaux de la Terreur. Je suis la putain de Versailles et le fumier de la révolte.

Seulement, on me confond avec quelques hommes qui ont voulu me redessiner à leur image.

Les quartiers et les bâtiments ne diront pas qui je suis. Un seul témoin serait digne de foi, qui sait tout mais ne dira rien. Parce qu'elle oublie tout. La Seine, ma sœur discrète, ma sœur parfaite, la sainte, la paisible,

53

l'hypocrite Seine, l'aînée… J'existe parce qu'elle passait ici, que des sauvages ont décidé de bâtir leurs premières huttes sur ses berges. Mon embryon. Si elle parlait, ma sœur vous confirmerait que nous nous sommes données à toutes et tous. Mais elle se tait, passe en silence ; aucun jugement n'a prise sur elle, il ne reste que moi à blâmer, elle me laisse seule affronter les regards. C'est une vieille fille, grise et pucelle, qui au fond s'ennuie, inchangée de saison en saison et de siècle en siècle. Elle qui s'est gavée de tous les sangs. Elle aussi est une putain, comme toutes les saintes qui lavent les blessures des victimes et des assassins. Elle me lave aussi, de tous les sangs, qu'elle pousse sans question vers l'océan, la brave Seine courageuse. J'ai les mains sales et les pieds propres, elle me les fait briller.

Je suis la coquette, la mère maquerelle des royaumes, l'indifférente, la protectrice, la tyrannique. Ma passion pour les hommes et les femmes me perd. Je suis volage mais pas seulement sensible à la mégalomanie des dictateurs : je peux me donner pour presque rien, un petit parc, une verrière, une chanson.

Aujourd'hui on m'organise un nouveau baptême, on me refait une beauté et le portrait, on me veut toujours jeune. Plongée dans l'eau du progrès, je vais en ressortir ressuscitée, maquillée, photographiée !… On me filme… Les frères Lumière, qui par un hasard trop parfait pour en être un portent le nom que l'on me donne désormais, ont inventé cette machine mettant bout à bout les photographies, vite, tellement vite qu'elles nous donnent l'illusion du mouvement. Mais je suis déçue, triste, de me voir ainsi en train de poser, figée, derrière les mouvements des hommes. Incapable de me détendre, trop

54

sérieuse. Je suis jalouse de voir ma sœur la Seine, l'ina-
movible Seine, se mouvoir si facilement sur les films
tandis que je la regarde passer depuis les quais, mauvaise
actrice, simple décor.

Je m'en moque. Si je ne suis pas si bonne comédienne
qu'elle, l'hypocrite, je suis, moi, illuminée.

Car depuis quelque temps j'ai de nouveaux amants.

Pas des poètes ou des chevaliers triomphants, mais
de bons pères de famille que je vois rarement rire. Leurs
folies et leurs infidélités, à ces maris vertueux, sont
pour leur seul travail, leur mission. Ils ne sont pas à
la poursuite du pouvoir, mais de l'avenir. Entre leurs
mains je ne suis plus une conquête, je suis un terrain
d'expérimentation. Je suis devenue la maîtresse et le
cobaye des ingénieurs. Ils me triturent, me redessinent,
me défigurent aussi, comme l'affreux baron Haussmann,
architecte des larges boulevards où sifflent les balles de
la troupe. Mais il y a aussi ceux, par inadvertance plus
que par goût, qui m'inventent une nouvelle poésie. Mes
préférés ? Les magiciens des ondes électriques. Mes nouveaux costumiers.

Quand la nuit tombe, mes rues deviennent des
écharpes lumineuses. Des rivières de milliers d'ampoules, parcours nerveux, nouvelles zones érogènes,
acupuncture érotique. Et depuis onze ans, chaque soir,
j'ai maintenant un endroit d'où je peux les contempler.
Perchoir ou cage à oiseaux, c'est le cadeau du plus fou
de mes amants sages : Gustave et sa tour formidable, en
haut de laquelle il s'est aménagé un appartement, où
nous pouvons nous retrouver quand bon nous semble.
Il s'y isole, contemple, fait des comptes et de nouveaux
plans pour l'avenir, je l'entoure et me couche à ses pieds.

Depuis quelques semaines, j'y passe de plus en plus de temps.

Parce que je me lasse du spectacle de moi-même – c'est le sort des coquettes –, mais aussi de me voir une fois de plus fardée et travestie. À force, je ne me reconnais plus. Ils sont trop nombreux cette fois, les bâtisseurs, les commerçants, les politiques et les ambassadeurs, à se disputer des mètres carrés de moi. Voilà pourquoi la tour de Gustave est devenue mon refuge, cette construction à la gloire de son talent, monument préféré des météorologues et des enfants.

Il y a un autre amant dont je vous parlerai, mais que je n'évoque pas devant Gustave qui est facilement jaloux. De la tour, je vois les bouches de ses ouvrages et encore les traces de son passage dans le pavement… Cet homme-là m'a touchée plus profondément que les autres. Sa passion est furieuse, et nos rendez-vous plus secrets que mes rencontres avec Gustave, désormais de notoriété publique.

Le jour se lève sur les derniers préparatifs de la grande Exposition. Je les vois s'agiter à mes pieds et je ne me sens bien qu'au sommet de la tour, loin du sol et d'eux. Je regarde passer ma sœur la Seine et je suis frustrée de ne pouvoir filer comme elle loin d'ici. Je les vois venir de toutes les directions, avec leurs panaches noirs et leurs sifflets, les trains chargés de machines et de travailleurs qui convergent vers moi. Ils sont partis de Marseille, d'Espagne, d'Italie, d'Allemagne, de Hongrie et de Russie. Le temps est clair et je vois dans les ports de la Manche les paquebots que l'on décharge. Je suis des yeux les méandres argentés de ma sœur qui coule à l'ouest à travers la Normandie verte. Elle me parle tout le temps de notre petite cousine, Honfleur, et de son estuaire où le sang lavé de l'Histoire se dilue dans l'argent de la mer.

Depuis que Gustave m'a offert cette vue sur moi-même, je suis devenue nostalgique. Je détourne les yeux, envahie par la tristesse de l'altitude : la solitude.

Je ne sais plus, moi non plus, si je suis une femme libre ou une catin. Ne m'a-t-on pas collé à tous les coins de rue des guichets ? Je ne suis plus à conquérir ces derniers temps — temps de paix —, mais à vendre.

5

Partisan des dernières théories politiques évolutionnistes, Royal Cortissoz était persuadé que les corps politiques et les nations, comme les organismes biologiques, avaient des durées de vie déterminées. Les États-Unis, par leur jeunesse, étaient naturellement appelés à devenir le prochain grand empire culturel. Ses artistes devaient donc se consacrer à des sujets authentiquement américains, véhicules de ce nouveau pinacle de civilisation ; tout en continuant de suivre les principes classiques du « grand art » dont l'école française, juge parmi les juges, était la plus recommandable représentante. L'on comprenait dès lors la grande nervosité de Royal, homme de complexes, temporairement exilé à Paris.

Des porteurs passaient, des tableaux emballés sous le bras, roulant des chariots chargés de marbres. Des peintres en bâtiment, avec pots et escabeaux, sillonnaient les salles. On accrochait des rideaux, déroulait des moquettes, vissait les pieds de banquettes en velours. Le Grand Palais était en effervescence, en retard, parcouru en tous sens, plein de drames diplomatiques et de catastrophes nationales. Dans l'agitation et les bruits, le groupe des Américains parlant haut et fort se faisait clairement entendre.

En théorie, Royal n'avait aucun droit de regard sur la mise en place des œuvres au Grand Palais des beaux-arts. Mais son influence était telle que, sans faire partie du comité de sélection, il décidait par ses appréciations du sort des artistes et de leurs œuvres. Il évaluait la qualité des pièces selon les critères qu'Aileen considérait les moins pertinents : le décor, l'architecture, la mode, les couleurs. Royal était terrifié par le changement, rongé par l'angoisse que choses et gens ne soient pas à leur place, que les bibliothèques ne soient pas ordonnées alphabétiquement ni les sens de circulation respectés, que les enfants fassent du bruit et que la beauté puisse naître du hasard. Un tableau ou une sculpture pouvaient être dramatiques, hors de question qu'ils expriment de la tristesse, ce sentiment qui demandait réparation, soins, intimité. Une huile pouvait être glorieuse et élever l'âme, sous aucun prétexte elle ne devait être joyeuse, cet état imprévisible, chaotique. Pour Royal, l'art ne pouvait se permettre le doute. Des sentiments tragiques, mais pas ambigus ; des portraits au service de la dignité humaine, jamais de la séduction. L'art devait être *allégorique*. Représenter la vie sans la laisser s'échapper, la contenir au contraire. Sans en parler. L'imiter. C'était l'art de la peur, que Royal appelait la « Renaissance américaine ».

La veille, Aileen l'avait vu s'extasier devant un tableau de William Henry Howe. Le portrait massif d'un taureau couché sur une litière de paille, dans une grange bardée de bois. L'animal, de profil, tournait sa tête bovine et paisible, regard droit et paupières mi-closes, vers les spectateurs. Royal et un aréopage de ses admirateurs étaient restés une vingtaine de minutes devant la toile.

— Puissante, avait déclaré le critique. Simple et forte. Équilibrée. Parlant d'elle-même. Il y a chez cette bête la force tranquille et la persévérance des travailleurs américains de la terre.

C'était le portrait d'un mâle bien nourri, bien installé, en tout point bourgeois, mâle unique d'un troupeau de femelles qu'on imaginait broutant paisiblement sous la surveillance de leur maître. Question allégorie, le peintre n'y était pas allé par quatre chemins : *Le Monarque de la ferme*… Aileen s'était retenue de souligner la note royaliste dans le titre de ce chef-d'œuvre de l'art républicain.

— Sainement populaire, avait conclu Royal, le classicisme appliqué à un sujet authentiquement américain.

— La suprématie masculine ? avait-elle demandé.

Royal Cortissoz, monarque de l'art patriotique à Paris, d'abord irrité, était maintenant offusqué par sa présence.

Depuis la parution de sa chronique dans *La Fronde*, Aileen arrivait systématiquement la dernière au Grand Palais. Elle sentait l'alcool et la transpiration, de marcher la nuit de cafés en bistrots à la recherche de sujets solides, sociaux, politiques, *réels*, meilleurs prétextes à ses déambulations nocturnes que la poésie, ce loisir des sommets. Dans l'anonymat des bistrots ouvriers, elle se convainquait à l'aide d'alcool de rester éveillée pour la cause de son métier, quand elle fuyait l'immobilité du sommeil et trop de questions. Elle était lasse ces derniers jours, moins apte à la solitude, pourtant toujours incapable de se lancer à la recherche de Joseph. Elle était passée de l'errance esthétique à une légère et engourdissante forme de dérive. Rien d'inquiétant encore, mais plus elle était négligée, plus Royal Cortissoz, par contraste ou provocation, semblait prendre soin de son apparence.

Après le plaisir sain des portraits bovins à la gloire des hommes, il supervisait aujourd'hui l'accrochage de nus. Des toiles qui avaient du mal à trouver leur place sur les murs déjà surchargés des salles américaines. Les cadres s'y touchaient et un coup à l'un faisait basculer tous les autres sur leur axe. La quantité, avait décidé le comité de sélection, comptait autant que la qualité.

Les curateurs, jetant des coups d'œil inquiets à Royal, se repassaient nerveusement un grand cadre, deux nymphes dans leur plus simple appareil, peintes par Julius LeBlanc Stewart. Souriantes, les deux femmes sortaient d'un sous-bois comme si elles venaient d'y faire une bêtise ou pipi, et n'avaient pas tout à fait l'élégance de modèles antiques : on aurait juré des femmes. Avec de belles hanches et des seins attirants. Un rayon de lumière dorée, entre les feuillages, faisait comme une main en coupole à une poitrine aux tétons roses. L'autre nymphe, en réponse à la caresse du soleil sur sa collègue, riait en tenant l'un de ses seins dans sa main, fermement, ses ongles légèrement enfoncés dans la chair. Tournée vers son amie, une mèche de cheveux sur ses yeux cachant en partie son expression, on devinait seulement qu'elle mordait sa lèvre inférieure. Stewart avait titré sa toile les *Nymphes de Nysa*, ces divinités de second ordre qui avaient élevé Dionysos, dieu de la vigne, des arbustes – peut-être des sous-bois aux mousses accueillantes – et de l'excès.

Royal déclara, pour sa petite cour et assez fort pour que le responsable de l'accrochage l'entende, que le talent de M. Stewart était employé à la commémoration douteuse de modèles franchement laids. Le tableau fut aussitôt relégué à la place la moins bien éclairée. Stewart était un artiste américain qui avait tout pour s'attirer les foudres de Cortissoz, homme aux origines modestes converti à l'art traditionaliste des puissants : Julius LeBlanc Stewart était fils de milliardaire, vivait à Paris et donnait des titres classiques à ses nus pour avoir le plaisir de peindre des modèles recrutés dans des bordels.

Suivit un tableau de Joseph DeCamp, le nu plus prudent d'une *Femme s'essuyant les cheveux*. De dos, sa longue chevelure soulevée par un bras dessinait une vague brune, née de sa nuque penchée, répondant aux lignes de son dos et d'une fesse privée de la compagnie de sa moitié, cachée sous un drap. La fesse seule, bien ronde, donnait envie de dénicher la seconde.

— La belle image d'un geste féminin, souffla Royal, mais l'on n'y trouve pas assez de naturel et l'on y voit trop la pose. Une erreur que DeCamp, pourtant expérimenté, aurait dû éviter.

Évidemment, Royal se trompait. DeCamp n'avait pas voulu peindre le geste innocent ou naturel d'une femme se croyant seule, essuyant ses cheveux après le bain sans prendre garde à sa fesse découverte. Il avait peint une femme qui savait qu'on la regardait. Ce n'était pas une scène d'intimité, contemplée par ces amateurs d'art comme par le trou d'une serrure. Le tableau de DeCamp était à la fois une invitation et, lisait-on sur ce dos tourné du modèle, une déclaration de mépris pour l'hypocrisie des «spécialistes», travestissant leur excitation sexuelle en vocabulaire critique. La toile était l'affirmation qu'au jeu du désir, la femme était maîtresse. Cela, Royal Cortissoz ne pouvait le concevoir, donc le voir. Pourtant, après la grossièreté charnelle des *Nymphes* de Stewart, ce nu était préférable. On trouva pour satisfaire M. Cortissoz une meilleure place à l'huile de DeCamp.

Puis vint le soulagement. Une petite toile de Charles Courtney Curran, *Les Péris*, charmante saynète de cinq minuscules fées, en longues robes transparentes ou nues, jouant dans un bosquet de roses blanches aussi grosses que leurs têtes. Ces petits anges déchus et repentis, femmes diaphanes occupées à sentir des fleurs, ennuyées, enivrées du parfum des roses et alanguies dans le conforme des pétales, n'attendaient sans doute pour s'animer que l'apparition d'un monarque viril ou d'un critique d'art. Elles endormaient les sens comme un oreiller de plumes invite au sommeil. Royal souriait, sans trop en faire, à l'apparition de ces *Péris* qui relevaient enfin le niveau de la journée. Nul doute que Curran avait entièrement imaginé ces petites femmes parfaites et qu'à l'inverse de Stewart, il n'avait pas trouvé ses modèles dans une maison close. Si de véritables femmes l'avaient inspiré, il avait peint sa mère et ses sœurs. On pouvait sans s'émouvoir, ni avoir peur de l'ombre de son sexe, regarder ces allégories de la féminité et leur attribuer les qualités idéales qu'on attendait d'elles : discrétion, fécondité et grâce.

Royal Cortissoz lissa sa moustache quand la petite toile de Curran trouva une place centrale dans le panneau des tableaux, maintenant complet, de la salle D du Grand Palais. Comme sur les murs des autres nations, les portraits d'épouses de la bonne société y côtoyaient ceux de putains dénudées, payées trois sous pour le plaisir des critiques et des maris vertueux. Aileen se demanda si Marguerite Durand et les journalistes de *La Fronde*, combattantes de la cause féministe, y trouvaient quelque chose à redire. S'il fallait interdire les nus féminins ou bien lancer la mode des nus de reines et de femmes de ministres. Quel effet ces toiles avaient-elles sur les bourgeoises visitant des expositions au bras de leur conjoint ? Les femmes avaient-elles deux entendements, l'un pour regarder un nu, l'autre pour juger du portrait de madame unetelle au grand salon ? Dans quelles œuvres se reconnaissaient-elles ?

Aileen, retournée voir les *Nymphes de Nysa* de Stewart, imagina une Marguerite Durand conquérante, sortant nue d'un sous-bois, brandissant d'une main un exemplaire de *La Fronde*, de l'autre soulevant un de ses seins. Cortissoz s'approcha d'elle, nez pincé et fesses serrées.

— Le comité de sélection est parfois influencé par d'autres critères que la qualité des œuvres.

Il parlait de la fortune de Stewart.

— Que pensez-vous de cette toile ?

Aileen sourit aux *Nymphes*.

— J'ai grandi entourée de vaches, j'aime les tableaux représentant des femmes. Mais vous, Royal, vous vivez entouré de femmes, n'est-ce pas ?

Le critique, empourpré, recula comme si les créatures du tableau et sa collègue étaient porteuses d'une maladie contagieuse.

— J'ai envoyé hier un télégramme à M. Reid, lui signifiant que je n'avais pas besoin de votre aide. Il vous contactera directement, mais vous pouvez d'ores et déjà vous consacrer aux faits de société. C'est bien votre spécialité, n'est-ce pas ?

— Je vous laisse à vos bœufs. Si jamais quelque chose arrive à l'extérieur du Grand Palais, une révolte ou une guerre, j'essaierai de vous faire prévenir.

Avant de quitter la section américaine, Aileen se renseigna sur l'adresse parisienne de Julius LeBlanc Stewart.

*

Héritier des plantations sucrières de son père à Cuba, il habitait un immeuble du XVIe arrondissement, rue Copernic, et avait fait construire son atelier dans la cour intérieure : un long rectangle haut de plafond, couvert d'une verrière sous laquelle étaient accrochés des draps blancs et ventrus diffusant uniformément la lumière. Les fenêtres étaient obstruées par d'épais rideaux et une seule était ouverte, donnant sur la verdure d'arbres hauts. On aurait dit la serre d'un jardin botanique, nichée entre des immeubles de six étages. Le bruit de la ville y était étouffé et l'artiste, dans ce vaste espace à peine meublé, semblait idéalement seul, avec son matériel et ses toiles ébauchées. Julius LeBlanc Stewart était grand, solide squelette, et il émanait de lui une force naturelle, physique, qu'ont parfois des hommes n'ayant jamais travaillé de leurs mains ou pratiqué la moindre activité de plein air. Comme s'il avait été non le descendant d'une famille de propriétaires, mais de mineurs.

Apprenant qu'une journaliste américaine le demandait, il reçut Aileen sans hésitation; une domestique la conduisit à travers le rez-de-chaussée de l'appartement, puis sur l'allée de gravillons jusqu'à l'atelier. Stewart le millionnaire n'était pas impressionné par les journalistes, mais il sembla ravi de découvrir cette rousse à laquelle il avait du mal à donner un âge, dans ses vêtements d'homme, avec ses hanches hautes qui n'avaient pas porté d'enfant.

Il y avait aux murs plusieurs nus, entre des scènes de la vie bourgeoise, un déjeuner sur l'herbe de couples bien mis, deux femmes à bord d'une voiture à moteur, un énorme chien blanc à leurs côtés, un baptême ou encore un groupe de femmes et d'hommes sur le pont d'un yacht toutes voiles dehors. À côté du yacht, deux nymphes – on le déduisait aux lances qu'elles tenaient d'une main – rappelaient celles du Grand Palais, avec leurs fesses rebondies et leurs cuisses fermes; elles promenaient en riant, dans une petite clairière, les tenant en laisse, deux chiens au pelage blanc, des bêtes musclées et dangereuses qui tiraient sur leur collier et emportaient les nymphes en avant. Aileen se demanda si Stewart déshabillait toutes les femmes en pensée et combien d'entre elles, s'imaginant dénudées, étaient tentées ou horrifiées.

— J'ai la chance d'être ami avec James Gordon Bennett, propriétaire du *New York Herald*. Je suis certain qu'il serait heureux de faire votre connaissance, madame Bowman. Il ne compte pas d'aussi jolies journalistes parmi ses employées.

Stewart n'était pas attirant, mais le naturel avec lequel il l'accueillait, entouré de ces toiles violemment érotiques, avait sur Aileen un effet sensuel inconfortable. Il portait la barbe et le costume austères des hommes de son temps et de son rang. Rien de ce qu'elle avait ressenti devant la toile des *Nymphes de Nysa* ne se produisait en sa présence.

— Mon employeur, M. Reid, pense que votre ami Bennett est un marchand de mauvaises nouvelles et de fausses informations.

Il sourit et désigna la toile représentant le pont de bateau et ses passagers.

— C'est son yacht, le *Namouna*. Peut-être reconnaissez-vous la femme allongée sur la chaise longue ?

Aileen s'en approcha.

— On dirait Lillie Langtry.

— C'est elle, en effet.

Elle passa à la toile suivante, la scène de baptême, dans une chapelle privée aux larges baies vitrées, au premier plan de laquelle étaient représentées deux femmes sur des causeuses, alanguies, dans des positions proches de celle de Lillie Langtry sur le yacht. Si l'actrice avait l'air légèrement souffrante sur le bateau, Aileen avait mis cela sur le compte du mal de mer. Mais les deux femmes du baptême semblaient elles aussi malades. Le contraste avec la santé des nymphes en pleine nature était frappant. Les bourgeoises étaient pâles, représentées affaiblies sur des lits de malades, et le monde silencieusement arrangé autour d'elles, comme en deuil.

— J'ai vu Mme Langtry sur scène, il y a deux ans, à New York. Vous avez rajeuni cette coquette.

— Vous faites une drôle de journaliste mondaine, madame Bowman. Votre employeur, qui semble si bien connaître M. Bennett, devrait plutôt s'inquiéter du travail à Paris de son envoyée.

Il était de plus en plus amusé et Aileen intéressée par cet aristocrate bâti comme un paysan, qui cherchait chez les putains de Paris la santé que les femmes de son monde avaient perdue.

— *Mademoiselle* Bowman. Et je ne m'occupe ni de mondanités ni de mode. Je viens du Grand Palais où Royal Cortissoz m'a aimablement renvoyée de son service. Je suis ici pour toute la durée de l'Exposition et je compte écrire sur les faits de société. J'ai vu à la section américaine une toile de vous et j'ai eu envie de vous rencontrer. Ma mère disait que dans une ville inconnue, si l'on était perdu, il fallait frapper à la porte d'un écrivain. Pensez-vous que cela soit aussi valable pour les peintres ?

— Vous n'êtes pas le moins du monde perdue.

— Non.

— Je ne suis pas non plus un fait de société. Si je préfère mille fois votre présence à celle de Cortissoz, puis-je tout de même vous demander ce que vous faites ici ?

— Je ne sais pas encore.

Il désigna deux fauteuils, face à face, sur un tapis oriental dont le rectangle, en taille réduite, reproduisait celui de l'atelier. Aileen caressa en souriant le velours des accoudoirs.

— Est-ce de cette façon que vous recevez vos modèles ?

— Cela arrive.

— Pourquoi, à votre avis, les femmes du monde s'offusquent-elles à l'idée de poser nues, tout en acceptant dans leurs salons des toiles représentant d'autres femmes ?

La question ne le surprit pas.

— Je m'amuse souvent de ce paradoxe, des bonnes maisons aux murs décorés par les corps de prostituées. Mais peut-être que les femmes respectables ne posent pas nues parce qu'on ne le leur permet pas. Peut-être que si on les laissait choisir, elles aimeraient le faire. Qu'en pensez-vous ?

— Rencontrez-vous souvent vos critiques dans les maisons closes où travaillent vos modèles ?

Il éclata de rire, son regard amusé disait que oui, cela arrivait. Aileen croisa les bras, ses avant-bras pressant ses seins, les doigts glissés sous ses aisselles humides de chaleur, et scruta, sur le fond blanc de l'atelier, les yeux sombres du peintre.

— Accepteriez-vous de faire un portrait de moi, monsieur Stewart ?

La curiosité chassa l'amusement de son visage.

— Un nu ?

— Sans référence mythologique inutile. Un portrait d'Aileen Bowman, journaliste et propriétaire dans le Nevada.

Cette fois, il la déshabilla scrupuleusement du regard, avec une sensualité qui chassa enfin l'inconfort. Stewart peignait des nus parce qu'il avait peur des femmes aux allures de mères malades, allongées sur des divans. Il s'en protégeait grâce à ces prostituées devenues femmes idéales, et désirables, sans craindre leur jugement ni la contagion de leur faiblesse de classe. Aileen Bowman était visiblement d'une santé parfaite et avait la blancheur de ses modèles favoris.

— Si j'accepte, que ferez-vous du tableau ?

— Rien, je veux seulement poser sans que mon identité soit cachée. Vous pourrez exposer le tableau si vous le voulez. Croyez-vous que votre travail résistera au temps, que l'on exposera encore vos œuvres dans cent ans, monsieur Stewart ?

— Est-ce la postérité ou l'éternelle jeunesse qui vous intéresse, mademoiselle Bowman ?

— Je voudrais seulement créer un précédent. Un cas de jurisprudence, si vous préférez.

— Pensez-vous à une mise en scène particulière ?

— Je ne savais pas en entrant que j'allais vous faire cette proposition.

— Mademoiselle Bowman, je suis honoré d'accepter.

*

Aileen trouva sur le lit de sa chambre une robe étalée, avec corset et jupons. Une note de la directrice de *La Fronde* accompagnait le cadeau :

Pour célébrer votre première chronique, cette robe qui vous ira parfaitement, j'en suis sûre. Réservez-moi

*demain votre soirée, je vous présenterai à Paris qui se
demande déjà qui est Alexandra Desmond.*

    Votre amie,

Marguerite D.

    Dans une seconde enveloppe, elle trouva un document signé et tamponné, émanant de la préfecture de Paris. Le préfet Lépine, comme promis par Marguerite Durand, accordait à Mlle Aileen Bowman, citoyenne et journaliste américaine, le droit exceptionnel de porter dans les lieux publics sa tenue de cavalière. L'autorisation, renouvelable, était valable jusqu'au 7 octobre de l'année 1900.

    Les lames du parquet, passant sous le mur de sa chambre jusqu'à la pièce voisine, propagèrent des craquements de bois. Aileen ouvrit la porte du petit placard à étagères construit dans l'épaisseur de la cloison. Entre des planches, derrière les rangements, la lumière de la chambre mitoyenne filtrait. Une ombre passa et repassa devant. Elle entendit le froissement de vêtements, puis les grincements du lit. La lumière s'éteignit.

6

Un télégramme reçu de New York – dont la composition saccadée rendait bien l'effet d'un dialogue avec Whitelaw Reid – insistait sur des sujets qu'il était urgent pour Aileen de traiter. Mais ce fut surtout la partie du message évoquant Royal Cortissoz qui la fit rire :

Informé mécontentement R.C. – Partagé – Autres problèmes à venir ? – Paris en danger ? – Au travail !

Le palais des États-Unis figurait en tête de la liste des articles imposés.

C'était un mélange architectural de la Maison-Blanche, de la librairie du Congrès et d'un caveau familial de millionnaires ; il était coincé entre l'énorme rectangle du pavillon de l'Autriche à droite et celui, à gauche, un peu plus fin et haut, de la Turquie. L'architecte Charles Coolidge, qui ne devait pas son succès à la légèreté de ses dessins, avait donné toute la mesure de son art. Le bâtiment n'avait qu'un but, offrir le plus possible de piédestaux à de triomphants aigles aux ailes déployées. Partout ailleurs, des mâts soutenaient des bannières étoilées tentant de dépasser la pointe du minaret voisin de la Turquie. La rue des nations tout entière était une exposition de drapeaux, de chevaux et d'aigles. Sur un cheval levant un pied vers la Seine, un George Washington conquérant, saluant du bras la rive droite, était sculpté dans le marbre avec la noblesse d'un héros antique, lui le politicien malin. Aileen passa dans son ombre et s'arrêta sur les marches du porche en hémicycle, leva la tête et se tordit le cou pour voir la longue fresque qui accueillerait les visiteurs. Le comité avait choisi Robert Reid, connu pour ses portraits de femmes dans des champs fleuris, pour réaliser une *Amérique dévoilant sa force naturelle* : un arc de cercle de sept ou huit mètres, plein d'allégories féminines aux ambitions Renaissance, dont une Agriculture particulièrement plantureuse, une faux dans les mains, seins à l'air, qui aurait eu un bel effet sur les ouvriers agricoles du comté de Carson City. Aileen s'arrêta là, incapable d'aller plus loin.

Elle retraversa la Seine par le pont de l'Alma et se hâta de rejoindre les Champs-Élysées, s'installa au fond d'une brasserie sur une banquette, commanda à manger et de la bière, tira de son sac son bloc papier, son encrier et son porte-plume. En deux heures elle boucla pour le *New York Tribune* une chronique relatant les préparatifs empressés des membres du comité, les dernières touches de peinture, l'accrochage des œuvres au Grand Palais, l'importance de la présence américaine, l'effervescence dans tout Paris, les lumières, les drapeaux, l'excitation générale, l'harmonieux concert des nations qui allaient fêter la paix et le commerce.

Elle termina son repas froid, cligna des yeux, encore

plongée dans le rythme des phrases et la concentration des mots à choisir, sans reconnaître l'homme qui lui adressait la parole, debout devant sa table :

— Nos amis à New York nous ont rapporté que votre article avait été très apprécié, et qu'ils nous avaient parfaitement reconnus, mon épouse et moi-même, dans la description que vous aviez faite des passagers. Je suis heureux de pouvoir vous remercier.

Alors qu'il lui tendait la main, l'homme chauve réalisa la confusion de la journaliste.

— Le *Touraine* ! Nous avons dîné ensemble le premier soir de la traversée. Vous ne vous souvenez pas ? Eugene Stanford ?

— Le *Touraine* ?

— Oh, pardon, madame, vous écriviez et je vous dérange. Je vous laisse, j'espère que nous aurons à nouveau l'occasion de nous voir.

— Attendez. Oui, bien sûr. Je me souviens de vous.

Elle regarda derrière l'homme, aux tables voisines.

— La Standard Oil, c'est bien ça ? Comment va votre épouse ?

Il exulta, intimidé, fier d'être reconnu par un journaliste, même si c'était cette femme étrange.

— Mais elle est ici même ! Voulez-vous vous joindre à nous pour trinquer ? Je vous vois bien occupée, mais vous avez peut-être quelques minutes ?

Elle fourra dans son sac ses papiers à l'encre encore humide et suivit l'homme de la Standard Oil. Sa jeune femme se leva pour la saluer. Le mari commanda une bouteille de champagne et assaillit la journaliste de questions. Avait-elle visité le fabuleux palais des États-Unis ? Avait-elle eu le temps de voir la section américaine de la galerie des machines et du palais de l'industrie ? Savait-elle qu'un spectacle sur l'Ouest sauvage – presque aussi grandiose que celui de M. Cody – était installé au bois de Vincennes ? Oui, cela, Aileen le savait. Le marchand de pétrole avait retrouvé une bonne dose d'optimisme. Des inventions révolutionnaires, expliqua-t-il, seraient présentées à l'inauguration et sans aucun doute relanceraient son commerce.

— Avez-vous entendu parler du moteur à combustion interne de M. Diesel, d'une puissance et d'un rendement bien supérieurs à la vapeur, comparables à ceux de l'électricité, mais bien plus compact et autonome ? Il fonctionne au pétrole. C'est une révolution, madame Bowman, une révolution ! On parle d'une automobile européenne capable d'atteindre la vitesse de cent kilomètres à l'heure, vous rendez-vous compte ?

Le champagne moussait dans les coupes, Aileen répondait par oui ou non. Croisant le regard de sa femme, elle interrompit finalement le bonhomme cramoisi par l'excitation et l'alcool :

— Mais vous, madame Stanford, qu'avez-vous visité ?

Son mari répondit pour elle, reservant Aileen qui buvait vite :

— Les boutiques, madame Bowman, les boutiques !

— Peut-être que les machines n'intéressent pas votre épouse autant que vous ?

— Elle ne s'y intéresse pas du tout !

— Les œuvres du Grand Palais seraient-elles plus à votre goût ? Je peux vous y faire entrer, si vous le désirez.

Il parla encore pour elle :

— Ah ! Voilà une excellente idée. Figurez-vous que ma femme n'ose pas se promener seule dans Paris ! Je n'ai pas le temps de m'occuper d'elle alors que je suis en rendez-vous d'affaires. Ma chère, acceptez l'offre de Mme Bowman, cela vous distraira et me laissera enfin du temps libre. Qu'en dites-vous ?

La jeune femme n'eut pas le temps de répondre, ce fut entendu. Aileen proposa de passer la prendre le lendemain à leur hôtel. Elle partit avant qu'une autre bouteille de champagne ne soit servie et quitta la brasserie, éblouie par le soleil sur le trottoir.

La salle de réception de *La Fronde* était en effervescence, les employées du journal et ceux d'un traiteur préparaient les tables, des instruments de musique étaient installés sur la scène.

*

Aileen leva le corset et du bout des doigts le fit tourner dans la lumière du chien-assis, jouant avec la transparence des tissus pour faire apparaître l'ossature des baleines. Elle pensa à l'une de ces radiographies médicales, réalisées grâce aux appareils photographiques à rayons X, de plus en plus utilisées dans les hôpitaux ; ces photos de l'intérieur du corps qu'elle ne pouvait s'empêcher de trouver obscènes, comme aucune peinture de nu ne pourrait jamais l'être. Elle avait écrit un article sur la révolution technologique et médicale de la radiographie, et à la suite de son reportage avait fait des cauchemars persistants de corps transparents, laissant voir dans la rue l'intérieur des passants. Aileen précisait dans son article que plusieurs cas de brûlures et de lésions permanentes avaient été constatés chez des patients exposés trop longuement aux rayons X. Son rédacteur en chef lui avait fait couper cette partie, des rumeurs infondées, avait-il argumenté, certainement entretenues par des entreprises concurrentes. Elle rejeta le corset, cet instrument de torture que des femelles gloussantes payaient dans l'espoir de plaire.

L'alcool de la brasserie puis l'air sec de Paris lui avaient asséché la bouche. Elle sentait la colère monter, s'accélérer le cycle des arguments tronqués, son mépris pour le genre féminin, si sujet à la servitude volontaire qu'Aileen était tentée d'excuser les hommes qui en abusaient. Ces dindes rôties, dans leurs corsets qui en avaient tué plus d'une, récoltaient ce qu'elles méritaient. Ces bourgeoises qui se moquaient d'avoir le droit d'entrer à l'université si leurs armoires étaient bien garnies, ces pondeuses de mômes qui se plaignaient du nombre de bouches à nourrir et se laissaient engrosser sans protester, la masse de ces bonnes femmes, noyées dans leur quotidien, occupées à cuire et gagner le pain, se plaignant à jamais mais terrifiées à l'idée de se révolter. La colère d'Aileen enflait pour contenir sa mauvaise foi. Chez les hommes, la colère a pour fonction de déclencher la violence, qui masque l'impuissance, le doute ou la culpabilité, tous sentiments honteusement féminins. On n'approche pas un homme en colère, on tremble devant son courroux sans l'interrompre. Aileen avait hérité des colères d'homme de son père. La voix d'Arthur, quand elle s'enrageait, remplaçait sa voix intérieure. Elle se mit à marmonner dents serrées, s'adressant aux nymphettes qui se roulaient dans les fleurs, à Marguerite Durand et sa robe de soirée, à la statue de *La Parisienne* que les hommes allumaient à volonté, gardant l'Exposition comme une maquerelle à l'entrée d'un bordel, aux mondaines qui collectionnaient les amants comme des victoires, aux gamines qui croyaient au mariage, à celles qui acceptaient les coups et en distribuaient à leurs gamins comme la monnaie du père. Elle s'en prit à la robe étalée sur le lit, molle, qui absorba sans réaction ses coups de poing, se chiffonnant et s'emmêlant autour de ses bras. Elle se débattit contre les tissus, jetant des coups de pied au lit, jusqu'à se faire mal et s'arrêter brusquement, une fois éprouvée l'inutilité de sa force.

Alors la colère laissa place à la tristesse, autre mascarade pour parer sa bêtise de la noblesse du drame. C'était l'habituel moment où les hommes, pour noyer ces émotions encombrantes, allaient boire un verre, nier par l'oubli, trinquer avec leurs frères qui leur disaient de ne pas s'en faire. Mais Aileen avait passé l'âge de négocier avec elle-même de faux traités de paix, qui justifiaient la violence et son contraire, le tort et le juste, réconciliaient tout sans rien changer. Elle avait appris à admettre rapidement sa mauvaise foi, pour identifier le sentiment à l'origine de l'explosion, celui qui échappait à son contrôle, la mèche de la colère, qui était souvent la même – chacun n'en a jamais que quelques-unes sa vie entière.

Cela avait commencé la veille avec Julius Stewart, l'artiste du nu qui avait peur des femmes. Puis, aujourd'hui, les femmes allégoriques de la fresque du palais des États-Unis. L'épouse de l'homme de la Standard Oil, cette belle cruche qui ne savait rien ni des hommes ni des femmes. La contradiction de ses désirs simultanés pour les femmes et les hommes, l'absence chez les unes de ce qu'Aileen aimait chez les autres, les qualités des femelles qui faisaient défaut aux mâles, et elle au milieu, avec sa colère de père et son ventre sans enfant.

Elle rejeta la robe sur le lit et réajustait ses vêtements quand on frappa à sa porte. Une femme d'une quarantaine d'années, aux cheveux ébouriffés et aussi frisés que ceux d'une Noire, les sourcils froncés, la salua.

— Je suis votre voisine de palier. J'ai entendu des bruits. Vous allez bien ?

— Rien de grave. J'ai trébuché et je suis tombée. Merci de vous être inquiétée.

La femme observa sa tenue. Elle-même, sinon sa coiffure désordonnée, était plutôt élégante. Ses pommettes hautes, ses longs sourcils mobiles, son front dégagé et jusqu'aux rides de son visage accentuaient la détermination de son regard clair. Une belle femme, au seuil des grands changements de la vieillesse.

— Vous êtes bien la journaliste américaine ?

— Oui, je travaille pour le *New York Tribune*.

— Et aussi *La Fronde*, m'a expliqué Marguerite. Je n'ai pas aimé votre chronique sur Paris. Je suis moi aussi journaliste.

— Ma chronique n'avait pas pour but de plaire. Bonne soirée, madame. Merci encore pour votre sollicitude.

La voisine se moquait d'être congédiée et, en vraie journaliste, ne bougea pas.

— Votre article n'est pas de l'information, mais de la littérature. Votre collègue du *New York World*,

Nellie Bly, applique des méthodes de terrain qui m'intéressent plus.

— Vous savez ce qu'a fait Nellie en rentrant de son tour du monde, l'hiver dernier ? Elle s'est fiancée à un millionnaire plus vieux que son père.

Le rire de la femme remonta ses pommettes et fit trembler ses boucles.

— Je suis Séverine. J'écris pour *La Fronde* et d'autres journaux parisiens.

— J'ai lu plusieurs de vos articles pendant le procès Dreyfus. Votre travail est connu de beaucoup de mes collègues à Manhattan.

Elles échangèrent une poignée de main.

— Serez-vous à la fête organisée ce soir par Marguerite ?

— J'en doute.

— C'est bien dommage, j'aurais aimé poursuivre cette discussion. Si vous descendez vers dix heures, il n'y aura plus grand monde. Ce n'est qu'une collation avec un peu de musique, je crois que tout le monde va ensuite chez un ministre ou un ambassadeur. Nous pourrions échanger tranquillement et vous n'auriez pas à enfiler la robe que Marguerite a fait livrer pour vous.

*

Aileen arrêta d'écrire à onze heures, assez tard pour prouver qu'elle ne s'intéressait pas à la soirée. Elle avait sans doute trop attendu. On nettoyait et rangeait la salle de réception, l'orchestre avait plié bagage. Mais au petit salon de la bibliothèque, Séverine était encore là, avec un homme qui l'écoutait parler, verre à la main, tandis que la journaliste ne touchait pas au sien, posé sur une table basse. Elle se leva pour inviter Aileen à les rejoindre. L'homme, une cinquantaine d'années, visage mou et regard droit, se leva à son tour, hésitant, soit ivre d'alcool, soit abruti par la rhétorique de Séverine. La journaliste le présenta :

— M. René Viviani, avocat et député socialiste de la Seine. M. Viviani travaille avec quelques-uns de ses collègues à un projet de loi autorisant les femmes à présenter l'examen du barreau.

— Le barreau ? Je ne comprends pas ce mot.

— Excusez-moi, votre français est si bon que j'en oublie que vous êtes américaine.

Le député interrompit Séverine :

— Nous voulons que toutes les femmes aient le droit de devenir avocates, comme elles peuvent aujourd'hui devenir médecins.

— Quand nous sauverons les hommes des maladies et de la guillotine, peut-être nous accorderont-ils le droit de voter pour eux, ajouta Séverine sans le moindre humour.

Viviani eut un sourire gêné, la journaliste française le fusilla du regard et ne lui laissa pas le temps de parler, pas plus qu'à Aileen de s'asseoir :

— Mais les résistances sont encore nombreuses au sein même des soi-disant progressistes, sans parler des conservateurs et des vieilles gardes masculines terrifiées par l'intelligence de leurs épouses.

Viviani se tassait, sentant venir l'orage. Séverine brandit un journal et cette fois Aileen eut la certitude que c'était elle et non le vin qui faisait vaciller l'homme politique.

— Comme le grand poète du Paris des humbles, votre ami François Coppée, monsieur Viviani, qui prend ses aises dans les colonnes du *Figaro* !

Et elle se concentra sur un article, élevant encore la voix :

— Je cite votre ami, monsieur Viviani : « L'avocate, qui est déjà un monstre dans l'ordre sentimental et personnel – quelle déclaration amoureuse adresser à une dame qui vous répondrait par des plaidoiries ? –, l'avocate, qui précéderait de bien peu cette bête dangereuse, l'électrice, est un phénomène bien à montrer comme une bête curieuse, mais à qui le prétoire doit être interdit. »

Viviani soutint du mieux qu'il put le regard de Séverine.

— François exagère, ce sont des piques à bon compte, pour amuser la galerie. Il n'en pense pas la moitié.

— La moitié serait déjà une preuve accablante de sa stupidité.

— La loi passera, Séverine, personne ne peut plus l'empêcher. Notre cause a maintenant assez d'amis.

— *Notre* cause ?

— Restons-en là pour ce soir, je vous en prie. La soirée fut réussie et j'ai demain une longue journée.

Il serra la main de la journaliste française qui le laissait aimablement partir avec un reste de dignité, puis il se tourna vers l'Américaine comme vers une alliée.

— J'espère que nous aurons à nouveau l'occasion de discuter, madame. Et puisque j'y pense, souhaiteriez-vous accompagner le cortège présidentiel de l'inauguration, après-demain ?

82

— Merci, mais cela a déjà été arrangé par mon journal, monsieur Viviani.

— En ce cas, je vous quitte. Si vous avez besoin de quoi que ce soit d'autre, faites-le-moi savoir par l'intermédiaire de nos amies Séverine ou Marguerite.

Séverine se rassit et but une gorgée de champagne, s'accordant finalement ce loisir une fois Viviani terrassé et parti. Un jeune serveur fatigué apporta une coupe et la remplit pour Aileen, qui s'installa à la place du député, dérangée un instant par le siège réchauffé par les fesses du politicien.

— Vous n'avez pas été tendre avec lui.

— Viviani est un homme politique honnête, un des plus fidèles à la cause des femmes, mais il manque parfois de courage pour secouer son propre camp, qui dans ce combat est une opposition tout aussi tenace que celle de la droite.

Elle avala une longue gorgée de sa coupe et, la bouche ainsi lubrifiée, inspira profondément. Aileen écouta, amusée, la tirade bien répétée mais encore passionnée qui suivit :

— Rien ne m'exaspère plus que les hommes qui demandent aux femmes de patienter encore un peu pour devenir des citoyennes à part entière, alors qu'ils sont au pouvoir depuis trois mille ans. Des hommes qui ne savent ni lire ni écrire, incapables de distinguer leur droite de leur gauche, dans les sabots desquels, à l'armée, on met d'un côté du foin et de l'autre de la paille pour qu'ils s'y reconnaissent, ceux-là sont électeurs ! Les pochards qui ne désemplissent pas du matin au soir, qui laissent leur raison au fond du premier verre tellement ils sont intoxiqués, ceux-là aussi sont électeurs. Comme les fainéants qui se font nourrir par leur femme, ou les proxénètes qui vivent de la fille : électeurs. Les gâteux ? Électeurs. Les fous et les fous qu'on dit guéris ? Électeurs. Des assassins peuvent choisir leur député ! Mais aux femmes, réputées inférieures à tous ceux-là, la République ne reconnaît qu'un seul travail : celui de contribuables. Parce que nous payons l'impôt, sur les salaires que nos maris encaissent légalement en notre nom ! Est-ce que dans votre pays les hommes sont aussi propriétaires du fruit du travail des femmes ?

— La situation des femmes n'est pas tellement plus avancée aux États-Unis, mais il y a peut-être plus d'exceptions notables, plus de Nellie Bly et de Séverine, si vous préférez. Les plus engagées font souvent partie de ligues de tempérance, qui se battent pour la protection des femmes contre les excès de leurs maris, l'alcoolisme ou les jeux d'argent. Mais elles se battent aussi pour des principes de vie religieux et puritains. Au fond, le rôle domestique des femmes ne les dérange pas, elles veulent seulement pouvoir l'exercer sans risque de voir le budget de la maison partir au caniveau.

— Marguerite m'a dit que vous aviez grandi dans un ranch, c'est bien vrai ?

Aileen se demanda ce que penserait Séverine, la journaliste féministe, des nuits qu'elle passait à New York dans le lit d'autres femmes. Des risques qu'elle prenait en retrouvant ses maîtresses. De toutes celles et ceux qui traînent par les cheveux en place publique, pour les humilier et les punir, les gens comme elle. Elle se demanda si Séverine et son amie, Marguerite Durand la coquette, la laisseraient encore dormir sous le toit de *La Fronde* si elles savaient. Et ce qui la retenait de leur avouer.

— À la mort de mes parents, j'ai hérité de cinq mille hectares de terres et d'une grande maison au bord du lac Tahoe, de trente employés, de centaines de chevaux et de bétail en plus grand nombre encore. Mon père a toujours détesté être propriétaire, persuadé que s'il en tirait confort et sécurité, il y perdait aussi sa liberté. Ma mère m'a dit avant de mourir de me débarrasser de tout. J'ai laissé à un oncle la gérance de cette entreprise familiale. Je possède encore beaucoup, mais cela ne m'empêche pas de me méfier des combats pour obtenir autant que les autres. Parce que les autres ne vous l'accordent jamais avant d'être certains que vous êtes devenu un des leurs. Que vos différences sont effacées. Les hommes accorderont le droit de vote aux femmes quand ils seront sûrs qu'elles voteront comme eux. Je n'ai aucune envie de rejoindre les rangs des femmes américaines ou françaises qui veulent être les égales des hommes. Pas tant qu'hommes et femmes porteront un jugement sur qui je suis et si je le suis de la bonne manière. Mes parents m'ont enseigné de très mauvaises manières, sur les terres de notre ranch.

Aileen porta le champagne à sa bouche et l'arrondi de la coupe se superposa à celui du sourire poli qu'elle n'avait plus envie d'afficher. Quand elle reposa le verre, Séverine nota la tension sur son visage et changea de sujet.

— Vous disiez connaître Nellie Bly ? Je suis certaine que vous avez lu son ouvrage sur les asiles psychiatriques de femmes. Qu'en avez-vous pensé ?

Il fallut un instant à Aileen, ramenée aux souvenirs

du ranch Fitzpatrick, pour faire le tri entre ses pensées en français et en anglais.

— Je me moquais de Nellie tout à l'heure, mais se faire enfermer dans un asile en se faisant passer pour folle était très courageux.

— Ses articles ont-ils eu du succès et des répercussions ?

— Ils ont fait d'elle une célébrité. Leur publication a entraîné une enquête fédérale, une considérable augmentation du budget alloué aux hôpitaux psychiatriques et des réformes des méthodes selon lesquelles les médecins établissent leurs diagnostics.

Séverine faisait tourner sa coupe sur son pied, le roulant entre ses doigts, sans boire. Visiblement la conversation sur Nellie Bly, l'intrépide journaliste, était une diversion qui l'impatientait.

— Qu'est-ce que vous voulez savoir, Séverine ?

La journaliste française n'hésita pas longtemps :

— Votre article sur Paris, il me tracasse. Voyez-vous, je suis de ceux qui ont besoin d'identifier leurs interlocuteurs. Je suis marxiste, libertaire, antiparlementariste et féministe, une longue liste d'étiquettes sujettes à discussion bien entendu, mais j'ai besoin que les couleurs soient hissées au-dessus des camps pour décider quelle stratégie adopter. Êtes-vous venue à Paris pour boire en terrasse et vous enivrer de l'air du temps, mademoiselle Bowman, ou bien pour y faire avancer, en quelques mots, la cause de ceux qu'oppriment l'argent et le pouvoir ?

La sobriété, le sérieux et les relents d'intolérance partisane de Séverine donnèrent envie à Aileen de se lever, qui fit signe au jeune serveur planté là, attendant le bon vouloir des dernières invitées de la soirée. Il la resservit et elle regarda ses mains, longues et propres, autour de la bouteille.

— Je ne suis pas arrivée ici avec un programme établi. Je n'avais jamais mis les pieds à Paris ni en France. Mon article est le début d'une recherche, une somme d'impressions personnelles. Mais je m'intéresse aussi au sort de ceux qui construisent cette Exposition, si cela peut vous rassurer. Pas seulement aux ministres et aux grands intérêts qui y président. Je suis désolée de ne pouvoir me ranger dans l'un de vos casiers à étiquettes, mais les mauvaises manières que j'ai apprises dans le Nevada me poussent aussi à penser qu'il n'y a pas de mauvais genre en écriture. Je crois à la perméabilité des formes et des genres, qui peuvent tous contenir ce que nous avons besoin d'apprendre. Pas de l'information, mais ce que nous cherchons plus profondément. La vérité, si c'est le nom que vous voulez lui donner, quand elle nous touche vraiment. Nous pouvons trouver ce savoir aussi bien dans un article de journal que dans une autobiographie. Autant dans une autobiographie que dans une biographie, une biographie qu'un récit romanesque, un récit qu'un roman. Il est aussi réel dans un roman que dans une fable, peut-être même que dans nos rêves. Quand la vérité est un guide et non un ordre, le savoir un bien et non une obligation, ils peuvent prendre toutes les formes qui nous chantent.

La Française, lèvres pincées, n'était pas prête à entrer dans cette discussion, s'y refusait et sa beauté en était gâchée. Elle ne s'amusait pas non plus des longs regards de l'Américaine pour le jeune serveur qui bâillait dans son coin.

— Si vous souhaitez écrire des reportages sur la réalité de Paris, mademoiselle Bowman, je peux vous adresser à des personnes utiles et compétentes.

Séverine se leva, raide de principes et des premières douleurs de ses articulations, cette femme qui écrivait pour six ou sept journaux différents dont l'éventail politique, pour des raisons théoriques contradictoires qu'elle seule pouvait justifier, allait du socialisme le plus acharné au plus pestilentiel des nationalismes.

— J'ai du travail et j'ai abusé de cette soirée, veuillez m'excuser. Bonne nuit à vous.

Aileen n'eut pas le temps de se lever pour accompagner poliment son départ. Le serveur s'approcha sans qu'elle lui ait fait signe et remplit sa coupe, vidée rapidement. Elle qui s'emportait contre les femelles soumises et les esclaves de la mode avait rencontré une femme intelligente, une intellectuelle digne de sa mère, indépendante, talentueuse et combative, pour aussitôt s'en faire une ennemie.

Dernière arrivée et dernière partie, Aileen expliqua au jeune serveur rouge de timidité comment trouver, une fois son service terminé, la chambre du dernier étage.

Une heure plus tard, allongée sur son lit, elle écouta les pas retenus du garçon sur le palier, l'entendit s'arrêter, l'imagina prenant son souffle avant d'oser frapper trois petits coups à la porte. Elle ne bougea pas, le laissa recommencer, plus fort cette fois, et se mit à rire quand Séverine, dans la chambre voisine, se leva pour ouvrir. Elle aurait voulu voir le visage de la Française, l'écouta injurier le serveur déconfit, qui redescendit l'escalier en courant.

7

Les époux Stanford avaient pris leurs quartiers sur les Champs-Élysées, dans le tout moderne Élysée Palace apprécié des visiteurs américains, dont le neuf et le nouveau recevaient les faveurs. Le hall de l'hôtel était à l'image de cette veille d'inauguration, un chaos. Les chasseurs poussaient des chariots à bagages surchargés dont les roulettes s'enfonçaient dans les tapis, les semelles des employés, arc-boutés comme des chevaux de trait, dérapaient sur le sol. Le comptoir de l'accueil était pris d'assaut par des impatients réclamant leurs chambres, réservées depuis des mois mais qui n'étaient pas prêtes. Les conducteurs de fiacre cherchaient leurs clients et hurlaient des noms écorchés par leur accent. Il y avait ceux qui s'offusquaient, ceux qui n'osaient pas protester, ceux qui étaient au-dessus de tout cela ou bien regrettaient déjà le voyage. On était en habits défraîchis, visage idoine, ou déjà paré de ses plus beaux vêtements.

Aileen attendit son tour, observant le manège des valises et des chapeaux, demanda que l'on prévienne Mme Stanford de son arrivée. La jeune femme ne tarda pas à apparaître entre les portes de laiton de l'ascenseur, dans la brillance du métal cuivré, en robe claire, et coupa droit à travers la foule des hommes curieux. Aileen réévalua son jugement sur la timidité de l'épouse Stanford. Si elle avait les joues un peu rouges, elle s'était habillée pour en mettre plein la vue et se régalait de l'effet produit. Elle salua Mme Bowman d'une courbette d'élève cachottière. Elle ne semblait pas, comme à bord du paquebot ou à la brasserie, embarrassée de se montrer aux côtés de la journaliste aux pantalons, sur qui tant de rumeurs couraient à New York, en tel nombre que certaines étaient fatalement vraies.

— S'il vous plaît, appelez-moi Aileen, et dites-moi votre prénom.

— Mary.

— Quittons cet endroit, on ne s'entend pas.

Le corset de Mary Stanford lui faisait une taille de carafe à décanter, l'obligeant à gonfler longuement la poitrine pour inspirer.

— Pensez-vous que nous pourrons entrer au Grand Palais, avec toute cette agitation ?

Aileen sourit.

— Vous savez quoi, Mary ? Je pense que vous avez raison, nous n'y parviendrons pas et la visite serait un calvaire. J'ai une idée plus amusante.

— Amusante ?

— Suivez-moi.

— Où allons-nous ?

— Dans un endroit où nous ne risquons pas de rencontrer votre mari.

De la rue Galilée à la rue Copernic elles marchèrent dix minutes pour atteindre l'immeuble de Julius

LeBlanc Stewart. La servante les conduisit à travers la cour intérieure vers l'atelier de peinture.

L'air manqua à la jeune Mary lorsqu'elle découvrit le grand peintre, en bras de chemise dans l'atelier sur-chauffé par le soleil, en train de travailler à une toile. Une femme nue, debout sur une petite estrade, s'ap-puyait à un balai qui sur le tableau devenait la lance d'une plantureuse nymphe guerrière.

— Mademoiselle Bowman, quelle agréable surprise.

Et, marchant vers les deux femmes, Julius déshabilla du regard Mary Stanford, congestionnée, étouffant dans son corset, qui fut prise d'un vertige. Il se préci-pita et la rattrapa dans ses bras avant qu'elle roule sur le tapis. Quand Mary se réveilla, la prostituée modèle des déesses, un châle noué sous les bras, lui tapotait la joue et lui faisait respirer des sels.

— J'en ai toujours sur moi quand il fait une cha-leur pareille. Dans les chambres, on tombe comme des mouches. J'ai défait votre corset, ce truc vous aurait tuée, ma petite dame ! Dites, vous êtes pas enceinte des fois ?

Mary Stanford lui répondit en anglais que l'age-nouillée ne comprenait pas. Elle ne se découragea pas pour autant et continua en articulant plus lentement :

— Si vous avez une miche au four, il faut pas vous enfoncer comme ça dans des baleines, le bébé en aurait le front plat et une tête de presse-papier !

Julius vint au secours de la jeune Américaine.

— N'insiste pas, Charlotte, elle ne comprend pas ce que tu dis. Mademoiselle Bowman, pourriez-vous… demander à Mme Stanford ?

Aileen, un peu déçue par cette belle femme trop

fragile pour l'amuser, reposa la question en anglais et Mary Stanford, de toute sa pâleur, jura ses grands dieux qu'elle n'était pas enceinte. On lui apporta de l'eau et un verre de cognac, elle s'allongea sur un sofa, prenant la pose d'une de ces bourgeoises malades que peignait Stewart. Le peintre congédia Charlotte, ils avaient pris du retard et elle-même était attendue « à la maison ».

— Avez-vous réfléchi à votre tableau, mademoiselle Bowman ?

Aileen avait jeté sa veste sur un dossier de chaise, et s'était servi du cognac. Elle se pencha sur la toile en chantier, dont l'huile encore fraîche faisait briller les courbes de Charlotte, dégageant une forte odeur de diluant.

— Pas vraiment.

— Connaissez-vous Courbet ?

— De nom et de réputation.

— Et la légende de *L'Origine du monde* ? C'est une toile que Courbet aurait peinte à la fin des années 1860. L'histoire raconte que c'était une commande d'un diplomate ottoman, une sorte de portrait de sa maîtresse, qu'il aurait revendu quelques années plus tard avec toute sa collection d'art pour rembourser des dettes de jeu. Le tableau serait ensuite passé de mains en mains, d'antiquaires en amateurs et collectionneurs, et puis sa trace se perd. Quelques personnes à Paris jurent l'avoir aperçu chez untel ou untel.

— Pourquoi tant de mystère ? Quel rapport y a-t-il entre notre tableau, le portrait d'une maîtresse et la création divine ?

Julius Stewart rit, Mary Stanford reprenait des couleurs et tendait l'oreille.

— *L'Origine du monde* n'est pas une toile d'inspiration religieuse. Si certains prétendent l'avoir vue, elle existe et j'en ai eu une description crédible. Il s'agit non de la création divine, mais de la création de la vie. Le tableau représente le ventre, les cuisses ouvertes et le sexe d'une femme, sur les draps froissés d'un lit. On ne voit pas sa tête, seulement son pubis, aux proportions naturelles d'un corps, d'un parfait réalisme.

Mary Stanford déglutit bruyamment en avalant une trop longue gorgée de liqueur. Un sourire resta un instant aux lèvres d'Aileen.

— Je ne veux pas qu'on me coupe la tête, mais je trouve l'idée intéressante. À quoi pourrait ressembler notre propre origine du monde, monsieur Stewart ?

Un silence passa sur l'atelier ensoleillé, comme si tous les trois réfléchissaient un instant au futur tableau, Mary allongée sur le sofa, Aileen devant la nymphe inachevée, Julius dans un fauteuil, une main sur la petite table des boissons. Aileen posa son verre parmi des pots de pinceaux et des tubes de peinture écrasés.

— Il y a autre chose que vous devez savoir. Voir, plutôt.

Elle déboutonna sa chemise qui alla rejoindre sa veste sur le dossier. Elle portait un de ces nouveaux soutiens-gorge que Mary Stanford aurait volontiers échangé contre son corset. Mais ce n'était pas cet accessoire scandaleux qui fascinait la jeune femme et le peintre. Sur les bras et les épaules de la journaliste, sous la dentelle du sous-vêtement et sur ses hanches blanches, des lignes et des formes géométriques noires, triangles, rectangles, cercles.

— Il faudra aussi peindre ça.

Aileen s'était tournée ; les lignes sombres continuaient dans son dos, jusque sous la ceinture de ses pantalons.

Julius se leva, sa main se tendait.

— D'où… Qu'est-ce que c'est ?

— J'avais un oncle qui vivait sur la réserve indienne de Warm Springs, dans l'Oregon. Il avait été accepté par les tribus et était devenu le tatoueur des guerriers et des femmes. Ces dessins sont les symboles païutes des éléments qui constituent l'univers. C'est en quelque sorte leur origine du monde, monsieur Stewart.

Les lignes avaient été tracées avec une précision et une justesse que le peintre apprécia immédiatement. Les formes d'encre soutenaient celles du corps d'Aileen, le rendaient plus fort et monstrueusement beau.

— Est-ce que… vous en avez aussi sur les jambes ?

— Seulement quelques lignes.

Les paupières de Mary Stanford balayaient ses yeux desséchés par l'air chaud de l'atelier. Elle se détournait et revenait aux tatouages, qui lui rappelaient une poterie peinte par des sauvages que son mari avait tenu à installer dans leur salon, pour décorer disait-il.

— Je vais retourner à l'hôtel.

Le pied hésitant, elle quitta la pièce sans que les deux autres s'en préoccupent. À la porte, elle aperçut Aileen Bowman laissant tomber ses pantalons à ses pieds, sa peau diaphane dans l'atelier blanc, sa chevelure rousse éclatante : la diablesse du *New York Tribune*, avec ces lignes d'encre terrifiantes et fascinantes, jusque sous sa culotte qu'elle faisait glisser sur ses cuisses musclées, dévoilant son pubis, de la même couleur que ses cheveux.

Mary se hâta de rentrer à l'Élysée Palace, dans sa chambre se débarrassa de sa robe et de son corset, de ses jupons jusqu'au dernier et se coucha nue, massant sur son ventre, ses seins et ses côtes les marques des baleines et des coutures qui avaient rougi sa peau. Son souffle retrouvé, elle repoussa les draps, écarta ses genoux qui tremblaient légèrement, imagina qu'un peintre était là dans la chambre, ses yeux passant de son sexe à une toile qu'il peignait. Entendant passer des clients dans le couloir, elle eut peur d'être surprise par son mari et fila à la salle d'eau rincer toute cette transpiration.

Rafraîchie, en robe de chambre, elle écrivit quelques mots sur un bloc de correspondance frappé du mono-gramme de l'hôtel. Puis elle appela la réception et demanda à ce qu'un coursier porte un message au journal *La Fronde*.

Mademoiselle Bowman,
Sans vouloir abuser de votre temps, je serais ravie, à la prochaine occasion, de retourner à vos côtés visiter Paris et ses expositions.
Avec toute mon amitié

Mary Stanford

*

Julius Stewart quitta son appartement du XVIe arron-dissement après avoir jeté un manteau long sur ses épaules et enfoncé un chapeau sur sa tête, silhouette noire accompagnée par une seconde, plus petite et drapée dans une cape d'homme, un large chapeau mou tombant bas sur son front. Les deux figures encapées tournaient les coins de rue en frôlant les pierres, se pressant entre les becs de gaz, discrètes et rapides dans la ville insomniaque. Il y avait quelque chose d'un contre-courant dans leur façon d'avancer, une ébriété cynique, des tressautements d'épaules, comme des rires moqueurs pour la grande putain des rois et des tyrans se faisant belle pour l'Exposition.

Julius et Aileen avaient bu du cognac et de l'absinthe, cette boisson liquoreuse dans laquelle on trempait des morceaux de sucre, que l'on enflammait ensuite et faisait fondre dans le verre. Écœurante boisson que Julius appelait la «fée verte», d'une couleur électrique, lourde en bouche mais qui faisait les pieds et les idées légers. Ils traversaient les chaussées pavées, riant entre les fiacres, le grand peintre tirant par la main la femme travestie. Elle se laissa emporter sans se soucier des carrefours ni des noms des rues, jusqu'à une porte laquée de noir, éclairée par une petite lanterne à son linteau. Julius frappa trois coups, du judas sortit comme d'un projecteur cinématographique un petit cylindre de lumière, et on leur ouvrit. Le portier baissa la tête et salua le peintre par son nom ; Julius présenta son « ami américain », de passage à Paris pour l'Exposition, et Aileen retint son rire. Ils suivirent un couloir surchargé de nus de mauvaise qualité qui rappela à la jeune femme la section américaine du Grand Palais, jusqu'à un petit hall où coulaient deux escaliers en hélice recouverts d'une épaisse moquette à motifs fleuris. Tout était en fleurs, les tapis, les lustres, les meubles, les rideaux séparant cette entrée d'une salle bruissant de discussions, de tintements de verres et de notes de piano ; la robe de la femme qui tenait vestiaire était elle-même imprimée de roses démesurées, jusqu'à son extravagante coiffure qui tenait en l'air à renfort de peignes d'ivoire sculptés en tiges et pétales. Son maquillage éblouissait comme un parterre de soucis et de pensées, ses dents trahissaient des temps plus difficiles.

— Monsieur Stewart, nous ne vous voyons plus assez ! Charlotte passe plus de temps à poser chez vous que vous ici !

Elle lui roucoula des compliments, lui confia que de nouvelles recrues, arrivées pour la grande Exposition, feraient certainement son bonheur. Elle observait du coin de l'œil, sans se défaire de son sourire, le jeune homme accompagnant Stewart qui cachait son visage entre une écharpe de soie et son chapeau.

— Et votre ami trouvera j'en suis certaine une compagnie à son goût. Monsieur ?

L'élégant Julius éclata d'un rire de bûcheron, passa son bras sous celui d'Aileen et l'entraîna de l'autre côté du rideau.

La fumée grise des cigares et des pipes emplissait l'air au-dessus des têtes, des sexagénaires se faisaient tirer la barbe par des filles aux épaules nues, jupes et jupons remontés jusqu'à des genoux soyeux.

Une femme ronde fit une courbette au peintre et sans un mot se coula entre les clients vers le fond de la salle, invitant les nouveaux venus à la suivre. Accoudés au bar ou enfoncés dans les fauteuils, les hommes aux yeux pesants de vin et de champagne, d'un sourcil levé, d'un demi-sourire ou en détournant le regard, prenaient note de la présence de Julius Stewart, qui rendait à mesure de discrets signes de connivence. Il devait y avoir là des critiques qui admiraient ou abhorraient son travail, des relations d'affaires de la famille Stewart, des officiels de la ville de Paris ou des collectionneurs, méritants pourvoyeurs de l'argent du foyer s'accordant du repos. Les amis ne se saluaient pas à haute voix, les connaissances s'ignoraient, rivaux et jaloux cohabitaient dans une hypocrite diplomatie : il régnait, même entre ennemis, une solidarité masculine garante du secret de leur présence ici. Chacun de ces vieux hommes aux érections vacillantes s'entretenait, comme seul au milieu d'inconnus, avec une fille qui n'avait d'yeux que pour lui et ne riait qu'à ses mots. Les fonctionnaires à costumes déboutonnés observaient à la dérobée le petit homme incognito qui accompagnait Stewart, le plus riche des clients de la soirée. L'hôtesse charnue les conduisit jusqu'à une alcôve de velours pourpre, dans un angle discret d'où l'on embrassait la salle d'un regard. Pour leur confort, une porte privative, dans le mur de ce bastion tapissé, menait aux autres salons et à l'étage. Aileen se glissa sur la banquette, le visage barré par le biais d'un rideau à franges dorées. Julius en face d'elle prenait ses aises, digne compagnon de bordel.

Comme à bord du *Touraine*, Aileen se mit à déshabiller en pensée les convives, mais cette fois ôta leurs vêtements aux hommes. Coupe et cigare à la main, avec des déhanchements d'empereurs, ils se retrouvèrent nus devant les filles qui riaient d'eux. Elle imaginait leurs corps blancs dos à dos, les chairs abandonnées par les coutures des vêtements qui s'affaissaient malgré les poitrines haut perchées, les sexes rétractés comme des escargots et les bourses aux vieilles peaux étirées par la gravité, de toutes les formes et toutes les tailles, se balançant au rythme des gesticulations, des éclats de voix signalant la présence de ces grands fauves aux autres. Quelle belle assemblée ils auraient faite, dans cette savane de tapis et de tentures, s'ils avaient réellement paradé testicules à l'air. L'image rappela à Aileen, par un inversement parfait, ces tableaux de chiens jouant aux cartes dans des costumes bien taillés. Elle éclata du rire qu'elle retenait depuis leur arrivée, emportée par un long vertige d'absinthe. Un seau à champagne avait été apporté et des coupes remplies, elle en but pour atténuer les effets des autres alcools et de la fée verte, qui changeait de simples pensées en longs voyages imaginaires. Elle croisa le regard de Julius, occupé à l'observer.

— Êtes-vous satisfait, *mon ami*, de cette visite que vous vouliez faire ? Allez-vous prendre des notes pour un article ? J'ai peur que vous n'ayez rien d'autre à faire ici. La boutique ne propose pas les services de garçons, ce n'est pas un de ces endroits. Ceux-là sont vraiment cachés et ma réputation souffrirait trop de vous y accompagner.

Aileen ne l'écoutait plus, elle regardait au-dessus de lui un cadre photographique, s'aperçut qu'il y en avait trois autres au mur de leur alcôve. Les clichés avaient des teintes plus douces que l'habituel gris et blanc des photographies. Grâce à un procédé chimique sans doute différent, celles-là étaient d'un bleu doux. Les sujets, eux, ne l'étaient pas. Aileen s'était redressée, oubliant de se cacher sous son chapeau. Julius se pencha vers elle, resservant du champagne et parlant bas :

— Mon ami, je crains que nous ne voyions un peu trop vos yeux et vos pommettes.

Aileen, étouffant de chaleur sous les vêtements et l'écharpe, se tassa au fond de la banquette, demanda d'où venaient ces photographies.

— Ce sont des cyanotypes de Jeandel, un peintre sans succès, rejeté par la critique. Il travaillait d'après des photographies mises en scène dans son atelier. Il a fini par arrêter de peindre pour ne plus vendre que les clichés, à des établissements comme celui-ci ou bien à de curieux collectionneurs. Le scandale l'a chassé de la capitale et personne ne sait ce qu'il est devenu. Les adresses des endroits où l'on peut… pratiquer cela, je ne les connais pas moi-même… si cela vous intéresse.

Au-dessus de Julius, dans un petit cadre comme une fenêtre donnant sur un bleu d'aube, une femme était allongée sur le côté, vers les spectateurs, sur une estrade de planches dressée devant un drap de gros lin cloué à un mur. Elle était nue, sa tête rejetée en arrière et ses yeux levés au ciel. Ses jambes étaient entravées par des cordes, des chevilles aux genoux. Ses bras étaient attachés dans son dos et une autre corde, dont le chanvre fibreux rappela à Aileen son gant de crin, écrasait ses chairs et entourait ses seins. Son sexe était serré entre ses cuisses comme une bouche bâillonnée. Elle semblait terrifiée, ainsi à la merci de ceux qui la regardaient, et supplier qu'on la libère. Mais pas des cordes. Qu'on la libère en la touchant.

Dans le cadre suivant, un portique en bois était posé

sur la même estrade. Une autre femme nue, la poitrine haute et forte, était suspendue les bras dans le dos, un chevron horizontal passé dessous, ses genoux pliés et ses chevilles attachées derrière elle à ses poignets. Elle redressait tant qu'elle pouvait la tête pour faire face au photographe, au spectateur, à Aileen. Elle évoquait une sainte, ou une martyre, à genoux sur un banc de prière, mais à cinquante centimètres du sol, échappant aux lois de Newton, maintenue en l'air par une force mystique, la souffrance et la jouissance.

Le troisième cyanotype, mise en scène et couleurs identiques, montrait la même crucifiée, cette fois attachée sur le dos à une planche inclinée, comme une table de guillotine, les bras douloureusement tordus sous elle, qui arquaient sa colonne vertébrale et faisaient pointer ses seins en l'air. Les cordes mordantes tournaient autour de ses jambes, de son ventre et de son cou. Un homme en long manteau, coiffé à la mode des bourreaux d'une capuche pointue, appuyait son genou sur la cage thoracique de la condamnée ; d'une main il tenait un entonnoir, de l'autre une cruche qu'il versait dans le cône métallique, poussé dans la gorge de la femme.

Aileen, hypnotisée, la coupe de champagne tremblant dans sa main, passa à la dernière photographie. Deux femmes allongées l'une sur l'autre, bras tendus en supplice de Tantale, visages cagoulés, leurs jambes, sexes, ventres et seins plaqués les uns contre les autres, leurs chevilles et poignets entravés ensemble. Une étreinte aveugle, comme la symétrie d'un corps couché sur un miroir.

La voix de Julius lui parvint comme du fond d'un

puits, montant des bruissements du bordel relégué dans un autre espace :

— Jeandel, tout mauvais peintre qu'il était, a découvert ou dévoilé de puissantes vérités sur ce que nous sommes. Des êtres désirants, souffrants, fragiles et forts, au bord des larmes et rayonnants. Sur les sexes et leurs rapports, sur toute cette réalité intérieure que masquent les vêtements et nos conventions sociales. J'aime l'architecture de ces corps en supplice, écartelés par la révélation du véritable secret de la confession : qu'on ne souffre et ne jouit que sur terre, qu'il faut s'avouer ses désirs sans demander pardon.

Il sourit à la journaliste, avant que son visage s'affaisse en une moue de tristesse et de dégoût.

— Ce n'est pas la peinture mais la photographie moderne qui a capturé ces désirs.

L'alcool et la fatigue rattrapaient le peintre. Aileen se glissa jusqu'à lui et prit sa grande main dans la sienne. Elle était froide dans cet endroit surchauffé et, malgré le risque d'être surpris, Julius accepta cette caresse. Aileen pensait aux cordes des photos et aux lignes de ses tatouages, à tout ce qu'un corps pouvait contenir de forces et de besoins, au peu que l'on en laissait sortir. À tout ce qu'il fallait interdire aux êtres humains pour en faire des humains. À Julius et ses bourgeoises alanguies, dans la bouche desquelles il rêvait d'enfoncer des entonnoirs de jouvence, dont il voulait percer les corps à coups de lance pour aller voir dedans, comme avec des rayons X, pour découvrir s'il y restait des désirs et de la liberté. Les cyanotypes de Jeandel ne disaient rien d'autre que cela, que la décadence tant crainte des dresseurs du genre humain – éducateurs, philosophes et politiques se divertissant au bordel – n'était qu'un désir de jouer avec le temps qui corrompt tout, de le convaincre de devenir un allié.

— Ne vous laissez pas abattre. J'aime beaucoup vos muses.

Julius accepta le compliment bien qu'il ne veuille pas y croire. Aileen serra plus fort sa main.

— Vous êtes ici pour vous amuser, faites appeler Charlotte.

— Ce serait une idée, oui. Mais je ne crois pas être d'humeur. Allons-nous-en, s'il vous plaît.

Elle se pencha un peu plus, le bord de son chapeau effleura la joue du peintre, pris de panique.

— Que faites-vous ? On nous regarde.

Elle retint sa main devenue chaude, se colla un peu plus à lui. Son haleine d'absinthe tourbillonna de sa bouche à l'oreille de Julius, remontant à ses narines, provoquant un tremblement.

— Faites appeler Charlotte. Je vous accompagnerai.

Par la porte dérobée de l'alcôve disparurent le milliardaire Stewart et son ami.

8

La Fronde, *14 avril 1900*
Une chronique de Mme Alexandra Desmond

LA VISITÉE

Il est passé partout, le cortège des hommes aux buste droit et jambes raides, dans leur costume noir, derrière le président Loubet battant la cadence. Pas de public. Les Parisiens et les anonymes ne seront autorisés que demain à payer leur ticket pour visiter le vaste chantier de l'Exposition. La colonne des officiels a filé entre les bâches recouvrant les tas de sable, les empilements de bois, les massettes, les burins et les échafaudages abandonnés quelques heures par les ouvriers.

Il y avait des rois, des archiducs, des princes, des ministres, des capitaines d'industrie et un nuage de journalistes, on parlait vingt langues, mes architectes et mes ingénieurs étaient là, des hommes et si peu de femmes, sinon les ornementales épouses. Au bout des rues barrées, les foules s'agglutinaient pour apercevoir quelque chose.

D'abord ils ont passé la porte magistrale, dont les couleurs peintes faisaient tout le travail en l'absence du scintillement des ampoules, éteintes. Les bannières ne flottaient qu'au sommet des dômes, la brise plus bas n'était pas suffisante pour les agiter et elles pendaient sans grâce. Mais les costumes d'apparat brillaient dans les rayons du généreux soleil.

Au Petit Palais, ouvrant le bal, c'est l'art français qui a été le premier admiré et, la curiosité et les pieds frais, on y a pris son temps. Puis on a traversé jusqu'au Grand Palais, en face, pour consacrer à peine plus de temps aux arts de trente autres nations. À toutes ces œuvres, la cohorte de nobles visiteurs n'a pas été assez nombreuse pour accorder à chacune un coup d'œil. Les ambassadeurs, devant les sections de leur pays, ont tenté de ralentir le rythme, mais le président Loubet et ses chefs de cabinet disparaissant dans une nouvelle salle, et il a fallu se résigner à les poursuivre. La verrière du Grand Palais avait ses panneaux soulevés, comme une gigantesque baleine translucide recrachant l'air surchauffé ; le cortège en est ressorti vertigineux et transpirant. Direction le pont Alexandre-III que la délégation russe a été invitée à inaugurer, cette prouesse technique parmi les prouesses de l'Exposition. Le pont lance en un seul mouvement, entre les deux berges, son pas métallique de cent mètres de long. Quatre Renommées dorées montent fièrement la garde sur lui, l'Art et la Science d'un côté, le Combat et la Guerre rive gauche, où attendaient fiacres et calèches qui ont emporté les hôtes illustres sur le quai des pavillons privés des puissances étrangères. Les constructions, dédiées aux entreprises et leurs réalisations, y sont aussi vastes et fastueuses que celles des États leur faisant face rive droite, rue des nations ; d'un côté le sacre politique, de l'autre l'import et l'export. Là encore les ambassadeurs, poussés du coude par des amis industriels, ont fait ralentir leurs équipages devant les pavillons les intéressant, ce qui n'a eu aucun résultat sinon de provoquer un embouteillage. Les présences des rois et des présidents ont à peine suffi à retenir les chauffeurs de s'invectiver. Les dignitaires ulcérés, chefs d'État et d'état-major, sont descendus au coude-à-coude des calèches, sous les ombres des canons de Schneider et Cie. Perchés en tourelle à trente mètres du sol, sur leur dôme métallique peint en rouge vif, les armes des aciéries du Creusot tournent à trois cent soixante degrés, balayant les toits, le pays alentour et l'horizon des frontières.

Le cortège s'est installé à bord du trottoir roulant, électriquement propulsé, de trois kilomètres de long, qui remonte l'avenue de La Bourdonnais, jusqu'au Champ-de-Mars et la salle des machines.

Dans des bruits d'engrenages, de bielles et de cour-roies, on est passé entre les dynamos géantes aux volants d'acier hauts comme des maisons, moulins à produire l'énergie invisible. Les générateurs d'électricité français, allemands, anglais ou russes y sont mus par les forces de la vieille vapeur, crachée par des chaudières engloutissant chaque heure deux cents tonnes de houille et deux cent mille litres d'eau. Les câbles de cuivre conduisent ensuite le courant magique jusqu'aux attractions et les pompes des fontaines féeriques du palais de l'électricité hérissé d'ampoules. Partout sur les constructions, ces petites bulles de verre, sans vie sous le soleil, donnent l'impres-sion d'une maladie de peau contractée par l'Exposition.

Après l'excitation des machines, dignitaires et politi-ciens ont traversé le Champ où la végétation et les arro-sages automatiques faisaient une agréable fraîcheur. Là, un spectacle les attendait : un autre défilé, organisé pour le plaisir du leur. On y a fêté la femme. Sur des chariots tirés par des Nègres habillés en pagnes et peaux de fauve, de blanches allégories ailées, de la Famille et de l'Éducation, étaient éventées par des sauvages caribéens agitant des palmes. Les tambours des cinq continents ont rythmé la parade. On a applaudi bien fort et apprécié le repos offert par cette pause.

Puis ils sont passés entre les jambes de ma tour, la robe de mariée que m'a construite Gustave, avec ses dentelles rivetées. Les vieux messieurs, nez en l'air, ont cherché des yeux la jarretière et ma culotte, avant de franchir la Seine par le pont d'Iéna. L'ascension de la colline du Trocadéro a fait souffrir leurs pieds et je les ai perdus de vue dans les ruelles des médinas de plâtre qui mènent au village colonial.

Là, les maîtres du monde ont assisté à une danse du ventre orientale, à une chorégraphie de gracieuses Annamites, puis de femmes tatouées des montagnes du Maghreb ; ils ont écouté des tambourins et les étranges notes d'instruments aux cordes tirées de boyaux de chèvre ; ils ont humé le parfum des thés et des épices de l'Empire.

Ils n'ont pas eu le temps de s'arrêter à la grande lunette du palais de l'optique, longue de cent vingt mètres, pour observer la lune comme à soixante kilomètres de distance. Ils ont aperçu de loin seulement la grande roue qui embarque mille six cents personnes dans ses wagons ; ils sont passés sans ralentir devant la salle des fêtes pouvant accueillir vingt mille spectateurs, ni le village Suisse avec ses faux rochers et rivières, pas plus que devant le quartier reconstitué de mon enfance moyenâgeuse, ou le grand globe céleste où l'on admire les mouvements des astres, dans une sphère bleu et or de soixante mètres de haut. Ils n'avaient pas le temps.

Le soir venu, les officiels ont rejoint les soirées privées de leurs nations, où l'on a échangé ses impressions, les rumeurs et les informations glanées, sur ses adversaires politiques ou ses concurrents commerciaux.

Je suis à nouveau illuminée, du haut de mon perchoir j'admire les millions de kilowatts des dynamos qui mettent mes formes et mes lignes en valeur.

En attendant l'ouverture publique, demain matin, les hordes de visiteurs déjà arrivés se sont éparpillées dans mes quartiers, prenant d'assaut les restaurants et les chambres ; ils mangent, boivent, s'aiment et forniquent, volent, ronflent et rêvent. D'autres sont allés au bois de Vincennes profiter de la douce soirée. Sur le terrain d'aérostation, les premiers chanceux ont pu embarquer à bord d'un ballon captif. Les milliers de mètres cubes d'air chaud, retenus à la terre par un câble d'acier, se sont élevés à trois cents mètres du sol, à la hauteur de ma cage à oiseaux. Dans la nuit et le vent froid de l'altitude, les femmes cachant leur nez dans des cols de fourrure, les hommes drapés dans des écharpes, ils ont partagé quelques instants ma vision. Ceux-là avaient en redescendant les yeux brillants.

C'est là que j'ai terminé ma nuit, négligeant les festivités du centre, pour ne rentrer qu'au petit jour, avec les pieds gonflés d'une agenouillée qui a trop dansé et arpenté des kilomètres de trottoir.

*

Julius avait eu l'idée de cette ascension nocturne à Vincennes. Paris était là-haut réduite aux proportions d'un plan, ses rues épinglées de lumières électriques.

Depuis leurs jeux sexuels, inspirés par les cyanotypes de Jeandel, avec la nymphe professionnelle Charlotte, ils avaient la certitude de ne pas s'aimer plus que cela. Mais Julius Stewart, coupable et terrifié par les femmes, était heureux d'avoir trouvé en Aileen une partenaire d'exutoire. Elle, de son côté, un compagnon qui ne regardait pas le monde pour en tirer bénéfice, seulement des tableaux. Elle avait tenu sa main dans le ballon captif, l'avait deviné rougissant, un peu inquiet qu'on les surprenne manquant à l'étiquette. Les autres passagers, occupés à contempler la capitale, buvant une coupe du champagne Mercier dont la publicité ornait le ballon, se moquaient de la femme en pantalons et du peintre bourgeois se tenant l'un à l'autre.

Attacher des corps pour les libérer. Comme le ballon captif retenu par un treuil. Une réponse symétrique aux lois sociales, qui enchaînent la liberté des individus pour garantir la liberté du groupe. Ces jeux interdits étaient individuels, égoïstes, sincèrement partagés car impossibles sans les autres. Aucune morale n'y était salie, c'était un mensonge; on en ressortait allégés de soi, sans peur des autres. Mais après les jouissances aiguës, une fois le salaire de Charlotte payé, chacun était redevenu seul.

Dans le panier du ballon captif, au-dessus de Paris brossée par le phare de la tour Eiffel, ils avaient renoué des liens plus paisibles, qu'ils espéraient sagement voir durer. Ils s'étaient tenu la main, jusqu'au moment de remettre le pied sur terre.

Ils avaient flâné quelques minutes autour des guinguettes et bistrots du bois, regardé les danseurs et écouté les musiciens, puis Julius avait voulu rentrer à son atelier pour peindre. Ils s'étaient séparés porte de Vincennes. Un fiacre avait emporté Aileen vers le IXe arrondissement et l'immeuble de *La Fronde*.

Après avoir écrit sa chronique et l'avoir apportée à la composition, elle s'était endormie en écoutant les femmes fabriquant le numéro spécial qui s'ajouterait, le lendemain, à tous les journaux déclarant ouverte la plus grande Exposition de créations humaines jamais imaginée.

Au matin, Aileen avait décidé de se passer de l'hospitalité de Marguerite Durand et de trouver un autre logement. Puis elle était retournée au bois de Vincennes.

Il devenait dangereux d'attendre plus longtemps. Aucune diversion n'avait chassé Joseph de ses pensées, elle repoussait le moment, s'épuisait en fausses excuses.

*

Les constructeurs d'automobiles avaient fait élever des hangars aussi longs que des stades. Les machines, sur leurs pneumatiques souples, tirés du caoutchouc des arbres des colonies, reposaient dans des odeurs d'huile, de graisse et de métaux astiqués, cuivre, laiton et acier chromé. La France, en tête de la production mondiale, présentait les modèles de trente fabricants différents, à vapeur, à explosion de carburant ou électriques. Au centre de l'Exposition trônait le stupéfiant véhicule de Camille Jenatzy, l'ingénieur belge qui venait de battre le record de vitesse à bord de la

Jamais contente, voiture électrique en forme d'obus géant. Jenatzy était devenu une célébrité planétaire, pour avoir dépassé la limite des cent kilomètres à l'heure dont certains savants avaient annoncé qu'elle était infranchissable : le corps humain ne pourrait supporter une telle vitesse et se désintégrerait. Il était maintenant un héros et un dieu. Les ingénieurs français, Panhard, Renault, Peugeot ou Berliet, déconfits à l'heure de l'Exposition, annonçaient crânement que des prototypes, dans leurs ateliers, dépasseraient bientôt le record de Jenatzy.

Les frères Michelin, pour encourager le monde à prendre la route sur leurs pneumatiques, si confortables et à l'adhérence sans pareille, avaient fait éditer un guide, catalogue d'adresses des bons restaurants de chaque région, offert pour l'achat de tout pneu de vélo ou d'automobile. Aileen le feuilleta, cherchant si par hasard, aux pages de l'Alsace, une table était recommandée dans le village de Thannenkirch.

Elle s'éloigna des exploits cinétiques, des odeurs minérales et mortes des machines du futur, réservées pour l'instant aux plus riches des hommes. D'autres parfums l'attiraient, gonflant sa poitrine d'un air plus riche : ceux des cuirs, des bêtes, du crottin et de la paille, qui la transportaient d'un bond en Amérique, jusqu'au lac Tahoe, aux écuries et au ranch.

*

À la suite de celui de William Cody, plusieurs *Wild West shows* avaient vu le jour, et en l'absence de Buffalo Bill à Paris, Pawnee Bill avait fait le voyage.

Entre deux poteaux plantés en terre, une banderole peinte annonçait le ronflant Pawnee Bill's Historic Wild West Show, Indian Museum and Encampment… La troupe s'était installée aux portes de Paris, à côté des athlètes du stadium olympique, des hangars des automobiles et des avions. Pour deux francs on visitait un authentique camp d'Indiens Sioux, pour quatre francs on assistait au spectacle équestre de Mexican Joe, à la reconstitution d'une guerre indienne, à la maîtrise à mains nues d'une vache par Bill Pickett et à la démonstration de tir de précision de May Lillie. Les représentations allaient se succéder deux fois par jour, six jours par semaine, pendant quatre mois.

À la guérite de l'entrée, Aileen demanda à rencontrer Pawnee Bill. L'employé, dans sa cahute couverte des étoiles du drapeau américain, était français.

— Je vais demander si M. Gordon peut vous recevoir. C'est qu'il y a déjà du monde. Bougez pas.

Pawnee Bill, de son vrai nom Gordon William Lillie, n'était pas un pâle imitateur de Cody ; ils avaient même été partenaires et ensemble avaient mis sur pied le plus grand show jamais connu. Lillie était en outre un personnage public d'importance, au pays ; pour d'autres raisons. Il avait été un leader du mouvement des *boomers* de l'Oklahoma, au cours duquel des pionniers, voulant s'installer sur des terres de la réserve creek et séminole, s'étaient opposés à l'armée américaine. Le gouvernement avait finalement donné gain de cause aux fermiers à la fin des années 1880. Les *boomers* s'étaient approprié les terres, repoussant plus loin les tribus. Lillie, héros américain, vantant la grandeur de son pays et prenant les armes contre son gouvernement, s'était gardé un beau morceau des terrains conquis. Il y avait construit son ranch, à côté de la ville de Pawnee dont on ne savait plus qui avait donné son nom à qui, le spectacle à la ville ou la ville au spectacle. Lillie avait ensuite investi dans la banque et l'extraction du pétrole d'éclairage. Si Buffalo Bill s'était ruiné en chasses grandioses, en maîtresses et fêtes, Pawnee Bill était un homme d'affaires avisé, venu à Paris célébrer avec ses pairs la naissance d'un nouveau siècle de profits.

Il posait pour des photographes devant une Panhard & Levassor qu'il venait de s'offrir. Dix autres journalistes le pressaient déjà de questions et, depuis son article sur Buffalo Bill, Aileen savait que le *New York Tribune* ne publierait pas ce qu'elle avait à dire de Pawnee Bill. Peu importait. Elle n'était pas venue pour ça et se dirigea vers les corrals et les chevaux, figurants des guerres indiennes du show.

Les bêtes, débarquées de la cale d'un paquebot transatlantique, avaient déjà rasé et piétiné leur petite pâture parisienne. On leur apportait sur des charrettes le foin français. Des chevaux de selle anglais, d'un côté de l'allée principale du campement, montures des Blancs. De l'autre, des mustangs peints. Aileen sourit en observant les dessins sur les robes. Beaucoup, de couleur verte, étaient des prières de guérison pour des bêtes en mauvaise santé ou leur propriétaire. Mais c'était le blanc qui dominait, couleur du deuil et de la paix. Décoratives pour les touristes, les peintures étaient chargées pour les Indiens de significations importantes. Certains des symboles et des couleurs, comme le rouge et le noir, étaient même proscrits aux

États-Unis. Ils convoquaient les esprits de la danse des morts et des esprits, cérémonie religieuse qui avait été, dans les réserves, l'occasion d'une brève renaissance spirituelle, d'un sursaut de solidarité et de l'émergence de chefs charismatiques. Craignant une vague de révolte, Washington l'avait fait interdire. Les figurants indiens du Pawnee Bill's Show profitaient de cet étrange voyage, au-delà de la grande mer, pour pratiquer des cérémonies devenues clandestines chez eux.

Pourtant ce n'étaient pas ces couleurs et ces dessins interdits qui retenaient l'attention d'Aileen, mais ceux qui décoraient la robe noire d'un magnifique étalon. Une de ces bêtes que l'on capturait au ranch Fitzpatrick pour en faire des reproducteurs. Sur le fond ténébreux de son pelage, les éclairs de feu orange et les mains pointées vers le bas, jaunes – couleur de mort –, éclataient au milieu du vert et du blanc des messages de paix.

Comme Aileen, les Indiens du camp, sans doute aussi quelques vieux pionniers, cow-boys ou chasseurs de bisons, salariés du Pawnee Bill's Show, savaient de quoi il retournait vraiment.

Les mains inversées étaient le symbole le plus prestigieux dont les guerriers pouvaient parer leur corps et leur monture. Celui des missions confiées à l'élite des braves, dont on ne devait revenir que victorieux ou mort. Le mot symbole, mot blanc, n'était pas à la hauteur de l'ordre qu'imposait une main inversée. L'art européen, aussi sacralisé fût-il, ne pouvait atteindre le degré d'exigence et de réalité de cette image. Une main inversée contenait la mort. Elle était la mort. Le mustang noir, broutant l'herbe française, était un outil de destruction, une déclaration de guerre sans merci. C'était une plante vénéneuse dans un parterre de fleurs décoratives, une arme chargée dans les mains d'un comédien, sur les planches d'un théâtre, visant le public.

Aileen se tenait à la clôture, clignant des yeux, contemplant sur les muscles de l'étalon, entre les éclairs et les mains couleur de soleil, les autres lignes et formes géométriques, d'un violet pâle. Des dessins qu'elle connaissait bien, en négatif : clairs sur la robe noire du mustang. Elle portait les mêmes, d'un noir d'encre, sur sa peau blanche. Cette bête appartenait à Joseph Ferguson. Sur ses flancs il avait tracé les mêmes lignes que la tante Maria et l'oncle Pete avaient tatouées sur le corps d'Aileen, cet été-là, quand elle leur avait rendu visite.

Elle dépassa les stands des attractions foraines et les boutiques de sucreries fermées, peintes de couleurs vives, symboles de plaisir et d'achat. Sur les tipis du village indien, d'autres peintures en blanc et vert délivraient aux visiteurs incultes le même message de réparation et de deuil, qui donnaient au campement un air de fête printanière et tiraient des larmes à Aileen.

Le premier tipi dont elle s'approcha ne puait même pas, signe que les Indiens vivant là n'étaient plus eux-mêmes : on leur faisait nettoyer le camp pour le confort des visiteurs. En réalité, l'Ouest puait. Pas seulement les camps indiens. Les cow-boys puaient, les cochers, les muletiers, les chasseurs, hommes, femmes et enfants dans les fermes. On passait sa vie dans les mêmes vête-ments rapiécés, refilés de garçons en filles dans les fratries. On se lavait une fois par semaine au mieux, en même temps que ses habits. Les Indiens avaient toujours les mains dans la viande, tannaient des peaux, travaillaient les os, les tendons et les boyaux, ils sentaient le poisson qu'ils mangeaient à pleines mains, la graisse du gibier qui protégeait leur peau et leurs cheveux du soleil. C'étaient les chiens, les fourmis et les vers qui nettoyaient les campements de leurs déchets. Au bois de Vincennes, les Indiens balayaient devant les tipis et déféquaient dans des toilettes en planches.

Elle appela devant le tipi et salua, avec les quelques mots qu'elle connaissait, la femme lakota qui en sortit. Si, en colère, Aileen entendait dans sa tête la voix de son père et celle de sa mère quand elle parlait français, c'était la voix de sa tante Maria qu'elle retrouvait en parlant sioux.

L'Indienne ne comprit pas ce que la Blanche cherchait, elle répondit qu'elle n'avait rien à vendre, que le spectacle était ce soir. Aileen secoua la tête ; elle n'était pas là pour le spectacle, elle cherchait le guerrier au cheval noir, la bête aux mains jaunes. La femme recula dans son tipi, un homme en surgit à sa place. Le ton monta aussitôt et il chassa l'étrangère de la main. Aileen posa à nouveau sa question, en anglais cette fois, espérant que l'homme la comprendrait mais pas les autres Indiens qui s'étaient approchés. La stratégie sembla payer, le guerrier prit un air fier en lui répondant, pour ne pas perdre la face, plus inquiet qu'il ne voulait le montrer.

— C'est important problème. Le guerrier bâtard est fou. Va-t'en d'ici, femme-homme, c'est dangereux, ou bien dis à tes frères blancs d'enfermer le bâtard. Pas police indienne. La police des Blancs.

116

Il baissa la voix, chuchota presque en rentrant sous sa tente :

— Sur son tipi, les mains jaunes sont aussi.

Le camp comptait une quarantaine de foyers, dans un triangle de forêt coincé entre le vélodrome, les grandes serres des expositions agricoles et les hangars des automobile clubs. Elle trouva le campement de Joseph à sa pointe sud, le plus isolé, à la lisière du bois.

Aux branches des chênes alentour pendaient des amulettes, des harpes éoliennes et des mobiles de petits os blanchis. Ici les déchets n'étaient pas enterrés, ni l'odeur de la vie indienne camouflée. Sur quatre pierres chauffait une casserole, d'où un parfum de volaille bouillie s'échappait. Sur la tente, les mêmes symboles que sur le cheval, ceux qu'elle avait dévoilés à Julius dans l'atelier de la rue Copernic. Mais la toile était aussi couverte de dessins plus complexes, des objets et des personnages, organisés autour d'une ligne de chemin de fer s'élevant en spirale vers la pointe du tipi ; un train, ses wagons, sa locomotive et son panache noir. Le cône de la tente, soutenu par les perches de bois, était devenu une fresque suivant le mouvement ascendant des rails. Près du sol étaient peints des chevaux sur une herbe verte, des familles d'Indiens réunies, des animaux pâturant, des scènes de danse et de chasse, un grand lac bleu clair au bord duquel la vie semblait paisible. C'était l'été. Puis l'automne, plus haut sur le tipi ; une saison qui éloignait les personnages les uns des autres, une atmosphère de désolation, des arbres nus, un canon, une bataille, des corps allongés.

Aileen imagina Royal Cortissoz devant cette œuvre naïve et inquiétante, puissamment évocatrice – les cris

que le critique et les membres du comité de sélection auraient poussés à l'idée d'exposer cette toile au Grand Palais, avec les autres productions d'artistes américains. Plus haut encore venait l'hiver, à hauteur d'yeux. Des montagnes blanches de neige, pointues et menaçantes.

Aileen, elle, comprenait sans difficulté ce que racontait la fresque de Joseph. C'était un conte sur la solitude, l'abandon et le temps perdu. Elle connaissait ce lac et ces montagnes, fit le tour du tipi pour lire la suite. Une tempête de neige devenait grise en se mêlant à la fumée du train. Elle se rapprocha un peu plus. Au pied des montagnes il y avait un tipi, à l'intérieur duquel l'œil du peintre s'était glissé ; dans le cercle de la base, deux corps couchés ; de simples silhouettes endormies l'une contre l'autre, comme deux cuillères rangées dans un tiroir. Le peintre avait utilisé un bleu foncé pour tracer ces deux corps filiformes, un bleu de blessure. De chair gelée. La neige, noircie par les rejets de la locomotive, tombait sur ces deux êtres figés et, tout autour d'eux, des mains jaunes montraient la terre. Elle fut prise de vertige.

Un hiver, elle avait onze ou douze ans, Aileen était allée à la réserve de Warm Springs avec ses parents. Depuis cette visite, le nom de ce mouroir glacial l'avait toujours fait grimacer ; *Sources Chaudes…* Ils avaient apporté des vêtements, des munitions et de la nourriture pour l'oncle Pete et Maria. Joseph, bébé, ne marchait pas encore. Des familles indiennes avaient déjà perdu des enfants et des vieux. Aileen se souvenait des corps couchés à même le sol, devant les entrées des tipis, sous des couvertures raides comme

118

des pierres, qu'on ne pouvait pas décoller de la terre à laquelle ils étaient soudés par le gel. Pete Ferguson, le Blanc, et Maria, l'Indienne d'Amérique du Sud, étaient morts comme ça, il y avait deux ans, vieillis prématurément. Souvent Aileen les imaginait, blottis l'un contre l'autre sous leur tipi, à regarder se consumer dans le foyer les derniers morceaux de bois, puis s'éteindre les dernières braises, ne comptant plus que sur la chaleur de leurs corps, partagée jusqu'au bout, s'efforçant de rester en vie pour réchauffer l'autre. Le froid les avait conservés des jours entiers, retenant leurs odeurs d'Indiens sous les fourrures figées. On n'avait jamais retrouvé Joseph pour lui annoncer la nouvelle. Depuis longtemps déjà, personne ne savait où il était, le métis à l'esprit dérangé. Mais il les avait vus, ses parents, jusqu'au bout amants, solidifiés par la mort. Il les avait peints.

Au-dessus des deux petites silhouettes bleues, au sommet de la toile, le nuage du train envahissait tout, le monde n'était plus que noir. Seul un œil blanc perçait ces ténèbres, terminées en deux pointes écartées comme des doigts, un triangle d'où sortaient, en mouvement hélicoïdal, les perches du tipi : le plumage charbon d'un corbeau – esprit voleur de lumière –, son œil et son bec ouvert expulsant les piques de bois. Ou bien, à l'inverse, étaient-ce les perches, devenues lances, qui s'enfonçaient dans la gorge de l'oiseau.

Elle regarda autour du tipi, leva la tête, cherchant dans les branches, derrière les feuilles vertes et charnues du printemps, la présence d'un guetteur.

— Joseph ?

Elle écouta. Lui parvenaient les bruits des attractions

du bois de Vincennes, les cris d'une foule montant du vélodrome, les hennissements des chevaux du Pawnee Bill's Show.

— Joseph ?

— Pas rester là ! Partir maintenant, femme-homme !

Elle sursauta. Le guerrier qui lui avait parlé tout à l'heure s'était approché sans qu'elle l'entende. Il s'était arrêté à bonne distance, sur ses gardes, et faisait de grands gestes.

— Pas rester là !

Aileen passa entre les breloques et les mobiles accrochés aux branches, évitant de les toucher. Le guerrier lakota la pressait de partir. Elle se retourna vers le tipi et sa spirale noire, avant de quitter le campement. Sur une allée du bois, elle s'arrêta au stand d'un département français dont elle n'avait jamais entendu le nom, tenu par des hommes et des femmes en costumes traditionnels. On y vendait des produits locaux et sur une estrade des musiciens jouaient des airs folkloriques. La France aussi mettait ses traditions et son histoire en scène.

La tante Maria disait de son fils qu'il était comme ces pierres fendues par les grands froids ou le feu, un de ces galets qui semblent intacts mais sont en réalité coupés en deux, irrémédiablement fissurés, qui se cassent si on les touche. Deux mondes en un, séparés. « Trop d'univers, disait l'Indienne qui l'avait accouché, cohabitent en Joseph. Il est brisé. »

Joseph peignait. Pour recoller les morceaux. Suturer. Réunir ce qui était fracturé.

9

Elle ne s'était endormie qu'à l'aube, levée en retard pour son premier rendez-vous, rue des Saints-Pères. Pendant ces quelques heures de repos du corps, son esprit avait continué de travailler. Au réveil, comme on s'obstine à ne pas suivre de bons conseils, elle avait choisi d'oublier les vérités assemblées par ses rêves, mais sans pouvoir en empêcher les effets : elle était angoissée par la persistance d'un message inaudible.

Le meublé de la rue des Saints-Pères était la propriété d'amis de la famille Stewart. Dans la capitale où le moindre mètre carré était loué à prix d'or, le luxe – et le snobisme – de posséder des logements vacants était réservé à Julius et ses amis. En l'occurrence, un appartement au troisième étage, récemment remis à neuf, de trois pièces, chambre, salon et bureau, équipé d'un chauffage central qui serait peut-être utile à l'automne. Aileen le visita rapidement. Une bonne travaillait dans l'immeuble et avait encore le temps, trois ou quatre heures par semaine, de s'occuper du logement. La concierge lui dit de revenir en fin de journée pour rencontrer la jeune femme. Ce premier rendez-vous expédié, elle fila au second.

On l'attendait au palais de l'Allemagne, au sujet duquel la critique française, sans surprise, était partagée. Pour Aileen, il avait seulement la laideur des grandes pompes de l'Exposition. Un assemblage de clochers et de beffrois dépareillés, empruntés à des bâtiments existants et n'ayant rien à voir ensemble. L'Allemagne, ennemie de sang de la France, avait refait le voyage à Paris pour la première fois depuis l'Exposition de 1870. On se regardait en chiens de faïence. Mais l'empereur Guillaume avait eu la prudence de faire installer dans ce palais temporaire la collection d'art français de son aïeul, Frédéric le Grand ; le seul souverain allemand qu'on pouvait aimer sans restriction, élève du Voltaire national. Pour le malheur des pisse-fiel de la République, le palais de l'Allemagne, en plus des collections de l'Imprimerie impériale, était plein d'œuvres françaises. On n'en soupçonnait pas moins l'empereur Guillaume d'être un sacré malin et un hypocrite.

Rudolf Diesel attendait la journaliste américaine au rez-de-chaussée, flânant au milieu des gravures de Dürer. Son anglais était académique et haché par son accent germanique. Un peu plus de quarante ans, grand et carré, le cheveu déjà rare, Diesel rappelait un solide Américain, élu de la sélection migratoire ; la sélection par la faim, celle des bateaux de troisième classe – à bord desquels on crevait comme des mouches –, qui assurait aux États-Unis le débarquement des plus forts ou des salopards les plus débrouillards. Rudolf Diesel semblait taillé dans ce bois-là, celui des Teutons à dents droites, et pourtant il était las, ses regards anxieux, stigmate d'un tempérament mélancolique. Il ne voulut pas rester au palais, dont ils ressortirent aussitôt. Dehors, Diesel se sentit mieux.

— Mes parents étaient allemands, mais je suis né ici, vous savez. À Paris. J'y ai passé mon enfance.

Aileen continua donc en français :

— Ma mère était française.

— Ah ? Voyez-vous un inconvénient à ce que nous marchions jusqu'au Champ-de-Mars, madame Bowman ? Je dois m'y rendre, et si vous avez le temps, vous pourrez y voir le moteur. Il fait beau, pourquoi ne pas en profiter ?

Il s'intéressait plus aux bienfaits de la marche qu'à l'interview. Aileen se retourna vers la façade du palais allemand, victime de la maladie de l'Exposition, la lèpre des fresques allégoriques et nationalistes. Des phrases y étaient peintes, au cas où la subtilité des symboles aurait échappé à quelqu'un.

— Pouvez-vous traduire pour moi, monsieur Diesel ?

Il fronça les sourcils.

— « Génie allemand plein de gravité et de sentiment du devoir, épanouis-toi dans l'air de la lumière de Dieu. » Et celle-ci, à côté, dit : « Main allemande qui brandit le marteau, forge au feu soc et épée. » Éloignons-nous d'ici, si vous le voulez bien, madame Bowman.

— Comment avez-vous accueilli la récompense du Grand Prix de l'Exposition ?

Rudolf Diesel aurait pu faire un effort, mais il n'y avait pas un sourire en lui, pas même une fausse candeur pour dire que sa fortune était faite ou se féliciter de la reconnaissance de son travail. Il observa le ciel comme pour constater l'inutilité du beau temps.

— Je vous demande pardon ?

— Êtes-vous heureux d'avoir reçu ce prix ?

— Oui, très. Bien sûr.

— Quels sont vos objectifs, ou vos espoirs, pour l'avenir de votre moteur ?

L'ingénieur prit le ton des phrases trop répétées :

— Le moteur Diesel-Krupp équipera les petites entreprises qui n'ont pas les moyens de se payer de grands équipements à vapeur, coûteux et aux rendements beaucoup plus faibles que ceux de notre unité. Notre moteur est petit, puissant et économique, capable d'actionner les dynamos d'ateliers de petite et moyenne taille, en utilisant comme carburant des huiles végétales.

— Des huiles végétales ?

— À haute pression, chauffée suffisamment puis allumée, une motte de beurre fondu le ferait fonctionner. Mais le plus économique, pour des petites entreprises en concurrence avec des grandes usines, est encore l'huile d'arachide.

— Imaginez-vous, comme d'autres ingénieurs, adapter votre moteur aux actuels véhicules électriques ou à vapeur ?

— Ce n'est pas l'utilisation première de notre moteur, non, mais cela serait bien sûr envisageable. Les véhicules automobiles ne sont pas de grande utilité encore.

Il avait murmuré la fin de sa phrase, éteinte dans un silence qui dura quelques pas. Puis une nouvelle idée le redressa et il se tourna vers la journaliste.

— Vous dites que votre mère était française ? Pourquoi a-t-elle émigré aux États-Unis ?

124

— Elle voulait y fonder une communauté économique et philosophique. Une expédition en partie financée par un industriel que vous connaissez peut-être, M. Godin.

— Oui, je connais l'entreprise de M. Godin et ses engagements pour la cause humaine. Je travaille moi-même à la rédaction d'un ouvrage d'économie sociale, basée sur le principe de solidarité. Mais mon travail d'ingénieur m'empêche d'y accorder le temps que je souhaiterais.

— La solidarité ?

Diesel ne poursuivit pas. Ils approchaient de l'esplanade des Invalides où passait le grand trottoir électrique. Elle proposa de l'emprunter.

— Votre compagnie m'est agréable, madame Bowman, voyez-vous un inconvénient à ce que nous continuions à pied ?

Ils passèrent dans l'ombre du trottoir mécanique, avenue de La Motte-Picquet, se rapprochant du Champ-de-Mars et de la galerie des machines, où les entreprises Krupp tenaient salon et où le fameux moteur, objet de toutes les attentions, était exposé. Mais l'ingénieur ralentissait encore le pas et, au croisement de l'avenue Duquesne, sans un mot, prenant le bras d'Aileen, bifurqua pour les éloigner de l'agitation grandissante. Ils marchèrent un moment en silence, le long du mur de l'École militaire, puis franchirent les barrières et les guichets séparant l'Exposition du reste de la ville.

— Si votre moteur était une métaphore, dans cette Exposition, en cette année 1900, pourriez-vous imaginer laquelle, monsieur Diesel ?

L'ingénieur sourit, réfléchit un instant, les yeux perdus dans la perspective de l'avenue.

— Je me suis souvent interrogé sur les lignes de force qui traversent et définissent les communautés humaines. Les forces, comme les tendons des muscles, qui mettent en mouvement nos squelettes. Et sur les périodes qui ont marqué notre histoire. Des empires de l'Antiquité aux nations de la Renaissance, des Lumières à la révolution technologique de notre siècle. Quand je dis notre siècle, je parle du XIXe. Je ne me sens pas encore dans le mien au XXe… Je me demande s'il y a des vortex intellectuels, comme il arrive à certains endroits de la Terre que les champs magnétiques se concentrent. S'il y a des époques qui font converger les idées, concentrent la créativité et les découvertes humaines. C'est l'impression que donne cette Exposition. Peut-être n'est-ce qu'une illusion, que le mouvement et le changement sont permanents mais que nous n'y prêtons pas toujours attention, mettant certains moments plus en avant que d'autres. Mais si nous imaginons être au cœur d'un de ces vortex, le moteur à injection et combustion interne pourrait être la métaphore, ou le mythe renouvelé, du feu prométhéen. Une puissance qui dépasse celle développée par les forces biologiques. Si notre moteur est encore petit, il est certain que d'autres, de taille bien plus importante, seront créés bientôt, que cette puissance ne fera que croître, comme celles de toutes les inventions présentées aujourd'hui. Ce Grand Prix de l'Exposition, notre moteur, pose la question de la puissance et de sa maîtrise. Ma conviction est que les créations, ou les créatures, échappent toujours à leur créateur.

126

— Comme dans le livre de Mary Shelley ?

— Oui. *Frankenstein ou le Prométhée moderne*. J'aime cette histoire. Mme Shelley s'inspirait des rêves fous d'Aldini de recréer la vie grâce à l'électricité. Il terrifiait son public en faisant tressaillir des animaux morts qu'il électrocutait.

Le bras de Rudolf Diesel pesa plus lourd sur celui d'Aileen.

— Le rassemblement de tant d'inventions humaines est une fête, mais tout l'acier des machines, dont est aussi fait mon moteur, contient une menace. Quand le moteur tourne, le métal est chaud. Quand il s'arrête, le voir et le sentir se refroidir me fait toujours une étrange impression. Comme s'il retrouvait sa vraie nature, insensible, et préparait un mauvais coup dans son sommeil.

— Vous ne croyez pas, comme Saint-Simon, que les ingénieurs seront les grands hommes de ce nouveau siècle ? Que la technologie apportera la paix et la prospérité ?

Il lui fallut encore un peu de silence pour trouver ses mots, ou le courage de répondre.

— Je suis un pacifiste, madame Bowman, mais je sais que ce ne sont pas les ouvriers ni la masse des pauvres qui lancent les nations dans des guerres. Il faut avoir le pouvoir des politiciens pour le faire. Et les politiciens ne se lanceraient pas dans des conflits armés s'ils n'avaient pas le soutien des scientifiques, qui garantissent les chances de victoire grâce à leurs découvertes et leurs inventions. Non, je ne partage pas l'optimisme du comte de Saint-Simon.

Diesel se perdit dans ses pensées, cette fois sans

pouvoir en revenir. Aileen proposa de retourner sur leurs pas. Il hésita.

— Je vais annuler mes autres rendez-vous, rentrer me reposer. Mon épouse n'a pas souhaité m'accompagner à Paris, elle n'aime pas la foule. Je pense que je profiterai de mon séjour pour acquérir ici un appartement, pour que nous puissions revenir en famille. J'aime cet endroit.

Il était maintenant trop fatigué pour marcher. Aileen arrêta un fiacre, qui emporta l'inventeur de la combustion interne jusqu'à son hôtel. Elle le salua longuement, jusqu'à ce que la main de Rudolf Diesel disparaisse dans la voiture.

Elle rejoignit la Seine quai Voltaire et s'embarqua sur un omnibus à vapeur. Le défilé de la ville depuis le cours du fleuve calma celui de ses pensées et les inquiétudes que l'ingénieur allemand avait ajoutées aux siennes.

Elle s'amusa des fortifications des îles médiévales de la Cité et de Saint-Louis, les imaginant, au fil du temps, de plus en plus épaisses et hautes, à mesure que les arcs, les arbalètes et les catapultes devenaient plus puissants. Les canons des aciéries du Creusot pouvaient désormais leur envoyer des obus à des kilomètres de distance.

*

La bonne était une gamine de quatorze ans, que personne n'avait plus l'idée d'appeler gamine tant elle était déjà une travailleuse. Elle avait un étrange accent français.

— Je viens de Bretagne, madame.

La concierge qui la recommandait, avec soudain un ton de mère maquerelle, expliqua que beaucoup de filles de ménage venaient de là-bas :

— Elles sont domestiques et les hommes travaillent aux chantiers, beaucoup dans les tunnels du métropolitain. Ils ont des foyers ici à Paris, madame, des foyers respectables, tenus par des curés de leur province.

Aileen soupçonna une organisation bien rodée autour de l'embauche de ces jeunes filles débarquées de fermes lointaines. Celle-là avait l'air aguerrie, résignée mais sans avoir renoncé complètement à réaliser quelque chose ici. Elle était blonde et disgracieuse, avec des gestes sûrs. Aileen l'embaucha. Trois ensembles de draps, son sac de voyage, de la nourriture et du vin, tout avait été livré à son meublé comme l'avait promis Julius. La concierge demanda à Aileen de la suivre et elles redescendirent jusque dans la cour intérieure de l'immeuble.

— C'est un autre cadeau de M. Stewart, madame.

Et la concierge, dont l'accent breton était déjà presque entièrement usé par celui de Paris, ajouta d'un ton de connivence envieuse :

— Vous en avez de la chance, d'avoir un ami si généreux, madame.

Un vélocipède de marque Peugeot, flambant neuf. Une enveloppe était nouée à la selle par une cordelette de chanvre – plusieurs tours, comme les cordes entravant les corps des cyanotypes de Jeandel. Sur une carte Julius avait croqué une bouteille d'absinthe et quelques fleurs du papier peint du bordel. Il avait noté :

Pour qu'à toute heure vous puissiez traverser la Seine et venir me retrouver. À votre entière convenance, chère amie.

Cette première nuit rue des Saints-Pères, Aileen ne dormit pas non plus, elle nota, sans s'arrêter ni revenir en arrière, sur une succession de pages qu'elle ne comptait pas, le début du récit dont elle repoussait depuis longtemps l'écriture. L'histoire du ranch Fitzpatrick et de l'Amérique, telle qu'elle se dessinait entre les bornes et les clôtures de cette propriété dont l'héritage l'écrasait.

À l'aube, elle reprit la route du bois de Vincennes, poussant dans les rues la bicyclette qui lui accordait une seconde fois, en plus de l'autorisation spéciale de la préfecture, le droit de porter des pantalons.

Autour du vélodrome ouvraient des stands de nourriture et des boutiques de bibelots. L'endroit était propice à l'essai du cadeau de Julius. Elle enfourcha le Peugeot et, jambes écartées, se laissa emporter en roue libre sur une légère pente, posa les pieds sur les pédales, perdit aussitôt le contrôle du vélo et s'écroula sur la terre de l'allée. Elle essuya ses paumes écorchées et, retenant la leçon, recommença sans trop appuyer sur les pédales, le pied léger comme dans un étrier. Mais le guidon se remit à faire des huit incontrôlables entre ses mains crispées. Elle sauta en marche avant de percuter un arbre. La bicyclette rebondit contre l'écorce, roula seule quelques mètres et se coucha dans l'herbe.

— Vous avez besoin d'aide ?

— J'ai une bonne expérience des chutes. Les chevaux sont plus hauts et plus dangereux que ces engins.

— Mais les vélos ne tiennent pas debout tout seuls.

L'homme avait lui aussi une bicyclette, au guidon cintré comme des cornes de taureau. Il portait des collants coupés au-dessus des genoux et un tricot de corps épousant les lignes de sa poitrine et de ses épaules. Tête nue, il transpirait et, sous le couvert des feuillages retenant encore un peu la fraîcheur de la nuit, l'air de sa bouche échauffé par l'effort faisait un petit nuage de vapeur. Il avait belle allure. Ou un beau sourire. Ou bien la lumière touchant ses cheveux blonds lui était favorable. Il était ici à sa place, autant qu'elle y était grotesque.

— J'y arriverai.

— Alors bonne chance.

Il la salua, main vide, d'un mouvement de chapeau imaginaire, et se dirigea vers les grilles du vélodrome. Le cycliste se retourna vers la femme qui, boitant légèrement, s'éloignait en direction du spectacle des cowboys et des Indiens.

*

Les pendules de petits os, branches et objets ramassés dans le bois, cuillères, boîtes de conserve, prospectus et bouchons de liège, tintaient dans la brise. Le souffle d'air tordait la fumée du foyer en une vigne mouvante, autour de la tente indienne et de son corbeau vomissant les perches du ciel. Joseph, en tailleur devant le feu, plumait sur sa cuisse nue le corps désarticulé d'une poule blanche. Il laissait tomber les poignées de plumes dans un sac de toile de jute, de la poussière et des flocons de duvet, capturés par la lumière, flottaient autour de lui. Il sourit sans surprise, d'un mouvement de tête invita Aileen à s'asseoir.

— Bonjour, Joseph.

À la périphérie du visage du métis, sur le tipi, les taches jaunes des mains inversées semblaient voler parmi les plumes. La poitrine de Joseph était barrée par des lignes de peinture rouges, noires et blanches ; les couleurs de la danse interdite des esprits, ces vagues cousins des âmes chrétiennes, sans réelle traduction en anglais. Leur retour devait mettre fin à l'oppression des Blancs et faire renaître les bisons, avant de réunir morts et vivants dans un même monde en paix. La répression brutale de ce mouvement spirituel avait sonné le glas de la résistance indienne. Mais la danse des esprits, avant d'être une révolte, était un moyen de communiquer avec les morts : Joseph, comme Aileen, était en deuil.

— Je suis heureuse de te revoir, Joseph, bien que j'apporte des nouvelles de nos morts. Après tes parents, les miens sont aussi partis.

Il inspira longuement, gonflant sa poitrine large, héritée de son père blanc trapu. Cette morphologie, conjuguée à celle de sa minuscule mère indienne, faisait de lui un cube musculeux et soyeux. Une barbe disséminée, autre héritage européen incongru, poussait erratique sur ses joues et son menton brun. Joseph, petit métis de vingt-quatre ans, dégageait une impression de force, occupant un volume considérable. Transformé par la vie des guerriers païutes, le corps endurci de Joseph était devenu une arme vivante. La dernière fois qu'Aileen l'avait vu, il était encore adolescent, son corps et son visage hésitant entre enfance et âge adulte, comme entre l'une et l'autre de ses ascendances. Les ondulations de ses longs cheveux noirs révélaient aussi son sang mêlé. La beauté de ses deux parents avait été dévorée par le métissage, qui n'en avait gardé que les angles et les lignes de force.

— Où étais-tu, Joseph, quand ils sont morts ?

Il fit bouger ses doigts, comme devant les yeux un bébé dont on veut attirer l'attention, pour faire tomber au ralenti une poignée de plumes dans son sac. Son front était plissé, la peau grasse de ses pommettes les faisait luire comme deux galets de rivière sortis de l'eau.

— Je suis moi aussi heureux de te voir, sœur blanche, et triste d'apprendre le départ des parents du ranch.

Sous les peintures, Aileen devinait les lignes de ses tatouages, cosmogonie païute et récit de sa naissance.

— Où est-ce que tu étais, Joseph ?

— Il est normal de se perdre les uns les autres dans le Nouveau Monde. Ce n'est plus qu'un pays de fantômes et de routes oubliées. On se retrouve plus facilement ici, chez les ancêtres de l'Amérique blanche. Ici, les vieux chemins sont encore visibles.

Aileen leva les yeux vers les petits corps bleus de Maria et Pete, peints au-dessus de Joseph.

— Je n'en suis pas certaine. Les ancêtres aussi sont en train de tout effacer. Est-ce que tu es allé sur leur tombe ?

— J'ai vu les pierres payées par la famille du ranch, mais je n'ai pas besoin de ça pour leur parler. Je les retrouve dans la danse.

Elle essaya d'imaginer ce cube de muscles et d'os

se mouvant en rythme. Titubant. Son corps peint et brillant, sous le soleil qui montait, exhalait une familière odeur d'alcool. Joseph avait commencé jeune à boire, sur la réserve. À téter des bouteilles avec l'avidité de son père écossais, s'effondrant aussi vite que les Indiens de la race de sa mère. Cet alcoolisme foudroyant, ultime cadeau et humiliation des Blancs, qui n'offrait pas même aux Indiens la joie passagère de l'ivresse. Rien qu'un trou noir et des réveils douloureux. Cela faisait rire, dans les saloons de Carson City, de voir un Indien se consumer en quelques verres. On payait parfois sa cuite à un Rouge, pour se distraire en l'absence de piano ou de violon. Arthur, le père d'Aileen, après avoir failli en mourir et avoir appris à se contrôler, avait continué toute sa vie à boire, en cachette. Elle connaissait cette odeur du corps qui expulse le poison et le réclamera encore. Les plumes continuaient de tomber doucement dans le sac, échappées des doigts tremblants de Joseph.

— Nous t'avons cherché après la mort de tes parents. Je t'ai cherché aussi après celle des miens.

Les yeux émettent des signes vers l'extérieur et dévoilent l'intérieur, c'est ce qui donne à leur surface l'apparence du verre. Mais parfois ils perdent leur transparence. Arthur Bowman appelait cela les « yeux du requin », disait qu'il fallait s'écarter du chemin d'un homme aux yeux sans reflet. On ne lisait rien derrière le noir de ceux de Joseph.

— Tu me cherchais pour me dire quoi, sœur blanche ? De rentrer à la réserve pour crever avec les autres ?

La voix de Joseph était dure. Aileen se chercha un

abri dans des souvenirs rassurants. Les mains de la tante Maria, frappant les pointes de bois avec une pierre ronde, enfonçant l'encre des tatouages sous sa peau. Elle avait aimé, adolescente, ces douleurs et ces sensations. Certaines avaient fait couler ses larmes, d'autres son sexe encore vierge. Dans un coin du tipi, le petit Joseph, sept ou huit ans, se cachait pour regarder la peau nue de la fille blanche. Celle qu'on lui disait d'appeler cousine. Leurs regards s'étaient croisés mais Aileen n'avait rien dit, laissant l'enfant l'observer, celui qu'elle appelait son petit frère.

— Non, je te cherchais, voilà tout. Je voulais savoir ce que tu faisais, comment tu allais. Te parler.

— Un pauvre Blanc et une Indienne… Mes parents sont morts du mieux qu'ils pouvaient. Ensemble, là où ils voulaient être. Je n'ai pas besoin que tu viennes me parler d'eux.

— Mais ils auraient voulu te revoir.

— Je leur rends visite en dansant.

La peur d'Aileen, changée en colère, sortit de son abri.

— Tes parents ne t'entendaient pas quand tu étais saoul et que tu parlais à tes pieds dans un caniveau. Ils sont morts de froid, seuls, le ventre vide, dans un tipi que les Indiens de la tribu ne voulaient pas voir à côté des leurs.

— Ils n'étaient pas nés parmi eux.

— Mais toi, si. C'est ça ? Toi, tu es un vrai Indien, Joseph Ferguson, employé du spectacle de Pawnee Bill ?

Il cracha dans le feu, d'un revers de la main chassa entre eux l'air et les mots d'Aileen.

— J'ai été recruté par le bureau des Affaires indiennes. L'administrateur de la réserve a trouvé que j'étais un bon exemple d'assimilation, moi le bâtard. Le gouvernement supervise l'embauche des Indiens dans les shows, pour garantir nos conditions de travail, disent-ils. Langues fourchues. Les administrateurs prélèvent leur part sur nos salaires, choisissent des hommes et des femmes qui se comporteront bien, pour en faire des représentants de la paix et de la civilisation des Blancs. *Ta* civilisation. Ils embauchent des familles avec des enfants, pour qu'il y ait plus de vie dans les campements. Les salaires changent avec les saisons. En hiver, nous acceptons moins d'argent parce que les enfants ont faim.

Il attisa le foyer, passa aux flammes la peau de la volaille. L'odeur de chair brûlée piqua le nez d'Aileen.

— Je ne voulais pas te blesser. Je suis heureuse de te retrouver, même ici.

— Plus nous acceptons de vous comprendre, moins nous sommes indiens.

— Ce n'est pas ma civilisation, tu me connais, Joseph. Ces spectacles ridicules me rendent malade.

Il sourit, étendit la poule aux yeux clos sur une pierre plate et ouvrit son ventre d'un trait de couteau, la vida de ses entrailles, jeta les déchets dans l'herbe. Il piqua la carcasse sur des branches taillées, au-dessus du feu dont la chaleur faisait onduler l'air comme de l'eau.

— Tu vis toujours à New York, j'ai lu tes articles. C'est ton monde. J'ai visité New York, cette ville sent la pierre et la pisse. Tu écris dans un journal de Blancs des histoires de Blancs, pour des Blancs qui ne croient que des Blancs. Tu es un spectacle toi aussi, sœur du ranch, avec tes habits de cavalière et ta vie dans des montagnes sauvages qui n'existent plus. Tu es ici pour te montrer parmi les tiens.

— Je suis venue à Paris parce que je savais que tu y étais. Depuis que j'ai vu ton tipi, il y a trois jours, j'ai commencé à raconter l'histoire que tu as peinte dessus. Celle de notre famille.

— Tu ne sais parler qu'en ton nom, sœur blanche, celui de ta race. Je ne fais pas partie de ton histoire. Je suis ici pour rappeler aux Indiens du Pawnee Bill's Show qui ils sont.

Aileen regarda les mains jaunes sur la toile derrière lui, ces gifles colorées lancées aux visages des visiteurs de l'Exposition.

— J'ai vu le mustang noir, ta bête de combat.

— Il rappelle lui aussi aux chevaux de cirque d'où ils viennent, qu'ils ont grandi dans les plaines et ont été dressés pour la guerre.

— Les autres ont peur de toi.

— Et toi, sœur blanche ?

— Pourquoi est-ce que j'aurais peur de toi ?

— Parce que comme les autres, comme ma mère, tu me crois fou.

— Je ne crois pas que tu sois fou, Joseph, mais je sais que tu n'es pas heureux.

— Heureux ? Quel rapport y a-t-il entre le bonheur et la résistance, sœur du ranch ?

— Moi aussi je me bats à New York, quoi que tu en penses. Je ne veux pas retourner au ranch, je veux continuer à écrire et publier, dénoncer les fautes et les erreurs des Blancs. Mais toi, Joseph, tu pourrais retourner au Fitzpatrick. Tu es chez toi là-bas. C'est ce que je suis venue te dire. Que ma part d'héritage, ces terres, je te les donne.

Il sourit.

— Nous nous retrouvons au bout du monde, sur le continent des criquets qui ont envahi le mien, et tu oses m'offrir des terres ? Sœur blanche, es-tu vraiment en train d'offrir des terres à un Indien ?

— Oui, et tu sais parfaitement ce que cela signifie. Ne me prends pas pour une idiote. Je n'échange pas des terres contre ma culpabilité. Je ne veux pas de ces hectares, mais toi, tu pourrais y faire quelque chose. Y vivre comme tu l'entends. Tu pourrais y être à l'abri.

— Pars d'ici.

— Qu'est-ce que tu vas faire, Joseph ?

Le soleil, haut, tombait maintenant droit sur le campement. La chemise d'Aileen collait à ses bras et ses seins. Les pores de Joseph, bouchés par la peinture, luttaient pour s'en débarrasser. Les couleurs dégoulinaient de sa poitrine sur son ventre. Il s'agitait. Le manque d'alcool, qu'il s'interdisait devant elle, le rendait de plus en plus nerveux.

— Je ne comprends pas les signes ni les raisons de cette rencontre. Va-t'en.

— Nous n'avons pas de sang commun, mais nous sommes plus proches que beaucoup de parents. S'il te plaît, Joseph, ne fais pas quelque chose que tu regretterais.

Il se leva d'un bond, ses cheveux noirs montèrent jusqu'au grand corbeau noir du tipi, les perches lui dessinant une chevelure de bois dressée, ou faisant de sa tête la cible ébouriffée des lances des esprits.

138

— Il n'y a plus rien à regretter ! Ces liens que tu imagines entre nous n'existent pas. Pars d'ici.

La peur dissolvait les mensonges d'Aileen comme la colère faisait fondre les peintures de Joseph, pour révéler les lignes guerrières des tatouages. Ils le savaient tous les deux, ce n'était pas Joseph qu'elle venait sauver, mais une part d'elle-même, en lui, à laquelle elle avait commencé à renoncer : *la résistance. L'absence de compromis.* La résistance dont la beauté est de conduire à la défaite. Qui avait façonné sa vie new-yorkaise de journaliste et de femme, mais qu'elle avait laissée derrière en embarquant pour la France. Pas pour lutter mais, comme le disait l'intransigeante Séverine, pour venir y écrire de la littérature. Joseph, sous la plume d'Aileen, allait devenir un personnage romanesque, lui le bâtard qui résistait au spectacle de sa peau vendue aux enchères.

Elle était venue pour le recruter, le rallier à la cause de son abandon.

Elle se fit l'effet d'une bonne âme, d'une pionnière d'Épinal du Pawnee Bill's Historic Wild West Show, à la fois aussi meurtrière que la petite vérole. Elle était la lèpre du compromis du bonheur, cet animal de labour qui tire sans rechigner, contre ration, des charrues ou des canons.

D'un mouvement de tête, il la congédia. Et comme elle s'était assise, elle se leva, obéissant à son ordre.

Aileen reprit la bicyclette Peugeot appuyée à un arbre, ses cheveux effleurèrent un mobile de petits os. Joseph, en tailleur, piochait à mains nues dans la chair de la poule grillée, une bouteille d'alcool apparue à côté de lui.

10

Ses vêtements, lourds de transpiration, ralentissaient ses mouvements et l'asphyxiaient. Elle voulait jeter sa veste et ses pantalons dans l'herbe, atteindre la nudité et l'air libre. Quand elle revit la poule blanche sur la cuisse de Joseph, les poignées de plumes arrachées à la peau rose de la volaille morte, une nouvelle coulée de sueur trempa son dos. De la bile monta dans sa gorge. Des images de l'orgie du bordel lui revinrent, des liens improvisés avec les vêtements, qui l'attachaient au lit. La peur de Julius et Charlotte devant son corps à leur disposition. Sa peur d'être prisonnière, puis que les liens ne soient pas assez solides pour la retenir, quand la prostituée et le peintre étaient devenus frénétiques. Plus tard ils l'avaient libérée, quand les réflexes de défense s'étaient atténués.

Des cordes pour l'attacher à un lit, ou s'assommer d'alcool – comme Joseph, son père, l'oncle Pete et tous ceux de leur race –, trouver un chemin vers l'inconscience, peu importait lequel.

Mais ses jambes étaient trop faibles pour la porter jusqu'à l'atelier de Julius. Appuyée au guidon du vélo, elle se laissa guider par son cliquetis, écho d'horloge interne, jusqu'au vélodrome. Elle abandonna sa machine contre une barrière et s'assit sur un gradin, à l'ombre d'une charpente métallique, au bord de la piste ovale et de son stade de pelouse verte. Des athlètes en tenues s'agitaient sous les étendards de nations dont elle ignorait l'existence, participantes des prochains Jeux olympiques. Des femmes à ombrelles encourageaient les sportifs, des entraîneurs criaient et, un peu plus loin dans la forêt, Joseph Ferguson préparait une guerre, fermentation du sucre de la vengeance. Le monde blanc des athlètes tournait sur lui-même, quand soudain terre et ciel s'inversèrent et la lumière la fit loucher, lever la tête pour trouver de l'air et basculer en arrière, dans l'inconscience qu'elle avait appelée de ses vœux.

Aileen revint à elle dans un éblouissement et les vibrations d'un coup de gong. Des chapeaux et des moustaches faisaient cercle au-dessus d'elle. On lui faisait sentir de ces horribles sels ammoniaqués que Charlotte avait utilisés pour réveiller Mary Stanford à l'atelier de peinture. Elle voulait revoir Mary. Tordre un peu ses principes, pincer ses cuisses. Elle s'inquiéta de ressembler à une bourgeoise malade des portraits de Julius, crut reconnaître le visage le plus proche du sien.

— Redressez-vous doucement.

Elle sentait le poids de sa tête dans la paume de l'homme. Sa bouche avait un goût de vomi. Elle eut honte de sentir mauvais, articula qu'elle allait bien.

— Que dites-vous ?

Elle l'avait déjà vu quelque part, il s'était penché sur elle auparavant. Lors d'une autre chute. Le cycliste de ce matin, dans sa tenue de sport, ses épaules nues brûlées par le soleil. Il dit aux autres, sûr de lui, qu'il fallait laisser de l'air à la dame. Les curieux s'écartèrent. L'homme s'excusa à l'avance et passa son autre main dans son dos pour l'aider à se redresser. La bouche entrouverte d'Aileen se colla à son épaule humide, sa langue effleura la peau salée, les papilles stimulées par ce goût qui remplaça celui de la bile. Elle tenta à nouveau de dire quelque chose, appuyée à lui, assise sur le banc.

— Je ne comprends pas ce que vous dites, madame.

Il lui offrait une gourde en étain bosselée. Elle y but trois gorgées d'eau et s'essuya sur sa manche. Le goût de la peau de l'inconnu disparut.

— Vous n'avez pas de moustache. Je l'ai remarqué ce matin.

— Vous avez une sérieuse bosse à l'arrière du crâne. Je vais faire appeler une voiture qui vous conduira chez un médecin.

— Je vais bien.

— Je n'en suis pas si sûr. Vous êtes très pâle.

Aileen se pencha en avant, versa de l'eau dans sa paume et s'en frotta le visage, se rinça la bouche et cracha comme un garçon vacher.

— C'est seulement de la fatigue. J'ai surtout faim, si vous voulez me redonner des couleurs.

— Je vous demande pardon ?

— J'ai besoin de manger quelque chose.

Elle explora du bout des doigts l'hématome chaud à l'arrière de sa tête, versa de l'eau dessus.

— Ce n'est rien, je vous assure.

— Alors une voiture vous conduira à un restaurant, si c'est ce que vous voulez.

— Oubliez la voiture, il y a bien un restaurant à Vincennes, non ?

— Dans votre état ?

— Si vous avez peur que je n'y arrive pas, vous n'avez qu'à m'accompagner.

Le cycliste hésita.

— Il y a le Plateau de Gravelle, près du lac. C'est à quelques minutes.

— Je devrais y arriver.

— Dans ce cas, accordez-moi un petit moment. Je vais aller chercher mes affaires.

— Attendez…

Il était déjà debout.

— Je vous écoute, madame.

— Vous mettrez ma brusquerie sur le compte de la grossièreté américaine, si cela vous chante, mais je suis… je suis épuisée à l'avance de faire semblant. Pouvez-vous me faire la promesse, si nous allons dans ce restaurant, que nous aurons une vraie conversation ?

— Je ne suis pas certain de comprendre ce que vous dites, madame.

— Connaissez-vous la philosophie bouddhiste, qui dit que les sentiments doivent couler sur nous comme de l'eau sur un plumage ? C'est de la foutaise. Nous ne sommes pas étanches, les émotions nous traversent. J'ai besoin d'une vraie conversation, pas d'une rencontre mondaine. Autrement, je vous remercie de votre aide et je trouverai moi-même à manger.

Le cycliste s'inclina et tendit sa main à l'Américaine qui se moquait des conventions.

— Je m'appelle Jacques. Mon nom de famille est Huet. Je suis ingénieur.

Il sembla regretter cette précision, trop mondaine pour le pacte qu'il passait avec l'inconnue. Mais Aileen sourit pour le rassurer.

— Je m'appelle Aileen Bowman. Hélène si vous préférez. Ingénieur, vous dites ?

— Géologue et mécanicien.

— Est-ce que la mécanique et la géologie pourront nous occuper le temps d'un repas ?

— Si cela ne suffit pas, je pourrai vous parler du métropolitain.

— De Paris ?

— Je travaille pour l'inspecteur général Fulgence Bienvenüe, qui en dirige le chantier. Je prépare les traversées sous-fluviales des prochaines lignes grâce à un procédé de congélation des sols.

Elle revit les cadavres de Païutes collés à la terre de Warm Springs.

— Allons manger.

— Reposez-vous le temps que je revienne. Je n'en ai que pour quelques minutes.

Il descendit les marches des gradins, revint sur ses pas.

— Puisque vous êtes soucieuse d'honnêteté et de sincérité, écartons rapidement les choses les plus évidentes. Je suis marié.

— Cela vous empêche-t-il de parler du métropolitain, ou à cœur ouvert ?

— Non, ce serait bien triste. Je voulais seulement nous faire gagner du temps, dans cette conversation que vous souhaitez... *vivante*. Si le terme convient.

— Il est bien trouvé. Et je ne suis pas mariée.

— Je le serai donc pour nous deux.

L'ingénieur enfourcha son vélo et se lança sur la piste dont il parcourut la moitié, avant de disparaître sous des gradins de l'autre côté du stade. Jacques Huet reparut quelques minutes plus tard, traversa la pelouse d'un pas long, sans chapeau, son costume clair d'été tranchant sur l'herbe. Aileen se leva avant son arrivée, mettant un point d'honneur à descendre seule les marches.

— Prenez mon bras, je ne suis pas encore très vaillante et nous aurions l'air suspects en marchant côte à côte. Bras dessus, bras dessous, nous passerons pour un couple.

— Vos pantalons ne vont pas nous faciliter la tâche, si vous voulez que nous passions inaperçus. Qu'avez-vous fait de votre bicyclette ?

Aileen chercha le Peugeot des yeux.

— Cette bête perfide ? Je l'ai laissée là-bas, contre une barrière.

— Je la pousserai d'une main. Vous êtes assez tombée pour aujourd'hui.

— Que fait votre épouse, monsieur l'ingénieur ?

— Elle ne travaille pas.

— Elle s'occupe de vos enfants ?

— Je croyais que vous attendiez de nous une conversation originale, pas un état des lieux. Mais pour répondre à votre question, oui, mon épouse s'occupe de notre maison et de notre fille. Puis-je à mon tour vous poser une question triviale ? Me direz-vous d'où vous venez et ce que vous faites à Paris ?

— Je suis américaine et journaliste pour le *New York Tribune*. Je couvre l'Exposition. J'écris aussi des chroniques pour le journal *La Fronde*, sous un autre nom. J'y fais parler la ville de Paris comme une fille de joie. Je fais scandale et je n'ai pas d'enfants. À New York, j'ai eu recours aux services d'une femme qui a mis un terme à ma grossesse. Une infection m'a clouée au lit deux semaines, dans son appartement.

— Pourquoi me dites-vous cela ?

— Pour commencer une véritable discussion. Nous savons maintenant qu'il n'y a pas dans notre ventre une petite chambre lumineuse abritant des âmes, des fées ou des petits garçons joufflus qui attendent le sang des menstruations pour se nourrir, grandir et décider de sortir au grand air. Toutes les femmes qui ont avorté ou fait des fausses couches savent que les jeunes fœtus ne sont pas des petits êtres parfaits gazouillant dans nos entrailles. Ce sont des magmas biologiques, des chairs sans formes. Il y a une incroyable immodestie des hommes à croire leur reproduction de la plus grande importance dans le monde animal. Je revendique le droit de ne pas avoir d'enfants et, s'il le faut, d'interrompre le miracle de la fécondation.

— Vous ne pensez pas que vous feriez une bonne mère ?

— Si. C'est bien pourquoi le sujet des enfants me rend triste.

— Pourquoi, dans ce cas, avoir pris tous ces risques et fait appel aux services de cette avorteuse ?

— Il n'était pas si risqué de la contacter. Sous couvert de publicités vantant des remèdes pour la *régularité féminine*, des dizaines d'hommes et de femmes proposent ces services à New York. Les autorités font semblant de ne pas savoir, quelques-uns sont condamnés de temps en temps, pour l'exemple et pour satisfaire les opinions les plus religieuses.

Aileen regarda Jacques Huet, le jaugeant sérieusement.

— Vous supportez la sincérité avec un courage que je n'ai pas rencontré depuis longtemps, monsieur l'ingénieur. Aucun sujet ne vous fait peur ?

— Il y en a beaucoup que nous n'abordons jamais au cours de notre vie, dont nous ne pensons presque rien, mais qui font partie du décor. Ils sont comme… préétablis pour nous, par les livres et les journaux, ce qu'en disent les autres. Comme celui que vous venez de lancer. C'est intéressant d'en parler autrement. Et je crois que nous pouvons parler de tout parce que nous ne nous connaissons pas.

— Et avez-vous remarqué comment la spontanéité et l'honnêteté n'aident pas à mieux faire connaissance ? Personne ne devrait s'inquiéter de dire ce qu'il pense. C'est un joli paradoxe. La pudeur et le secret nous en apprennent parfois autant que des aveux.

— Voilà encore une nouvelle théorie. Comment expliqueriez-vous cela ?

— Voyons… Ce que nous croyons intime et unique est en fait toujours d'une grande banalité. Tout le monde a les mêmes secrets, nos vies ne laissent que peu de possibilités aux vraies différences. C'est même le projet de toute culture, il me semble, d'éliminer les différences en son sein. En parlant du temps qu'il fait, nous en disons presque autant sur nous qu'en avouant des envies cachées.

— Je n'ai pas l'impression que nous échangions des banalités.

— Vraiment ? Qu'avons-nous dit d'original ?

— Peut-être pas grand-chose, mais sous les mots, nous avons partagé des sentiments. Eux sont uniques.

— Pas un seul d'entre eux ne l'est, non, je ne pense pas.

— Mais ils nous appartiennent bien !

— Je peux vous prouver à l'instant que les sentiments s'échangent, se négocient et se partagent comme de la nourriture ou de la monnaie. Ce sont des biens de consommation.

— Expliquez-vous.

— Quand vous avez parlé de votre femme et de votre fille, vous êtes devenu prudent, moins joyeux, parce que vous ne vouliez pas gêner une femme célibataire avec ce sujet. Vous avez donc retenu votre joie, pour que je comprenne que vous étiez un gentleman. Cela est tout à votre honneur. Mais vous ne vouliez pas non plus avoir l'air trop heureux pour une autre raison : ne pas rendre d'autres scénarios impossibles, entre nous, en affichant votre amour maladroitement. D'où votre commisération calculée. De mon côté, en guise d'acquiescement, j'ai accepté votre tristesse, qui nous rendait service à tous les deux : elle s'est communiquée à moi. Ensuite je vous ai parlé de mon avortement, nous avons alors pu nous débarrasser de cette première tristesse parce que mon histoire était bien plus dramatique. Vous avez pu redevenir un homme à la présence *rassurante*, au bras d'une inconnue avec qui, en pensée, tout restait encore possible. Maintenant, mon hostilité, vis-à-vis de votre statut *naturel* d'homme fort, est une mise en garde : celle de ne pas me prendre pour une pauvre solitaire ayant avorté et failli crever de sa solitude. Je vous demande en fait de ne pas vous comporter en gentleman poli, au contraire en homme fier d'être à mon bras. Ainsi vous pourrez braver les regards désapprobateurs des passants sur cet homme sans chapeau et cette femme en pantalons. Votre tristesse diplomatique a été troquée contre le doute, puis la compassion, la curiosité, une légère vexation, puis nous nous sommes entendus, établissant une assurance commune : notre solidarité face aux autres. Et c'est de cette solidarité que j'avais besoin quand je me suis assise sur les gradins du vélodrome, solitaire et mal en point. C'est pour l'obtenir que j'ai manigancé nos sentiments, orienté nos discussions, serré mon bras sur le vôtre. Nous avons fait du troc.

Jacques siffla entre ses dents.

— Votre démonstration est convaincante, mais tout à fait discutable. Par exemple, vous ne saviez pas que nous allions nous revoir en vous installant sur les gradins. Vos arguments sur l'objectivité des sentiments n'y changent rien : c'est un hasard qui nous a réunis. Dites-moi plutôt ce que marcher à mon bras pourrait produire d'unique, au lieu de nous réduire à un marchandage de banalités.

— Eh bien… je pourrais être en train de rencontrer l'homme de ma vie. Ce serait unique, non ?

Il rit pour cacher un peu de son trouble.

— Nous revoilà dans des banalités !

Il retint son bras et ils tournèrent sur le chemin de gravillons menant au Plateau de Gravelle, coursives en bois, terrasses et pergolas. Il était encore tôt et les tables presque toutes vides. Ils en choisirent une proche d'une haie où volaient des abeilles. Le serveur leur proposa du Clacquesin, liqueur d'extraits de pin de Norvège, une boisson qui avait reçu une médaille d'or de l'Exposition.

— On dit que c'est la meilleure qui soit pour la santé.

Ils refusèrent d'un commun accord et Jacques commanda de l'armagnac.

— Apportez-nous aussi une carafe d'eau, s'il vous plaît. Avez-vous de la glace ? Naturelle ou bien artificielle ?

— Naturelle, monsieur. Des Alpes suisses.

— La fabrication de la glace est une révolution commerciale, mais celle récoltée dans les lacs et les montagnes est bien meilleure, ajouta-t-il pour Aileen qui observait sur les fleurs les abeilles affamées, leurs pattes alourdies de pollen.

— Connaissez-vous quelques noms de plantes et d'insectes, monsieur l'ingénieur ?

— Peu.

— J'ai grandi au bord d'un lac en plein milieu de la Sierra Nevada, mais je ne connais rien aux plantes, à part quelques-unes que l'on peut manger ou utiliser pour soigner une blessure. Je ne reconnais que les traces des animaux qui se mangent, que j'appelle par les noms que les Indiens et les gens de la région leur donnent. Des noms qui ne sont pas dans les encyclopédies. Dans la nature, je sais seulement me repérer et chasser.

— Chasser ? Vous commencez à m'intriguer sérieusement. Je ne connais pas beaucoup les plantes non plus, mais assez bien les sols dans lesquels elles poussent, et les éléments chimiques dont elles se nourrissent.

Elle le trouva attirant, pour une raison qui n'était peut-être qu'un enchaînement d'idées, l'image de racines s'enfonçant dans la terre, le ballet des insectes pollinisateurs, son menton rasé, ce visage bronzé par les heures de vélo qui lui rappelait, au milieu des messieurs pâles à chapeaux, les hommes du ranch Fitzpatrick.

— Vous voyez, nous en apprendrons bien plus l'un sur l'autre en parlant de sols gelés et de procédés chimiques que des enfants que je n'ai pas eus.

— Et pourquoi cela ?

— Parce que vous ne parlerez pas de votre passion pour votre femme comme vous vous enthousiasmerez pour le sous-sol parisien. Les conventions, contrairement à votre glace artificielle, ont encore une longueur d'avance sur le naturel.

Le serveur déposa devant eux les verres d'alcool, une carafe d'eau, une glacière en porcelaine et des menus. Jacques plongea la main dans les éclats de glace et en déposa sur sa serviette, noua le tissu et le lui tendit.

— Pour votre bosse, un peu de froid des montagnes.

— Ressentez-vous toujours de la passion pour votre femme ?

Il eut à nouveau le courage de répondre, sans se cacher derrière son armagnac, sans fausse hésitation de la voix.

— Je ne connais pas plus les noms de ces choses que ceux des plantes. Je ne sais pas si l'on ressent de l'amour ou de la passion seulement pour ce qui est nouveau. Si les sentiments qui se construisent au fil des années sont encore de la passion. Mais j'ai pour mon épouse des sentiments qui ont mis du temps à prendre forme. Je ne suis pas un littéraire, vous excuserez cette image qui me vient, peut-être convenue : j'ai l'impression que ma femme et moi sommes devenus des îles de rivière. Des bancs de sable qui s'éloignent l'un de l'autre, qui changent dans les courants, sans nous perdre de vue. Les élans des premiers moments ont disparu, d'autres ont pris leur place, de magnitude et d'intensité différentes.

— Je ne connais que les premiers moments.

— Ce sont les plus simples.

— Les moins intéressants ?

— Non, ceux sans engagement. Plus le temps passe, plus les sentiments entraînent de responsabilités.

— Ces sentiments modelés par le temps ne ressemblent pas beaucoup à de l'amour, ni à de la passion.

Il but cette fois comme il arrive d'en avoir besoin, quand on ne peut être ailleurs qu'ici.

— S'il vous plaît.

— Je m'excuse. Ce jeu a assez duré.

— Ne vous excusez pas. J'apprécie votre compagnie et notre conversation. Je voudrais seulement éviter qu'elle devienne vraiment triste. Ou banale, si vous préférez.

Quelque chose s'était arrêté, les abeilles faisaient plus de bruit, les clients du restaurant étaient plus nombreux autour d'eux.

— Commandons de la viande rouge et expliquez-moi comment vous faites pour geler la terre.

Il était trop tard.

— Pardonnez-moi, Aileen, je n'ai plus le courage de jouer avec nos sentiments. Vous le disiez tout à l'heure, ils nous traversent.

Jacques se leva.

— Ne vous inquiétez pas de la note, je m'en charge. Je suis heureux que votre chute n'ait pas été grave et que vous vous sentiez bien. Merci pour votre sincérité, mais je crains que votre solitude ne fasse irrémédiablement prendre un cours dangereux à notre rencontre. Je le regrette, pour nous deux. Au revoir, madame.

Il serra brièvement sa main qui reposait sur la table, laissa là son verre entamé et tourna les talons.

Aileen fouilla dans sa besace à la recherche de la pipe de son père. Elle bourra le foyer de tabac, l'alluma avec une allumette, mordilla le bec et le lécha du bout de la langue, comme pour y trouver des restes de la salive d'Arthur, de ses mots, un dernier conseil. Mais Arthur n'était pas plus doué dans le domaine des sentiments qu'elle ne l'était dans celui des plantes. À cet égard encore, son père ne lui avait enseigné que l'étanchéité. Jacques Huet était perméable. Comme avec Marguerite Durand ou Séverine, elle repoussait ceux qui attachaient de l'importance à ce qui lui faisait peur. Engagements, communautés, responsabilités.

Elle termina son verre puis celui de Jacques. Elle crut – ou voulut – sentir une présence, cachée quelque part dans la végétation du parc, qui n'était là que pour elle. Quelqu'un qui l'observait. Un guetteur attribué à Aileen Bowman. Joseph peut-être, qui l'aurait suivie. L'échec de sa rencontre avec lui l'avait blessée. Et vexée. Elle avait brisé, pour s'en venger, le plaisir et la trêve que l'ingénieur offrait.

Et voilà qu'elle s'inventait un admirateur mystérieux. Pour que quelqu'un au moins remarque son départ, seule, du restaurant.

11

Chaque jour elle prélevait à l'Exposition des images
et des observations qui remplissaient ensuite des
colonnes du *New York Tribune*, pour des lecteurs à
l'autre bout du monde qui ne s'y intéressaient plus.
Elle flânait ensuite dans Paris, prenant parfois un marché aux légumes pour une chorégraphie de figurants,
comme la cohabitation des constructions anciennes et
de leurs imitations en plâtre brouillait les pistes entre
le vrai et le faux. Ses nuits d'écriture accentuaient plus
encore l'impression que la capitale était devenue un
décor, qu'elle peignait à volonté, avec ses mots, tentant
d'extraire de cette matière creuse des articles solides.
Comme elle l'avait espéré du pavillon des femmes et
des associations féminines, dont l'élégance architectu-
rale avait malheureusement eu un coût désastreux, gre-
vant le budget des expositions présentées. On y visitait
au sous-sol une « exhibition didactique sur la toilette
et l'hygiène » : c'était une galerie marchande où les
femmes venaient faire des emplettes. Des mannequins
de cire du musée Grévin illustraient les étapes quoti-
diennes de la vie d'une femme du monde. Au rez-de-
chaussée, dans une salle de lecture, étaient vendus des

ouvrages écrits par des femmes, et exposées les œuvres de consœurs artistes. Les arts et les lettres étaient flanqués d'un côté d'une pâtisserie, de l'autre d'un restaurant. Au premier étage se trouvait une salle de théâtre pouvant accueillir quatre cents spectateurs, où des pièces elles aussi écrites par des femmes auraient dû être jouées, mais qui ne donnait à voir, trois fois par jour, que des spectacles d'ombres chinoises. L'ironie de ces silhouettes noires, manipulées, rigides et caricaturales, dans le pavillon sans budget des femmes, avait arraché un rire à Aileen.

Au stand de la Smith Premier Typewriter Company, manufacturiers d'armes reconvertis dans le business de la machine à écrire – pour saluer cet effort de reconversion pacifiste –, Aileen acheta un modèle Smith Premier n° 2. Le nec plus ultra, pesant six kilogrammes. On le lui vendit avec une caisse de bois et de cuir, à poignées, pour la transporter. Elle passa deux jours à se débattre contre la machine, jusqu'à comprendre ses réglages et parvenir enfin à taper correctement, d'abord moins, plus aussi vite, puis plus rapidement qu'à la main, des feuillets qui semblaient déjà des articles ou des pages de livre imprimés.

*

Juin approchait, on ne voyait presque plus d'échafaudages, l'Exposition était lancée, les grandes inaugurations terminées. Les visites de roitelets et de présidents retardataires étaient l'occasion de modestes défilés dont la presse et les touristes se contentaient désormais. Politique et diplomatie passées, c'était maintenant le temps de la publicité, des annonces tonitruantes pour nouveautés incroyables – une locomotive révolutionnaire dans la section des chemins de fer, une ampoule électrique garantie mille heures, une dynamo mue par les forces éoliennes, des engrais chimiques aux rendements sans précédent. Après les grands discours, c'était le temps de l'économie ; les visiteurs qui comptaient désormais : les capitaines d'industrie, patrons millionnaires venus négocier des contrats. Pas de défilés pour eux, mais des repas au premier étage de la tour Eiffel, au restaurant du grand globe céleste ou aux meilleures tables des quartiers chics. Bouder l'Exposition devenait un snobisme essentiel. Le pouvoir avait retrouvé ses antichambres, les discrètes salles tapissées de velours où s'entretiennent les mystères faisant sa force. On traitait et marchandait à voix basse tandis que derrière les cent vingt mètres de baies vitrées d'un bâtiment éphémère, le long de la Seine, l'Exposition s'adonnait à l'un de ses plus grands plaisirs : les congrès. Deux cent cinquante étaient programmés. La liste des sujets débattus était trop belle pour être vraie. Économie sociale, protection de l'enfance ouvrière, participation aux bénéfices, syndicats professionnels, apprentissage, habitations ouvrières, institutions pour le développement intellectuel et moral des ouvriers, congrès universel sur la paix... Le palais des congrès était une gigantesque publicité pour l'avancement du genre humain et ses préoccupations : la sauvegarde des alpages, le royaume de Siam, le manque de bois d'ouvrage dans le monde, l'hygiène bucco-dentaire, la colonisation de la Sibérie, l'assurance contre les accidents. La grande foire universelle était une liste, une liste de listes, dans laquelle Aileen flânait comme dans les rues et qu'elle consultait comme un plan, avec ses sections en guise de quartiers : rémunération du travail, grande et petite industrie, associations coopératives de production et de crédit. Grande et petite culture, syndicats agricoles, crédits agricoles…

Elle devinait derrière cette accumulation ambitieuse une anxiété, inhérente à toute liste ; comme l'on essaie d'échapper à l'insomnie en dressant celle des choses à faire le lendemain. Tant d'objectifs cruciaux donnaient le vertige et persuadaient que les moyens manqueraient, fatalement, pour les mener à bien.

Elle retournait à Vincennes.

Les spectacles du Pawnee Bill's Show étaient programmés jusqu'au mois de juillet, puis la troupe quitterait Paris pour une tournée en Europe continentale, l'Angleterre à l'automne, le retour aux États-Unis avant l'hiver. Aileen avait assisté au show, vu les tirs d'adresse, le rodéo, les prouesses équestres et les reconstitutions. Pendant la grande parade et la bataille des pionniers contre les Indiens, elle avait cherché Joseph parmi les acteurs, sans le reconnaître. Il devait passer plus de temps à boire dans son tipi qu'à mettre au point un absurde coup d'éclat. Mais lui et son cheval étaient toujours là.

Elle s'était approchée plusieurs fois du campement, d'abord en se cachant pour surprendre Joseph, puis abandonnant ces précautions ridicules, certaine qu'il avait remarqué sa présence. Elle appuyait sa bicyclette à un arbre, s'asseyait là, l'observait, parfois prenait des notes. Ils avaient trouvé la distance convenable, une trentaine de mètres, et chacun à sa place pouvait regarder l'autre sans en être trop proche. Une pauvre situation, mais elle ne pouvait se résoudre à ignorer sa présence et Joseph, de son côté, si cet arrangement n'avait pas été à son goût, l'aurait chassée dès le premier jour.

Il arrivait que Joseph peigne sur son tipi, des épisodes de son passé, tandis qu'Aileen écrivait. Ce compromis n'était pas innocent : ils se surveillaient. Aileen pour vérifier qu'il ne se lançait pas dans une folie, Joseph qu'elle n'abandonnait pas, que ses déclarations sentimentales n'étaient pas que de vaines promesses. Un bras de fer, plus sûrement une préparation au départ du Pawnee Bill's Show, aux conclusions qu'ils devraient tirer de leur rencontre, une fois seuls à nouveau.

Parfois Joseph et son mustang n'étaient pas au campement et personne, dans le show, ne savaient où ils étaient partis. Elle seule regrettait l'absence du métis, bien qu'elle ne soit jamais complète. S'il n'était pas là, restaient son tipi et ses mobiles. Aileen profitait de ces occasions pour s'en rapprocher.

Parfois le mustang restait au corral en l'absence de son propriétaire. Les peintures sur sa robe noire changeaient selon les humeurs du métis. Les mains inversées étaient plus ou moins nombreuses, un peu de blanc et de vert, en signe d'apaisement passager, apparaissait à l'occasion. Ou bien le rouge et les éclairs dominaient soudain pendant une semaine entière.

La situation inverse devait aussi se présenter, quand elle ne venait pas à Vincennes et que Joseph, peut-être, l'attendait.

Dans Paris, Aileen se retournait en entendant l'écho de sabots sur les pavés. Elle se demandait, quand elle ne voyait personne pendant plusieurs jours, ni Joseph, ni Julius ou Marguerite, jusqu'où se voyait la fenêtre de la pièce où elle veillait pour écrire. Ce carré de lumière, et celui ou celle qui l'espionnait – cette présence qu'elle continuait d'imaginer pour tromper sa solitude, changeant de visage selon ses caprices – devenaient le point de départ des scénarios érotiques de ses masturbations. Elle se caressait assise à son bureau, glissant de sa chaise, dans le cadre de la fenêtre comme dans celui du nu que Julius peignait rue Copernic.

Quand Joseph se cachait, Aileen se rendait au vélodrome, espérant revoir Jacques Huet. Pour lui montrer comment elle avait finalement dompté sa bicyclette, sur laquelle elle sillonnait crânement la capitale, coupant à travers les parcs, suivant les petites rues sans pavés, entre son appartement, le bureau des Postes et Télégraphe, Vincennes et les locaux de *La Fronde*. Mais elle n'avait pas revu l'ingénieur. Peut-être évitait-il le bois. Elle pensait qu'un jour, quand assez de temps aurait passé, il reviendrait.

C'était là toute sa vie parisienne et un après-midi de soleil, incapable d'écrire, elle pédala jusqu'à l'atelier, fonçant à travers la ville pour semer dans l'air chaud l'idée qui la poursuivait.

Julius était bien à ses pinceaux, mais il n'était pas seul. Sur l'estrade des modèles, debout posait Mary Stanford. Et ce n'était pas sa première visite : son portrait était presque terminé. Le peintre s'était bien gardé de révéler à Aileen les visites de la jeune femme.

Sous sa robe noire de haute couture, sobre et

élégante, Mary ne portait pas de corset et ses chairs poussaient sur les tissus au lieu d'y être comprimées. Elle était plantureuse et ne paraissait plus aussi jeune. Sous sa clavicule, la robe était découpée aux ciseaux et les couches de tissus pendaient en triangle. Son sein jaillissait de ce nid de franges soyeuses, son téton brun pointé droit dehors.

L'arrivée de la journaliste ne perturba ni l'artiste ni son modèle. Aileen s'installa dans un fauteuil et but de l'absinthe. Elle s'absorba dans le spectacle de la transmutation alchimique d'une femme de chair en femme de toile. Une réplication artificielle à laquelle s'adonnaient, à leur façon creuse, les bâtiments de l'Exposition. Mais là, par l'intermédiaire des yeux et des mains de Julius, apparaissait sur le canevas quelque chose de réel. L'image d'une femme qui n'était pas Mary Stanford, mais l'idée qu'elle avait eue d'elle-même, de devenir un être libre, dans la robe déchirée du deuil de sa jeunesse. Julius, enfant de femmes fragiles, lui prêtait la force, la santé et la sensualité nécessaires à cette transformation. La toile était une nouvelle peau d'après la mue, et la chair du sein échappé du tissu, bien que peinture, avait l'attrait de la réalité. Au coin de l'estrade, sur un chevalet recouvert d'un drap, reposait le portrait d'Aileen toujours en chantier.

— Quand repartez-vous en Pennsylvanie, Mary ?

— Dans deux jours. Eugene en a terminé avec ses rendez-vous d'affaires et je ne peux pas le retenir plus longtemps ici.

— Je suis désolée de ne pas avoir donné suite à votre message. Si vous voulez bien accepter cette excuse, j'ai passé beaucoup de temps à écrire et travailler.

— Ne vous en faites pas, Julius m'a expliqué. Et j'ai retrouvé sans vous le chemin de son atelier.

La journaliste leva son verre en direction du peintre, qui eut un petit sourire complice. Aileen regarda le sein de Mary puis croisa son regard qui ne se troubla pas. Elle se rappela leur dîner à bord du *Touraine*, leurs échanges silencieux au-dessus des couverts et des conversations.

— Qu'allez-vous faire de votre portrait, Mary ?

— La même chose que vous, je le donne à Julius. Je pourrai toujours l'imaginer quelque part en France, sur le mur d'un salon ou caché dans l'étude d'un notable honteux. Peut-être à côté du vôtre ? Cette idée… m'amuse.

Le mot disait mal l'excitation que Mary Stanford ressentait à l'idée de laisser derrière elle ce tableau scandaleux, en secret de son mari et de la Pennsylvanie.

— Vous avez vu le portrait que Julius fait de moi ?

Le peintre s'inclina, s'excusant, sans plus de cérémonie ni arrêter de travailler, pour cette petite trahison de leur secret.

— Oui, répondit Mary, les joues rosies par une culpabilité gourmande.

— Je suis moi aussi *amusée* de nous imaginer côte à côte en peinture. Deux jours, dites-vous ? Cela laisse peu de temps pour profiter de votre compagnie. Que fait donc votre mari ce soir ?

Julius sourit en entendant, dans la voix d'Aileen sucrée par l'absinthe, la chaleur de l'invitation.

— Je crains qu'Eugene ne soit pas disponible. Ses associés ont tenu à fêter son départ dans un club de gentlemen. Une soirée entre Américains, avec cigares cubains et champagne français.

Julius reposa sa palette.

— Je pense que c'est terminé.

Mary descendit de l'estrade sans couvrir son sein. Aileen s'approcha elle aussi. Le tableau était équilibré en couleurs et dimensions, d'une dignité égalée par sa sensualité et sa provocation. Mary avait les bras le long du corps, une posture à la fois naturelle et arrogante. La robe déchirée donnait l'impression que la jeune femme venait de se battre et mettait son opposant au défi de s'en prendre encore à elle. Le fond de la toile était une triste colline pelée et noircie, plantée de derricks. Mary glissa son bras sous celui de Julius, appuya son épaule contre la sienne.

— C'est parfait.

— Vous ferez avec Aileen un magnifique diptyque.

Mary se tourna vers la rousse du *New York Tribune*, qui avait écrit cet article dont son mari était si fier.

— Allez-vous travailler ce soir à votre tableau ?

C'est Julius, plus rapide, qui répondit pour elle.

— Je peux faire apporter à manger et du vin pour nous trois. Nous aurions tout le temps que nous voulons.

Aileen ne s'était toujours pas débarrassée de l'idée qui la poursuivait. Au contraire. Cela était devenu une évidence, depuis qu'elle avait décidé de venir à l'atelier aujourd'hui. À sa première visite, fuyant le Grand Palais et Royal Cortissoz, l'*idée* l'y attendait déjà, comme l'un des ingrédients composant le parfum des tubes de peinture. *Démission*. Aileen mettrait bientôt fin à sa carrière de journaliste.

Elle se glissa derrière Mary, embrassa sa nuque et dans la coupe de sa main, prenant le sein pointant hors de la robe, récolta son frisson.

*

La Fronde, *15 juin 1900*
Une chronique de Mme Alexandra Desmond

LE FRUIT DE MES ENTRAILLES

Une armée de terrassiers, de carriers, de charpentiers et de riveteurs, solides bougres arrivés de la Bretagne miséreuse, ont éventré mes rues et mes avenues, creusé des trous grands comme des immeubles pointant vers le centre de la Terre. Ils sont passés sous les maisons, les monuments, les parcs et les racines des arbres, concurrents des taupes, des souris et des larves, frôlant les tunnels plus anciens des catacombes, se cognant aux fondations des églises, aux cryptes vertes de moisissures, aux aqueducs souterrains gravés de chiffres romains. Le sol leur tombe sur la tête ou se dérobe sous leurs pieds quand ils rencontrent la nappe phréatique, les carrières oubliées où je suis née et des grottes préhistoriques. J'ai les entrailles rongées par la gonorrhée des siècles et l'entêtement des hommes.

Dans les glaises instables sont plantés des pieux immenses, déposés des blocs de béton qui supporteront les charpentes métalliques des tunnels. Ils ont fait de la rue de Rivoli, de l'avenue Kléber et de la place de la Nation d'immenses tranchées où ils ont piqué la roche à coups de barre à mine et dressé des palans. Tranchées, boucliers, plans, obstacles, et partout l'eau ennemie. Le métropolitain est une guerre.

Un nouveau moyen de circulation pour désengorger les routes de surface encombrées. Car je suis devenue un constant embouteillage. Ceux qui gèrent mon intendance, politiques et techniciens, ont confié à un autre de ces Bretons, ingénieur, la tâche de m'adjoindre ce nouvel organe, artère pour voyageurs. Des millions annoncent-ils. L'homme en charge de cette œuvre herculéenne, l'heureux nommé Fulgence Bienvenüe, et ses troupes de vers de terre ont bientôt terminé la première ligne. Six autres sont prévues, qui rayonneront dans toutes mes directions, de portes à portes. Un nouvel appareil digestif, de Vincennes à Maillot. Une gorge plutôt, pour mes nutriments humains, qui croise le chemin de mes intestins voûtés, les égouts.

On construit à M. Bienvenüe, quai de la Rapée, de gigantesques dynamos pour son train. Tandis que les lignes électriques courent le long de mes rues pour les illuminer la nuit, sous elles d'autres câbles alimenteront les ampoules de routes qui ne verront jamais le soleil. Ce qui descend dans le chantier du métropolitain dit pour toujours au revoir à la lumière du ciel.

De futures lignes passeront sur des ponts au-dessus des chaussées, d'autres sous ma sœur la Seine. Les ingénieurs de Fulgence Bienvenüe gèleront son sous-sol en y injectant de la saumure froide, le temps de mettre en place leurs caissons d'acier étanches. Ils vont geler le cul de ma sœur, la prude, la fuyante.

Le métropolitain a été conçu pour qu'aucun autre train, venu de l'extérieur, d'autres compagnies de chemin de fer ou d'autres pays, ne puisse y passer. Si un ennemi m'assiège, à l'intérieur de moi les Parisiens pourront se déplacer en sécurité.

Fulgence n'est pas un amant comme Gustave, partagé entre le devoir de sa mission de bâtisseur et son besoin de gloire. Fulgence est le plus ingénieur des ingénieurs. Osseux et préoccupé, amputé de son bras gauche – arraché par un train dont il est tombé, le jour de l'inauguration d'une ligne des Chemins de fer de l'Ouest –, il faut le fréquenter longtemps pour découvrir son charme. Cet homme a donné un bras à son œuvre. Sans poésie, il est tout de même capable d'héroïsme. Sans parler de ces nouvelles étincelles et de la chaleur dans mon ventre…

J'ai maintenant une nouvelle symétrie, comme des antipodes, un monde inversé sous mes pieds : des rivières artificielles de passagers. Mais c'est dans le ventre aussi que nichent les anxiétés. Les ingénieurs conquièrent de nouveaux espaces que l'on croyait hors d'atteinte. Le sous-sol, bientôt le ciel. Je les vois qui essaient déjà, du haut de ma tour, de se fabriquer des ailes pour s'envoler. Ils s'écrasent encore, mais ne vont pas renoncer.

Fulgence devrait pourtant le savoir, lui, avec son bras mangé par une machine, que les objets inanimés, aux mains d'êtres animés, nous échappent.

Peut-être suis-je inquiète parce que les terrassiers déterrent trop de vieux souvenirs. Leur travail est souvent interrompu par des conservateurs de musée et des fouilles. Ici des sarcophages, là des restes de squelettes et d'armures. On rouvre des enquêtes que le temps avait classées. Il monte du chantier des parfums de tombes. Dans les strates des sols, les machines brisent les scellés des sédiments. L'histoire de tant de défaites, quelques rares victoires, tellement de trahisons et de crimes.

Pour Fulgence, le passé est le plus grand obstacle, lui qui en déplace des montagnes, souterraines, que personne ne voit. Des millions de mètres cubes de gravats évacués en charrettes, que l'on camoufle à la surface en fossés rebouchés, en digues, en rampes et remblais.

Ce que j'aime chez Fulgence, quand les machines se taisent, c'est le silence de ses tunnels. Nous pouvons y parler. D'un quai à l'autre du métropolitain, sous le foyer de la voûte, à quatorze mètres de distance, un homme et une femme peuvent s'entendre comme s'ils étaient côte à côte. Même au milieu d'une foule. La géométrie des tunnels bouleverse les axiomes d'Euclide : les mots d'une femme et d'un homme n'y suivent pas la ligne droite tracée par leurs regards, ils passent par la voûte elliptique du ciel pour atteindre l'autre.

Depuis les rues, une fois les tranchées rebouchées, on ne devine rien du flux souterrain. Sauf son souffle chaud, par des grilles d'aération. Ce que l'on voit du métropolitain, à la surface, ce sont seulement ses bouches. Mon cœur s'emballe pour un autre artiste, architecte inspiré, M. Hector Guimard. Qui a été fidèle à l'évidence : ces bouches devaient être des plantes. Des glycines, des vignes et des muguets plongeant leurs racines dans le sous-sol électrifié et minéral du métro, qui nourrit une végétation de fonte. Sur les lettres du métropolitain, Hector a fait se pencher des fleurs, boutons de tulipe, avec des pistils en filaments électriques – les bourgeons des dynamos.

J'ai dans mes antipodes souterrains un jardin suspendu, des cultures mécaniques.

12

Pour le *New York Tribune*, Aileen télégraphia une version didactique, devenue une interview pleine de chiffres, de sa chronique de *La Fronde*.

Fulgence Bienvenüe semblait, à quarante-huit ans, avoir déjà les traits de ses vieux jours. L'absence de son bras gauche, dans la manche vide de son costume, amincissait dramatiquement sa longue silhouette. Elle l'avait interrogé au milieu d'une nuée d'ingénieurs et de subalternes. Il avait partagé son temps entre eux, la journaliste et les ouvriers qu'il saluait. Elle-même était distraite, cherchant du regard Jacques Huet, l'ingénieur géologue.

Ils avaient parcouru les tunnels de la station de l'Étoile, en haut des Champs-Élysées, qui desservirait bientôt l'Exposition. Une triple station, croisement de l'actuelle ligne 1, des tronçons déjà en chantier d'une ligne circulaire Étoile-Nation-Étoile et d'une dernière partant en direction de la porte Dauphine. Aileen avait perdu rapidement le sens des directions et des distances. Après une heure de visite dans la chaleur et la poussière, avec sur sa tête le poids magnétique de la terre, elle s'était sentie mal. Bienvenüe, pâle habitué de la pénombre, l'avait raccompagnée à la surface. Elle avait abordé la question du sol gelé et évoqué un ingénieur dont on lui avait parlé, en charge du projet.

— M. Huet?

— Je crois que c'est ce nom, oui. Savez-vous si je pourrais le rencontrer, pour un article?

— Quand il n'est pas sur le terrain, M. Huet travaille habituellement au bureau d'étude de la Compagnie du métropolitain, boulevard Haussmann. Voulez-vous que mon secrétaire organise pour vous un rendez-vous?

— Inutile, non. J'ai en projet de suivre toute la ligne 1 en bicyclette, je ferai un détour par le boulevard Haussmann.

*

Elle avait descendu en roue libre l'avenue de la Grande-Armée, rafraîchie par l'air. Porte Maillot, elle avait pris des notes devant l'édicule de Guimard. La longue perspective des Champs-Élysées passait par l'entonnoir de l'Arc de Triomphe, plongeait dans l'avenue de la Grande-Armée, puis Maillot et au-delà la cicatrice de la route nationale 13 au milieu des forêts de Neuilly. Elle avait contemplé cette ligne de terre sèche et les véhicules s'éloignant de la capitale. Son dernier souvenir échappant à l'attraction de Paris remontait au Havre, quand elle s'était sentie intimidée, au seuil du continent européen, par les promesses qu'elle s'était faites. La première, retrouver Joseph, lui avait pris des semaines et rien ne se déroulait comme elle l'avait imaginé. Elle ne le voyait plus que rarement au tipi. Il disparaissait de plus en plus longtemps, leurs rencontres n'étaient d'aucune aide et n'apportaient de réponses à rien, l'avenir du ranch et le sien. Depuis les absences prolongées de Joseph, elle n'écrivait plus.

Aileen s'inquiétait que la deuxième de ses promesses, la visite de ce village d'Alsace, ait le même résultat.

Remonter l'avenue de la Grande-Armée lui fut pénible, comme le sont les trajets dont on est impatient d'atteindre la fin. Elle se laissa emporter, après l'Arc triomphal, par la pente des Champs, et bifurqua sur l'avenue Matignon. Il ne lui fallut que quelques minutes pour trouver l'immeuble de la Compagnie, à l'angle du boulevard Haussmann et de la rue d'Anjou.

Les bureaux, modernes, étaient vitrés de chaque côté du couloir. Derrière des meubles standardisés ou de hautes tables à dessin, des employés la regardaient passer comme si elle avait défilé pour eux dans sa tenue de cycliste. Un type sûr de lui sortit de son officine pour demander ce qu'elle cherchait, lui indiqua la porte du bureau de M. Huet.

Jacques tournait le dos au couloir, perché sur un tabouret, devant sa table à dessin dressée devant les fenêtres. Aileen frappa au carreau, recula et se retint de rectifier sa tenue derrière cette porte transparente, qui les força à un échange silencieux gênant, sous les regards des collègues de Jacques. Il ouvrit avant que son hésitation rende cette visite plus suspecte.

— Bonjour.

— Monsieur Huet ?

— Oui.

Elle lui tendit la main.

— Aileen Bowman. Je travaille pour un journal américain. M. Bienvenüe m'a recommandé de venir vous trouver ici. J'espère ne pas vous déranger.

— Que désirez-vous, madame Bowman ?

Il lâcha, trop vite ou trop tard, il ne savait pas, la main de la journaliste. Il avait surveillé sa voix, jouant la fierté cabotine attendue de ses collègues. Elle contrôla son plaisir, feignant d'être embarrassée par l'inconvenance de sa présence.

— Mon rédacteur en chef est intéressé par la méthode de congélation du sol que vous mettez au point. Mais si vous n'avez pas le temps maintenant, accepteriez-vous de prendre rendez-vous pour en parler ?

Il hésita du mieux qu'il put, alors que deux hommes des bureaux voisins étaient sortis fumer dans le couloir.

— Est-ce que cela prendra longtemps ?

— C'est l'affaire d'un quart d'heure, une demi-heure tout au plus.

— Si M. Bienvenüe pense que c'est une bonne idée, pourquoi pas ? Et puisque vous êtes ici, autant le faire tout de suite. Il y a une brasserie en face de notre immeuble. Puis-je vous y retrouver dans quelques instants ?

Aileen le remercia et repartit dans le couloir, sentant, comme le poids de la terre dans les tunnels du métro, celui des yeux des hommes sur son cul. Jacques haussa les épaules, souriant et complice, pour ses coreligionnaires envieux. Il prétendit tracer quelques lignes sur le plan auquel il travaillait, avant de jeter sa veste sur son épaule.

On le vit à une table de la brasserie, derrière les lettrages et les arabesques peints de la vitrine, discuter avec la journaliste rousse qui prenait des notes. Ils burent chacun un verre de vin blanc, lui plus lentement qu'elle, et tandis qu'il retournait à son bureau répondre aux plaisanteries de ses homologues, la femme but un second verre.

*

La guinguette de la Galette était installée au pied de deux moulins, derniers rescapés d'un quartier d'artisans ruinés par la minoterie industrielle. On les avait laissés debout parce qu'ils servaient, en plus de leur petite production de farine, un propos touristique.

Par une inversion ironique et erronée des rôles, les moulins de la guinguette étaient comparés à ceux de Don Quichotte, des étendards ralliant les romantiques et les buveurs, alors que les moulins de Cervantès étaient les représentants d'une nouvelle ère jetant au sol, d'un mouvement de bras, le vieux chevalier et ses idéaux révolus. Les princes de la cuite confondaient Don Quichotte et son ennemi mécanique, la minoterie industrielle.

Les artistes, la valetaille, les ouvriers venaient danser sous leurs grandes ailes amarrées pour la nuit. Les bourgeois, pour qui la fête n'était qu'une sorte de prolongement de la vie diurne, venaient s'y frotter au peuple et goûter son authentique talent pour le divertissement, compensation à son sort.

À la table de Jacques Huet étaient assis des artistes qu'on n'exposait pas au Petit Palais de l'art français.

Jacques les présenta rapidement, parlant à l'oreille d'Aileen pour se faire entendre au milieu de la musique, des voix et des rires. Il y avait là des écrivains, des poètes et des sculpteurs.

— Pablo est un jeune peintre arrivé de Barcelone pour l'Exposition. À côté de lui, c'est Casagemas, catalan lui aussi, amoureux d'une danseuse du Moulin rouge. Le pauvre ne s'en remet pas. Personne ne sait vraiment s'ils ont du talent, mais ils ne sont jamais en reste de théories révolutionnaires sur l'art. Pablo adore le métropolitain et voudrait visiter le chantier. Vous devriez en parler avec lui.

La salle brillait de tous ses flonflons et ses lampes. Dans leur niche surélevée, les musiciens de l'orchestre jouaient des rythmes que l'Américaine ne connaissait pas. Les danseurs, eux, se lançaient à chaque nouvel air dans des chorégraphies appliquées, seuls, à deux ou en lignes de douze ou vingt. Autour de la piste, une barrière de planches était peinte en rouge, séparant le plancher des tables, où l'on jouait aux cartes ou discutait, en sirotant la piquette des vignes de Montmartre. Aux tables des riches, les bouchons de champagne sautaient, attirant les filles dont les sourires et les mains expertes payaient les robes. C'était un soir de semaine, la guinguette n'était pas pleine mais suffisamment animée pour que l'ambiance soit bonne, le bruit fort et l'anonymat assuré. Car le scandale était ici plus risqué qu'au bordel. Le lupanar où Aileen avait accompagné Julius était réservé à une seule classe, ici toutes se mélangeaient. La véritable transgression était l'amalgame de sociétés séparées par l'ordre social.

Les artistes de la table, commandant des tournées

au nom de l'ingénieur, juraient que l'impressionnisme, Renoir, Monet et Pissarro étaient morts. Enterrés. Que l'avenir, c'étaient eux. L'endroit rappelait à Aileen, en plus grand, les sous-sols d'immeubles new-yorkais où elle allait retrouver des artistes et des femmes. Peintres exaltés amoureux de danseuses crétines, hommes d'affaires amoureux des mêmes, théories grandiloquentes, larmes et effondrements bruyants sous les assauts de l'alcool, partout le sexe. Et les hommes fuyant leur vie, comme Jacques qui saluait les autres habitués, buvait beaucoup, ne finissait pas ses phrases et faisait tout pour rendre anodine la présence d'Aileen. Elle parla trop fort :

— Votre femme sait que vous êtes ici ?

Sa voix fit même se redresser le jeune Catalan Casagemas, l'amoureux au front cloué à la table.

— Vive l'Amérique !

Sa question n'était pas une provocation. Aileen s'inquiétait de savoir si Jacques partageait son désespoir avec quelqu'un qui – en dehors de cette assemblée de jeunes soiffards – se préoccupait vraiment de son sort. Sur le visage de l'ingénieur reparut cet air de triste autodérision qu'elle lui avait vu à Vincennes.

— Allons prendre l'air.

Des escaliers et des terrasses étaient aménagés sur la petite colline, dominée par les moulins. Des pentes de la butte Montmartre, les rues éclairées coulaient vers le centre de Paris.

— J'ai trouvé vos chroniques dans *La Fronde*, écrites sous votre pseudonyme français. J'aime la façon dont vous faites parler Paris. Toutes ces transformations, ces événements trop nombreux pour que nous ayons

173

le temps d'en prendre conscience. Pablo se moque de notre lenteur, il pense être le peintre le plus rapide du monde. Est-ce que vous avez à New York un perchoir comme la tour Eiffel pour échapper à la course du temps ?

— Vous pensez que mes chroniques sont un prétexte pour parler de moi ?

— Ce n'est pas le cas ?

— La journaliste putain des tyrans ?

— Non, pas cette partie.

— La maîtresse des ingénieurs ?

Il rit.

— Surtout pas ceux-là, même leurs ambitions sont ternes.

Elle laissa à la plaisanterie le temps d'être oubliée.

— Je me moque que votre femme sache où vous êtes, mais je pense que vous devriez parler avec elle. Notre rencontre n'y est pour rien.

— Notre rencontre ? J'aimerais vivre dans un monde comme le vôtre, où de telles discussions sont naturelles. Ou bien avoir votre talent pour inventer une autre histoire qui raconterait la mienne.

— Ce n'est pas si compliqué. Trouvez un point de départ qui vous semble judicieux, le reste coulera naturellement.

— Un point de départ ?

— Où commence l'histoire de Jacques Huet et sa femme ?

Il réfléchit un instant.

— De sa *future* femme.

— Vous voyez, vous avez trouvé.

Elle prit son bras et ils quittèrent le mirador à

flonflons du moulin de la Galette, descendirent la rue Lepic à pas lents.

— C'était la réunion de deux familles. Au fond, tout était décidé depuis longtemps. Nous étions les élus de plans dressés avant notre naissance.

Quand Jacques parlait des maisons de famille de son pays, ses descriptions évoquaient des presbytères. Des lieux de silence construits pour se protéger des éléments extérieurs, des refuges inhospitaliers, longues bâtisses de granit bleu percées d'ouvertures étroites, aux toitures en grosses ardoises pour résister aux vents. Les Huet s'étaient installés à Paimpol au début des années 1860, dans le département des Côtes-du-Nord redessiné après la Révolution sur les domaines des évêchés de la région. Son père, artisan tisserand, avait un petit atelier où travaillaient, en plus de sa femme et lui, deux employés.

— La noblesse bretonne, privée des impôts levés sur les terres et les marchandises, mais toujours puissante, hait la République et tout ce qui vient de l'extérieur. Le changement, la mécanisation, la modernité menacent leur système clos de privilèges. Les grands propriétaires ont tout fait pour ralentir cette transformation de la Bretagne. Aussi efficacement que les innovations industrielles dont ils se méfiaient, ils ont précipité la misère de la région. Les forges, les carrières d'ardoise, les fabriques de voiles et les ateliers de tissage ont fermé les uns après les autres. Toutes ces activités que la noblesse, au fond, méprise. Qu'elle a abandonnées à ses anciens sujets, dont quelques-uns, enrichis, sont devenus la classe la plus détestée des aristocrates : la bourgeoisie industrielle. Dont je suis un enfant.

Le père de Jacques, avec l'aide d'un parent parisien, avait été parmi les premiers à investir et moderniser son atelier. En quelques années, la pauvreté fournissant une main-d'œuvre bon marché, la petite affaire était devenue une usine employant cinquantes personnes, puis cent.

— Ma mère a pu arrêter de travailler, et par la même occasion de faire des fausses couches. Je suis né en 1866 et pour faire bonne figure, dans cette société où la richesse était odieuse et les origines populaires honteuses, mes parents ont décidé que leur aîné serait un homme d'Église. C'est à cette époque aussi qu'ils ont acheté sans crédit, à un armateur ruiné, la grande maison de Paimpol.

Jacques avait suivi le petit séminaire mais à dix-sept ans, au lieu d'une université théologique, s'était inscrit à un cours préparatoire. Il n'avait aucune des qualités requises pour la vie de prêtre et un seul objectif, entrer à l'École nationale des ponts et chaussées de Paris.

— Qu'est-ce qui vous a donné envie de devenir ingénieur ?

— Je n'en sais rien. Une accumulation d'idées, presque toutes fausses, que je me faisais de ce métier et de Paris. Les métiers à tisser de l'usine de mon père me fascinaient. Et avec le recul, peut-être, sans que je l'aie jamais formulée, l'envie de faire, d'inventer, pas seulement d'accumuler de l'argent et de prendre la suite de mon père, de perpétuer une nouvelle forme de lignage et de domination après celle de la noblesse. Cela, je le pense maintenant, mais à l'époque je voulais surtout quitter Paimpol.

176

— Vos parents vous en ont voulu ?

— Oui. Mais ils ne pouvaient pas me retenir. Ils ont pourtant tout essayé et, à l'occasion de mon départ, une fête a été organisée sur l'île de Bréhat, avec les membres d'une famille amie, les Cornic. Des bourgeois aussi rusés que mes parents. Leur fille aînée, Agnès, avait mon âge. Le piège de mes parents, c'était elle. Ce qui les intéressait, eux, c'était la fortune des Cornic, enrichis par le négoce de coton étranger. Agnès et moi étions deux enfants uniques, nous avions sur les épaules tous les espoirs de nos deux familles. Agnès avait été élevée comme une princesse sur l'île de Bréhat. Un des plus beaux partis de la région, mais qui n'avait aucune intention de quitter sa maison familiale. Je suis parti. Pour faire plaisir à nos familles, j'ai accepté la demande d'Agnès de correspondre. J'ai longtemps cru, en lisant ses lettres, avoir vu juste. Que les enseignements qu'elle avait reçus étaient les grilles de sa prison. Voyez-vous, les bourgeois comme les Cornic et mes parents sont convaincus que la bonne éducation de leurs enfants est leur meilleure défense contre les préjugés dont ils sont victimes. Ils se trompent. Les aristocrates, dont les privilèges sont l'héritage du sang, ne méprisent rien tant que l'éducation.

Au cours des cinq années qui avaient suivi le départ de Jacques, la cour des héritiers Huet et Cornic s'était poursuivie selon le même consensus attentiste. Leurs parents les pressaient. Leur résistance commune avait peu à peu rapproché les jeunes gens. L'été, quand Jacques rentrait au pays, les traversées entre l'île de Bréhat et la côte, rendues parfois difficiles par des

177

coups de vent, donnaient même une touche romantique à leurs rendez-vous.

— Et puis un jour, alors que nous marchions
devant nos parents, après un repas réunissant les deux
familles, Agnès m'a parlé, en regardant droit devant
elle. J'ai compris que j'avais fait erreur. Alors que tous
espéraient mon retour à Paimpol après l'obtention de
mon diplôme, elle m'a demandé de l'emmener avec
elle à Paris. Je la croyais indécrottable, alors qu'elle
patientait seulement. Elle attendait de savoir si ce jeune
ingénieur prétentieux et arrogant était à la hauteur de
la tâche. Celle de l'arracher à son île.

À vingt-cinq ans, Jacques avait obtenu son diplôme
d'ingénieur géologue. Sa réputation d'étudiant nova-
teur lui avait valu d'être aussitôt embauché par les
entreprises Chagnaud, grande société de travaux
publics. Sa carrière en bonne voie, il avait demandé
la main d'Agnès. Leur pacte secret, de satisfaire aux
exigences de leurs familles tout en y échappant, avait
été scellé à Bréhat, à l'église paroissiale Notre-Dame-
de-Bonne-Nouvelle, un jour de soleil et de vent
léger.

— Vous étiez heureux ?

— Oui. Agnès… Agnès inspire le désir. Nous fai-
sions un beau couple. Nous le sommes toujours. Mais
Paris était une mauvaise idée. Agnès, malgré ce que
nous croyions au début, n'y était pas préparée. Peut-
être que sur son île minuscule elle s'était trop longtemps conformée à un univers étroit, que son esprit
avait définitivement pris ce pli. J'ai aussi ma part de
responsabilité. J'ai toujours beaucoup travaillé. Agnès
n'a pas trouvé sa place ici, après avoir eu le courage

de partir. Elle s'est contentée à Paris d'un monde aux dimensions de Bréhat.

Jacques décrivit la petite communauté bretonne dont Agnès s'était entourée ici. Le calendrier des réceptions à leur appartement et celui des visites, auxquelles s'ajoutaient les obligations liées à son travail. Ils s'aimaient encore, dit-il, pour ce qu'ils étaient, mais sans la joie d'imaginer ce qu'ils auraient pu être d'autre.

— Nous avons le courage d'assumer nos responsabilités et nos erreurs. Cela nous le faisons ensemble. Mais notre relation n'est pas équilibrée. Agnès m'aime différemment. Peut-être parce qu'elle dépendait de moi pour quitter la Bretagne. Qu'elle a l'obligation d'une reconnaissance qui fausse la balance de nos sentiments. Cette dette, elle a voulu la payer en nous donnant un enfant. Dès notre installation à Paris, c'est devenu une obsession.

Il avait ralenti un peu plus le pas, comme s'il avait peur d'arriver trop tôt à destination. Aileen serra son bras pour l'encourager.

— Nous avons tout le temps. Continuez.

— Vous n'aviez pas prévu cela, n'est-ce pas, en vous évanouissant sur les gradins du vélodrome ?

— Non. Et cette fois, je voudrais que vous me parliez de votre enfant. S'il vous plaît.

Jacques s'assombrit. Inspira, reprit des forces.

— Après trois années de vie commune, Agnès n'était toujours pas enceinte. Les médecins n'avaient aucun avis. L'été, elle rentrait en Bretagne passer la belle saison avec sa famille. Sa mère lui reprochait de ne pas savoir satisfaire son mari, mettait cette infécondité sur le compte d'une vie parisienne dissolue. Embarrassée par l'insistance et les conseils intimes de sa mère, Agnès m'a demandé, l'été suivant, de rester à Paris. Dans la ville calme, alors que j'avais moins de travail et plus de temps, nous avons passé des semaines agréables ensemble. En octobre suivant, Agnès m'a enfin annoncé qu'elle était enceinte.

Jacques se tut, intimidé d'en avoir tant dit. Puis les muscles de son bras et le contact de sa hanche contre celle d'Aileen devinrent plus durs.

— Nous n'avons plus jamais partagé la simplicité de ces quelques semaines. Cet été-là, nous nous sommes libérés de quelque chose. En esprit, mais aussi dans nos corps. Nous avons eu des rencontres intimes plus joyeuses. Pas pour faire un enfant, ni donner à nos parents un héritier ou payer une dette. Nous avons osé le faire pour notre plaisir. Ensuite, il y a eu la grossesse, l'accouchement, et Agnès est retournée de plus en plus à l'église. Ses désirs n'ont plus jamais été assez forts pour vaincre les interdits de son éducation, seulement pour la rendre malheureuse. Elle est devenue une mère, à peine une épouse.

Agnès avait accouché d'une fille en avril 1893. Alice.

Chaque nouvel été, depuis, elle emmenait la petite à la maison familiale de Bretagne, Jacques les rejoignant une semaine au mois d'août. Agnès détestait maintenant Paris, Jacques sortait de plus en plus.

— Notre couple s'est endurci. Nos différences, sans importance ou imaginaires, se sont affirmées faute d'avoir été combattues. Cette dérive des sentiments, c'est comme une marée qui se retire, qui dévoile ses fonds sans beauté. Je m'inquiète d'entendre Alice réclamer sans cesse de retourner à Bréhat, l'île magique, l'île des princesses. Les parents d'Agnès, qui m'en veulent toujours d'avoir enlevé leur fille, prennent un soin répugnant de la mienne.

Trouvant encore dans son emploi du temps des heures qu'il ne voulait pas passer chez lui, Jacques s'était mis à faire du vélo, des kilomètres à rouler, à vider son esprit en épuisant ses jambes. Depuis le début de l'Exposition, il se rendait au vélodrome de Vincennes pour s'entraîner.

— Puis je vous ai vue tomber de bicyclette et vous relever, toute vexée, dans la poussière de l'allée, vous avez été la première femme qui me faisait rire depuis longtemps. Cela m'a ensuite rendu très triste de le comprendre.

Ils étaient arrivés devant l'immeuble d'Aileen, dont la tête tournait en bourdonnant. Elle imaginait un raz-de-marée passant sur cette île de Bréhat, emportant dans un déluge d'écume et de débris les parents Cornic, leur maison de granit et toutes leurs possessions au fond de la Manche. Elle s'écarta de l'ingénieur pour le regarder en face. Il était livide, sous l'éclairage électrique dont l'immeuble et la rue des Saints-Pères recevaient les services.

— Excusez-moi de vous proposer banalement un dernier verre, mais tout est fermé alentour et je ne voudrais pas vous laisser partir dans cet état.

— Rien n'est banal entre nous, rassurez-vous. Mais si déprimante que soit la conclusion de mon récit, elle me pousse à rentrer chez moi et retrouver Agnès.

Aileen prit dans la sienne la main que lui tendait

181

Jacques et ne la lâcha pas. Elle l'attira doucement à elle, se dressa sur la pointe de ses bottes et embrassa ses lèvres sans moustaches. Leurs bouches ne s'ouvrirent pas. Elle devina, au mouvement de la sienne, qu'il souriait. Elle redescendit sur ses talons.

— Une petite négociation avec les possibles. Pour prouver que nous sommes vivants.

— Votre vieille sacoche sent le cheval.

— Toutes ces heures de vélo ne peuvent rien y changer. Je suis une cavalière.

— Bonne nuit, Aileen.

— Bonne nuit, Jacques.

*

Jacques retira ses chaussures dans l'entrée de leur appartement. Agnès s'était endormie dans le grand fauteuil du salon, le corps agité par les soubresauts d'un mauvais rêve. Il s'assit sur le parquet à côté d'elle. Après quelques minutes de sa présence, le cauchemar d'Agnès se dissipa et elle se calma. Jacques eut envie de crier. Qu'un couple ne devait pas être l'assurance d'un bon sommeil, mais au contraire la folie d'une insomnie. Il chassa sa colère, de peur de troubler Agnès et qu'elle retourne à ses mauvais rêves. Il remonta le châle sur ses épaules, éteignit la lumière, passa devant la porte de la chambre de sa fille et alla se coucher. Deux heures seulement le séparaient du jour. Il serait fatigué demain pour la visite du chantier, se sentirait mal sous terre, dans l'humidité des tunnels.

Il se rinça le visage au petit lavabo de la chambre. L'eau retenue par la bonde était déjà blanche de savon, grasse entre ses doigts. Il y sentit le parfum d'Agnès, de sa crème de beauté et de son maquillage.

Au fond des grandes fatigues se cache le refus de dormir. Le sommeil le fuyait.

Il observa à la fenêtre les brumes précoces de l'aube, qui prenaient possession des jardins de l'hôpital Saint-Martin. Il y découvrit un homme à cheval. Les silhouettes de l'animal et du cavalier étaient découpées dans un tissu plus noir que celui des troncs et des pelouses. Ils ne bougèrent pas pendant un instant. Peut-être un policier qui faisait sa ronde de nuit, qui tourna bride et disparut dans la végétation. Jacques l'envia, d'avoir la ville pour lui seul, de monter une bête qu'il pouvait éperonner et lancer au galop.

13

Les chevaux dormaient debout comme des ivrognes, se balançant d'un pied sur l'autre. Tout était gris dans l'air salé de l'aube. Seul le mustang noir était éveillé. Cette nuit, il avait lavé ses peintures.

Il mena sa bête par la bride à travers le campement du Pawnee Bill's Show. Il portait le chapeau et le costume noir à longue veste volés dans la malle à costumes, qu'il devait remettre à sa place avant les spectacles. Sur le dos du cheval, il avait posé la selle anglaise, discrète, choisie aux écuries parmi les cuirs mexicains incrustés d'argent.

Le plus difficile, à chaque fois, était de convaincre le mustang de marcher comme un cheval de Blanc, dressé pour des hommes et des femmes qui ne savaient pas monter.

Il connaissait par cœur les itinéraires, mais Paris lui faisait toujours peur. Trop blanc pour être indien, trop rouge quand il voulait passer pour un Blanc. En pleine journée, il était à peine plus discret qu'un Nègre et préférait laisser le mustang au campement. Il montait la bête quand il partait plusieurs jours, ou seulement de nuit.

Les chaussures qu'il avait prises dans le coffre étaient trop grandes. Parfois elles étaient trop petites. Les coutures de ses pantalons lui grattaient les fesses. Il roula des épaules, la tension des rênes fit se redresser le cheval, nerveux sur les pavés de la place de la Nation. Il y avait du monde sur les trottoirs et plus de circulation sur la chaussée. Les premiers travailleurs et commerçants étaient debout.

Pour lui, le plus difficile était de regarder ce monde avec des yeux de Blanc. Parce que les yeux trahissaient bien plus qu'ils ne cachaient. Il était rouge dedans.

Il s'inquiéta d'avoir tardé, se retint d'éperonner le mustang et de se lancer au galop sur le boulevard Diderot. Sa poitrine se serra à l'idée d'une course folle, de ne pas trouver d'issue à ce voyage et de ne pas revoir les pistes de son monde, ni sentir l'air froid de ses hivers, son parfum l'été et le goût de ses plantes. Mais il avait aussi juré, en embarquant pour le Vieux Monde, de ne jamais retourner à la réserve attendre la becquée des Blancs. C'était la direction que montraient ses mains inversées. Son devoir. Cette pensée le soulagea. Il n'avait plus mal au ventre. Il avait jeûné quatre jours, comme avant chaque expédition dans la ville. Son estomac avait cessé de réclamer de la nourriture. Les vertiges qu'il ressentait n'étaient pas ceux de la faim mais du temps qui s'enroulait sur lui-même. Sur le sentier de la guerre, le passé et l'avenir sont identiques, ils mènent au même endroit. Le temps des Indiens n'est pas celui des Blancs, découpé en tranches par leurs horloges. Le temps rouge tourne comme la fumée dans le tipi, à la fois de haut en bas et de bas en haut, s'étire et se rétracte. Le temps est un serpent, premier esprit à avoir habité la terre, qui se déplace en frottant son ventre dessus et avance en ondulant – à qui viendrait l'idée de s'allonger sur le sol de Paris pour y rêver en regardant le ciel ? Il le faisait là-bas, avec son père, Pete Ferguson le Blanc qui tentait, dans le spectacle des nuages s'évaporant, d'oublier le temps qu'on lui avait appris à compter. Ceux qui se couchaient sur les trottoirs de Paris étaient des fous ou des saoulards. Quand il partait en expédition, Joseph se sevrait.

Les Blancs croient avoir apporté la grandeur des villes dans le monde sauvage des Rouges d'Amérique, des Jaunes d'Asie et des Noirs d'Afrique. Maria, sa mère indienne d'Amérique du Sud, parlait des ruines de cités plus grandes, hautes et magistrales que celles des Blancs. Elle décrivait des pyramides, des temples plus hauts que des cathédrales, des égouts, des bains publics, des forteresses couvertes d'or sur des sommets si hauts que l'air y était rare, des routes pavées sur des centaines de miles, à travers des forêts si épaisses et vastes que l'homme blanc en avait peur. Lui-même avait vu, aux États-Unis, les vestiges de cités rivalisant d'ambition avec New York. Sur les rives du Mississippi, ce que l'on avait cru des montagnes, incongrues dans le paysage, étaient des élévations bâties à main d'homme. Il y avait au Nouveau-Mexique des immeubles de pierre de dix étages, des cités encore debout dans les rues desquelles on se perdait un jour entier, au Colorado des villes accrochées comme des ruches sauvages aux falaises des mesas ; il y avait sur les tipis, dessinées, les cartes de routes commerciales reliant entre eux des millions d'hommes. Mais après que les maladies des Espagnols eurent tué les Indiens et fait de leurs cités des villes fantômes, les nouveaux Américains étaient passés devant ces vestiges sans même les voir : les Blancs ne voient pas ce qui n'est pas blanc, se répétait Joseph en espérant que cela valait aussi pour lui.

Il entendait dans sa tête la voix de sa mère, qui lui décrivait ces anciennes civilisations en xinca, cette langue de la famille des grands Aztèques, comme celle des Païutes. Joseph connaissait la langue d'un continent entier. L'anglais et le français n'étaient même pas compris par tous les habitants d'Angleterre et de France.

Sur le pont d'Austerlitz, il s'arrêta regarder les bateaux propulsés par les moteurs à vapeur, qui remontaient sans effort le courant de la Seine, terrifiants. Les pilotes et leurs passagers imaginaient sans doute que ces déplacements étaient magiques. Les Blancs regardaient sans les voir les fumées noires recrachées par les cheminées, les rejets de tout ce travail mécanique. Les chevaux-vapeur sont gourmands comme des enfants et vomissent la moitié de ce qu'ils ont avalé. Les Blancs, pourtant obsédés par l'argent, ne comprenaient pas le prix des choses.

Il suivit le fleuve sur les quais de la rive sud, passa devant les barges amarrées, mit pied à terre sous le pont des Arts. Dans l'ombre de la voûte, des chevaux étaient attachés aux anneaux scellés dans la pierre. Un jeune palefrenier chargeait à la fourche, dans une brouette, le crottin et la paille souillée qu'il jetait dans le fleuve. Le garçon se figea un instant, reconnaissant le petit homme au beau cheval noir. Ce type à la peau de couleur étrange, qui parlait à sa bête dans une langue de sorcier et ne connaissait pas le français. Le palefrenier savait ce qu'il avait à faire. L'homme au costume noir connaissait les tarifs et déposa dans sa main l'argent pour une journée de soins à son cheval. La bête, chaque fois, rendait nerveuses les autres, les bêtes de travail. Le petit gars avait dit à son patron que l'homme de couleur lui faisait peur, mais le patron s'en foutait, tant qu'il payait. Et il payait bien, le sorcier aux yeux brillants, dans ses vêtements trop grands. Et toujours une pièce en plus pour le môme, qui regarda s'éloigner le plus incroyable de ses clients.

Le soleil montait le long des immeubles. Joseph retrouva bientôt la rue où vivait sa sœur blanche. Il connaissait le nombre de marches menant jusqu'à son étage, quelles fenêtres étaient celles de son appartement et comment se glisser dans la cour intérieure sans être vu de la femme qui surveillait l'entrée et faisait le ménage. Il savait comment monter sur le toit de la maison d'en face, dans la cour, pour s'approcher à quelques mètres du logement de la sœur du ranch. Elle veillait tard la nuit, pour écrire ses articles et l'histoire de la famille Bowman.

La première fois qu'il l'avait suivie jusqu'ici, attendant qu'elle quitte l'appartement, il voulait casser une vitre et voler les papiers. Elle était sortie, puis revenue juste à temps pour l'en empêcher, et s'était remise à écrire. Joseph s'en était voulu d'être curieux de ce que la sœur blanche pensait de lui, des mots qu'elle choisissait pour le décrire. Alors il était resté là, honteux, à la regarder penchée sur son crayon qui noircissait le papier. Son père blanc lui avait appris que ceux de sa race utilisaient les mots non pour dire les choses, mais pour les cacher : «Ils en ont tant qu'il est impossible de savoir ce qui est une histoire inventée, un mensonge ou une vérité dans les discours. Ils écrivent même des livres qui sont des histoires fausses, des romans, pour raconter autrement la réalité. Dedans, des personnages imitent les vrais hommes, que les lecteurs aiment croire à leur tour, pour se faire peur, se réjouir ou se prendre pour des héros. Ce sont des mots qui cachent d'autres mots, des mots-mensonges.»

Joseph aimait son père blanc. Il avait mis longtemps à comprendre qu'il était à moitié fou et respecté pour cela par les Indiens. Il aimait son père blanc et en avait honte. Mais la vraie folie, celle dont les gens du ranch le disaient habité, était celle de sa mère. Maria Bautizada, la déracinée.

Joseph aimait sa mère et en avait honte.

Ce qu'il avait compris trop tard de ses parents, c'était leur amour l'un pour l'autre ; plus fort que les humiliations et ce qu'on pensait d'eux. Joseph ne connaissait pas les forces que donnait ce sentiment. En avait-il besoin ? L'amour était-il nécessaire au guerrier comme aux autres hommes ? Était-ce, pour un combattant, une arme ou une faiblesse ? Il savait seulement qu'il y avait plusieurs sortes d'amour. Celui de la guerre, celui des corps, celui des choses belles. Mais l'amour de ses parents l'un pour l'autre, était-ce celui que la sœur du ranch apportait en cadeau ?

Alors que dans son recoin, sur les ardoises du toit voisin, il avait espionné Aileen Bowman pour la première fois, elle avait tourné sa chaise vers la fenêtre et regardé la nuit. Joseph s'était cru découvert. Il savait sa sœur blanche capable de suivre une piste et des traces,

connaisseuse de certaines ruses des Rouges. Mais elle
ne s'était pas levée. Depuis la pièce éclairée, elle ne
voyait que le noir, ou son reflet sur les carreaux de
verre. Elle avait ouvert ses pantalons, les avait descendus sur ses cuisses, glissé une main entre ses jambes et
l'autre sous sa chemise. Joseph s'était approché tout
au bord du toit.

Les Blanches sentent mauvais et sont laides, c'est ce
que l'on apprenait aux jeunes Indiens. Mais il savait
que les Rouges aimaient les femelles des Blancs. Qu'ils
étaient fiers d'en posséder. Seulement on ne pouvait
pas les accuser, eux, de préférer leur sang blanc à leur
sang indien. S'il avait eu une esclave blanche, Joseph
et elle auraient ressemblé ensemble à un couple, pas à
un maître et sa possession. Dans le monde de sa sœur
blanche aussi, on aurait vite trouvé une raison de les
pendre tous les deux. Comme ses parents, rejetés par
deux mondes, morts collés l'un à l'autre par le froid,
qui cet hiver-là n'était qu'un mot-mensonge, derrière
lequel se dissimulaient la réserve misérable, les rations
insuffisantes, l'absence de gibier, de terres arables et
de couvertures. Le froid qui avait tué ses parents était
en vérité le nom d'un crime. Et la scène de ce crime,
le tipi même sous lequel il avait vu, enfant, caché, le
corps nu de sa grande sœur du ranch. Et les mains
de sa mère, qui tatouaient cette peau si claire, posées
dessus comme pour la lui interdire.

Sur les ardoises glissantes, le visage tendu vers la
fenêtre, Joseph avait entendu les derniers soupirs
d'Aileen.

Elle s'était levée, tenant ses pantalons d'une main,
et avait éteint la lumière.

Il revenait depuis, aussi souvent que possible, comme il était de retour aujourd'hui. Mais il avait raté la nuit. On avait élevé au Pawnee Bill's Show, trop tard hier, de nouveaux décors. Il s'était pressé de quitter Vincennes à l'heure du loup, dans l'espoir de la trouver du moins avant qu'elle quitte l'appartement.

Le toit n'était accessible que de nuit, le jour il attendait dans la rue pour la suivre.

Elle sortit de son immeuble, éclatante dans le soleil, avec ses cheveux rouges que seul le mélange des races blanches peut produire. Aileen poussait sa bicyclette, se faufilant entre les passants. Il devint une ombre dans son sillage.

Elle enfourcha son engin à deux roues et fila sur la chaussée, avec sa besace et son vieux chapeau relevé par le vent. Il se mit à courir, sans perdre de vue les boucles rousses. S'il ne devait pas revoir les pistes d'Amérique, alors ses muscles pouvaient consommer toute la nourriture contenue par son corps. Sans compter ses efforts, il courait. Les seuls déchets, seule fumée, étaient ceux de son esprit, montant en spirale vers les perches du ciel.

La course d'Aileen prit fin en haut de la grande avenue des boutiques de luxe, dominée par la porte triomphale, sans murs autour et n'ouvrant sur rien. Elle y serra la main d'un homme qui n'avait qu'un seul bras, entouré d'autres hommes en manteaux longs, devant des balustrades métalliques imitant des plantes.

Joseph la regarda disparaître sous terre, accompagnant les hommes en redingotes, noires comme celles portées pour la signature des traités de paix. Il s'approcha de la bouche du métropolitain, sentit monter du trou les parfums des galeries humides, le monde des rongeurs, des renards et des serpents. Ne sachant où Aileen ressortirait de ce labyrinthe souterrain, il resta à surveiller sa bicyclette.

Quand elle reparut à l'air libre, une heure plus tard, sa sœur du ranch était pâle. Elle se laissa emporter sur son vélo dans la pente du grand boulevard qui éloignait du centre de Paris. Les yeux fixés sur elle, il reprit sa foulée légère, dans ces absurdes chaussures de cuir qui lui blessaient les talons.

Elle prit des notes, à la porte de la ville, en contemplant la route poussiéreuse qui s'enfonçait dans des forêts denses.

Il n'eut pas besoin de courir pour la suivre quand elle repartit en montant vers la ville. Puis, en haut de la côte, elle changea de direction et reprit de la vitesse. Joseph ne connaissait pas ces rues et il devenait important de ne pas la perdre. Ses forces diminuaient, il devait puiser dans de nouvelles réserves. Le guerrier trouve en lui ce que les autres hommes ignorent posséder. Sa course, sur ses jambes affaiblies, était moins régulière. Il bousculait des piétons, se faisait traiter de fou par les cochers. Elle s'arrêta enfin devant un immeuble et y entra. Dans un coin de pierre il s'effondra, reprit son souffle en transpirant des vieux alcools, sans quitter des yeux la bicyclette, cette bête qui consommait, pour avancer, la nourriture de son cavalier.

Sa sœur blanche ressortit quelques minutes plus tard du bâtiment et traversa la rue jusqu'à une brasserie, un de ces saloons tout de verre, de meubles sombres et de cuivres astiqués. Elle s'assit à une table derrière la vitrine et, quand elle ôta son vieux chapeau, ses cheveux rouges se mélangèrent aux décorations végétales des vitres. Quelque chose en elle avait changé. Il ne comprenait pas les expressions de son visage. La tension, l'impatience et l'inquiétude étaient des mots-mensonges qui ne disaient pas ce qu'il voyait. Elle se tourna vers la rue et d'autres émotions se bousculèrent entre son front plissé, ses yeux rapides et ses lèvres. Joseph suivit son regard et vit l'homme aux cheveux clairs sortir du même immeuble, traverser le boulevard en se retenant de courir, comme elle se retenait, derrière la vitrine, de lui faire un signe.

L'homme s'installa en face d'elle. La vue de Joseph se brouilla.

Leur échange ne dura pas, l'homme ressortit, disparut dans l'immeuble et Joseph attendit Aileen, qui ne se décidait pas à quitter la table. Elle but un autre verre d'alcool. La vue de Joseph était noyée, à sa périphérie, par des ondulations translucides. Un guerrier ne pleure pas. Il attendit, sans cligner des paupières, que l'eau dans ses yeux soit séchée par le vent.

Aileen remonta enfin sur son vélo et Joseph, les jambes lourdes, se faufila à sa suite. Quand il reconnut le quartier de l'appartement, il s'arrêta. Elle rentrait chez elle et il faisait fausse route. Son cœur voulait le conduire ailleurs. Il la laissa disparaître au bout d'une rue et la fumée de son esprit, levée par la chaleur de ses rêves de possession, retomba froide sur ses épaules.

Joseph reprit le chemin du fleuve, retrouva le mustang sans prêter attention au petit palefrenier qui voulait lui rendre sa monnaie, parce que la journée de soins n'était pas terminée. Il remonta en selle, reprenant la direction de Vincennes. Après quelques mètres, il tira sur les rênes et s'immobilisa sur le quai. Le garçon le vit faire demi-tour et trembla en le voyant repasser devant lui, avec ses yeux noirs fixés au loin.

Joseph n'avait pas oublié l'itinéraire, il revint sur ses pas. Dans une de ces ruelles où il avait appris à trouver de l'ombre à toute heure du jour, il se fondit avec la bête. Il voyait parfaitement l'entrée de l'immeuble et, en fin de journée, reconnut sans peine l'homme qui avait parlé avec Aileen. Joseph avait repris des forces, il n'avait pas faim. Le ventre du combattant est toujours plein. La guerre est sa nourriture.

L'homme aux cheveux blonds alla d'abord à la brasserie et but des verres en compagnie d'autres hommes, des collègues de travail. Puis il resta sur le trottoir, à attendre un fiacre qui l'emporta. Le soleil commençait à descendre le long des étages. Joseph donna un léger coup de talons dans les flancs du mustang. Il était un cavalier en costume au milieu des embouteillages et de la cohue de fin de journée, le cheval et lui passaient pour ce que l'on attendait d'eux. Il suivit la voiture jusqu'à un lointain quartier de la ville, sur une colline qui s'élevait au-dessus de Paris. L'homme paya son transport devant une porte voûtée éclairée de guirlandes. Au-dessus, les bras immobiles d'un moulin récoltaient la lumière rose du couchant. Il trouva pour se cacher, dans la nuit naissante, une ombre plus noire que la précédente. Les battements de son cœur se déréglèrent quand Joseph vit sa sœur du ranch arriver quelques instants plus tard, à bord d'une autre voiture. Elle poussa la porte aux guirlandes.

Quand la nuit fut plus avancée et que les rues eurent commencé à se vider, Joseph ôta la veste de son costume de spectacle, tira son coutelas de son étui de ceinture et découpa le vêtement en quatre morceaux. Levant l'un après l'autre les pieds de son mustang, il emmaillota ses sabots de tissu. Paris était devenue trop silencieuse, quand sa chasse reprendrait, pour ne pas être entendu.

Aileen et l'homme blond ressortirent ensemble de cet endroit d'où montaient, en sourdine, de la musique et des rires.

Ils marchaient au rythme de ceux qui s'écoutent. Derrière eux, sans craindre de les perdre, Joseph suivait. Il sentait l'odeur d'alcool de l'homme, celui du cuir et des vêtements de sa sœur du ranch. Parfois il devait s'arrêter, pour les laisser reprendre un peu d'avance. Soit qu'ils ralentissaient, soit que lui accélérait sans s'en rendre compte. Sa curiosité, contre toute prudence, le rapprochait d'eux. Pourtant, il n'avait pas besoin de les entendre. Ils se disaient ce que tous les amoureux aux premiers jours se disent. Des niaiseries. Des mensonges pour paraître plus que ce que l'on est. Des secrets inventés. Ils fabriquaient un amour des villes, de poésie, de sentiments sans virilité. Des stupidités de femme. Se fût-il approché suffisamment pour les entendre, Joseph n'aurait pas compris un mot du français qu'ils parlaient ensemble. Mais il savait.

Devant l'immeuble de la rue des Saints-Pères, trop éclairée, il dut se résoudre à garder ses distances. Mais il vit, sous le lampadaire électrique, sa sœur blanche se dresser sur la pointe des pieds et attirer l'homme blanc à elle pour l'embrasser. La vue de Joseph se brouilla de nouveau. Mais, au lieu de monter, l'homme repartit dans la rue et Aileen, seule, rentra chez elle.

Joseph hésita. Il voulut se réjouir de cette séparation. Tout cela n'était qu'une erreur. Sans conséquence. Le clerc n'était pas fait pour la sœur du ranch. Tout les séparait. Comment avait-il pu imaginer que cet homme, doux comme une femme, plairait à Aileen ?

Il était reparti chez lui. Elle était montée à son appartement. Peut-être qu'elle écrirait ce soir. Tournerait sa chaise vers la fenêtre. Car elle savait, au fond elle savait, on ne peut être suivie comme ça des semaines – quand on connaît les ruses indiennes et la chasse – sans le deviner. Elle se doutait bien qu'il était là, sur le toit, de l'autre côté de la fenêtre. Elle savait qu'il y avait quelqu'un.

Les joues de Joseph et la peau de son scalp se refroidirent d'un seul coup.

Et si, quand elle baisserait ses pantalons, le dos arqué par le dossier, ses doigts emmêlés aux poils roux, elle pensait à l'autre ?

Joseph se tourna vers le bout de la rue. Tournant à son coin dans le noir, il vit disparaître le dos de l'homme. Il monta en selle. Sur les coussins de la redingote découpée, le mustang et son cavalier passèrent sous les lampadaires électriques, apparaissant et disparaissant comme des images cinématographiques, muettes et ralenties.

*

Dans le parc, le cheval goûta à l'herbe des pelouses puis arrêta de manger ; elle n'avait pas bon goût. Il était dressé pour la guerre et savait lui aussi jeûner s'il le fallait. Le mustang décida de se nourrir de la patience de son cavalier à l'affût.

Joseph surveillait les fenêtres de l'appartement de l'homme, dont la silhouette apparut derrière un rideau soulevé. Il avait vu le cavalier sur sa monture. Joseph décida de rester là un instant, pour que l'homme ait le temps de se faire une idée sur cette présence, et peut-être d'en prendre peur. Puis il serra les jambes et le mustang, répondant à son ordre, les éloigna vers une nappe de brume qui se gonflait de la lumière du jour.

14

Jacques Huet reçut deux jours plus tard à son bureau, parmi les lettres regardant son travail, un pli qui lui était personnellement adressé. Quand il découvrit l'expéditeur, son état d'anxiété s'accentua.

Depuis sa soirée avec Aileen Bowman et leur conversation, dont Agnès avait occupé tout l'espace libre, il y avait dans son appartement, entre sa femme et lui, une présence étrangère. Des questions auparavant diluées dans l'air s'étaient solidifiées, prenant la forme d'un double fantomatique de Jacques. Une ombre qui le suivait, murmurant les pensées qu'il muselait, que sa femme finirait elle aussi par entendre. Jacques se retournait sur lui-même, chez lui, imaginant des craquements de parquet et qu'Agnès approchait. Dans la rue, il sursautait à des éclats de voix qu'il croyait lui être destinés, prenait des passants pour des connaissances, comme si tous avaient quelque chose à lui reprocher. Son double le suivait pas à pas, sur le point de crier au visage de son épouse la question qui le trahirait : pourquoi, sans rien avoir à se cacher, Agnès et lui vivaient-ils en êtres coupables ?

Et voilà qu'Aileen lui faisait parvenir un message.

Il voulut le jeter à la corbeille, ouvrit tout de même l'enveloppe, déplia le papier.

Cher Jacques,

Je m'inquiète des conséquences que vos confessions ont eues sur vous, parce qu'elles en ont eu sur moi. Je suis attristée par le sort que vos années de mariage ont réservé à votre couple.

J'ose donc avancer une idée, dont vous ferez ce que vous voudrez. Croyez en tout cas, s'il vous plaît, en sa sincérité.

Vous faites erreur en allant chercher seul, à des tables d'artistes, la joie et le divertissement qui manquent à votre foyer. Si je ne pense pas que les bals de Montmartre soient du goût de votre femme, elle a autant que vous besoin d'un autre Paris que celui des Bretons de son entourage. Ne la laissez pas dépérir pour de fausses raisons. Votre fille grandira. Votre femme, mère, redeviendra bientôt votre épouse.

J'ai à Paris un ami peintre que vous apprécierez certainement. Venez, avec Agnès, dîner avec nous. Elle partagera avec vous un autre monde que celui de votre travail. Nous serons entre amis.

Parfois, de simples choses, au moment juste, peuvent avoir de grands effets. Comme de parler quelques instants avec une inconnue de ce que l'on a depuis longtemps sur le cœur.

Réfléchissez-y.

Avec toute mon affection,

Aileen

Ce soir-là, Jacques ne dit rien à sa femme. L'Américaine était folle. Elle ne se contentait pas de jouer avec les mots, comme les saoulards de Montmartre, elle voulait se mêler de la réalité. De son couple ? Avec ses pantalons ? Ses bottes de cheval et son ami peintre dont il se faisait une idée inquiétante ? Aller tous les quatre au restaurant avec Agnès ? À Paimpol, on risquait l'opprobre général à simplement saluer une femme comme Aileen Bowman.

Le matin suivant, Jacques nourrit une colère qui ruina ses efforts au travail. Sa rage avait pris pour objet ce monde de préjugés qui lui interdisait d'aller dîner avec sa femme et Aileen. D'ailleurs, Aileen elle-même avait inclus dans cette invitation un ami. Par précaution. Pour la bienséance. Pour rassurer Agnès ? Ce n'était plus tant la réaction de sa femme qui le retenait d'accepter que le reste du monde. Celui dans lequel il vivait et qu'il avait choisi, qu'il s'était battu pour atteindre en quittant celui, tout aussi étouffant, de la Bretagne. Il était aussi en colère contre Aileen, sa naïveté et la solution qu'elle proposait à des problèmes qu'elle avait elle-même créés. Il se mentait, sa colère était dirigée contre lui-même et quel problème, avant leur rencontre au bois de Vincennes, n'existait pas déjà ? Le reste de sa journée, la tristesse et un peu plus de résolution alternèrent avec sa frustration.

Le soir, alors qu'ils dînaient fenêtres ouvertes, la ville en bruit de fond et la chaleur de juin entrant dans l'appartement, Jacques se lança, le plus neutre possible. Il avait répondu, dit-il, et après M. Bienvenüe en personne, à quelques questions d'une journaliste américaine. Un article sur le métropolitain – et peut-être quelques lignes sur son travail – allait paraître. Agnès fut intéressée.

— Dans quel journal ?

— Un journal américain, de New York. Et peut-être aussi dans *La Fronde*.

— *La Fronde* ? Mais est-ce que ce n'est pas un journal… un journal d'étrange réputation ? Est-il bon qu'on parle de toi dans ses pages ?

— Cela ne m'inquiète pas. On critique seulement les excès de certains de ses articles, mais son sérieux est de plus en plus reconnu.

— Seules des femmes y écrivent, oui ?

— Je ne sais pas si c'est vrai.

— Et cette Américaine, elle travaille pour *La Fronde* ?

— En même temps que pour son journal de New York. Elle parle parfaitement français.

La curiosité d'Agnès éveillée à l'évocation de *La Fronde* et de la femme journaliste, Jacques changea de sujet. Depuis combien de temps croyait-il sa femme incapable d'accepter plus que ce qu'il proposait ? Était-elle trop timide, ou lui trop lâche ?

Le lendemain, à la même table, il présenta ainsi les choses :

— Cette journaliste américaine dont je t'ai parlé, elle a fait parvenir un pli à mon bureau. C'est pour le moins étrange, mais elle voudrait nous inviter à dîner, toi et moi, pour me remercier d'avoir répondu à ses questions. En compagnie d'un artiste peintre, américain lui aussi, qui vit à Paris.

— Tous les deux ? Avec un peintre américain ?

— Elle est un peu… je ne sais pas comment dire… originale.

Puis, penché en avant vers sa fille et sa femme, il ajouta sur un ton de secret amusé :

— Elle porte tout le temps des pantalons et des bottes de cheval.

Il éclata d'un faux rire. Agnès aussi. La petite Alice leva les yeux de son assiette.

— Elle se promène en ville à cheval ?

— Non. Elle est seulement habillée pour faire de l'équitation, mais elle se déplace à vélo !

Tous les trois éclatèrent de rire. Jacques se remit à manger.

— Je vais décliner poliment. Tant pis si mon interview ne paraît pas. Ce n'est pas important.

Agnès se retint de répondre et termina son repas. Débarrassant les assiettes, alors que Jacques gardait le silence, elle lui dit que c'était peut-être une mauvaise idée.

— De quoi ?

— De refuser son invitation. M. Bienvenüe pourrait ne pas comprendre.

— Tu crois ?

— C'est possible.

— Mais je ne connais pas bien cette femme, encore moins son ami peintre. Je ne veux pas t'imposer un repas avec eux.

Agnès se redressa.

— C'est pour ton travail.

— Je crois du moins que le restaurant est une bonne adresse.

— Alors nous mangerons bien, voilà tout.

Elle repartit à la cuisine et Jacques se demanda,

regardant son dos raide, quelle expression elle avait au visage.

— Vous allez dîner avec la femme qui porte des pantalons ? demanda Alice.

Jacques ne l'entendit pas. Il espérait que ses mensonges, bout à bout, formeraient finalement une chaîne vertueuse. Que de ce dîner extravagant sortirait quelque chose de bon.

*

C'était en effet une table de bon goût, dans un nouvel établissement discret de la rue Mesnil, tout proche de la place Victor-Hugo. Les banquettes étaient de cuir vert Empire, un plafond bas et des claustras en faisaient un lieu d'intimité, au contraire des grandes brasseries à la mode. Les murs tapissés arrêtaient l'écho des voix et l'on se sentait confortablement isolé aux tables. Les cadres qui agrémentaient l'endroit étaient de tendances modernes, impressionnistes, et Jacques Huet se demanda si c'était Julius Stewart, les invitant Agnès et lui à s'asseoir, qui avait choisi le restaurant. Jacques, impressionné, connaissait le peintre de réputation. S'il avait l'habitude de fréquenter des artistes, il en connaissait peu qui aient du succès et jamais il n'avait serré la main d'un millionnaire. Il s'embrouilla bêtement, présentant sa femme :

— Mon épouse, Agnès. Agnès, M. Stewart est un peintre bien connu, c'est un honneur de le rencontrer. Monsieur Stewart, nous sommes enchantés de faire votre connaissance. Mlle Bowman ne nous avait pas dit…

Le grand peintre, que sa richesse dispensait de formalités exagérées, s'inclina simplement devant Agnès et lui tendit la main.

— Tout le plaisir est pour moi, madame.

Agnès portait sa plus belle robe. La plus chère, mais choisie pour ne pas sembler ce qu'elle possédait de plus précieux. Une stratégie qui seyait à sa modestie et une leçon parisienne vite retenue : trop paraître, dans ce monde d'apparences, était la plus sûre preuve de mauvais goût. Julius se moquait de la robe d'Agnès et de ses manières provinciales. Il se régalait de son visage et de sa silhouette, ne regrettant déjà plus l'étrange invitation d'Aileen.

Ils s'installèrent et, en un seul regard circulaire, Julius sourit à Jacques avec simplicité, à Agnès avec plaisir, nota le grain de son cou, le dessin de sa bouche et le foncé de ses yeux, puis arrêta un serveur qui repartit avec une commande de champagne pour leur table.

— Je m'excuse pour Mlle Bowman, qui est un peu en retard.

— J'ai vu deux de vos toiles au Grand Palais, monsieur Stewart. Je suis un admirateur de votre travail et de vos confrères de l'école américaine. En particulier M. Sargent. Aussi Henry Tanner, et Thomas Eakins.

Julius quitta des yeux Agnès, se demandant si le ton enthousiaste de Jacques avait aussi pour but de détourner son regard de sa femme.

— Vous n'aimez que les peintres américains qui vivent à Paris ?

— Je connais aussi le travail d'artistes français. J'ai rencontré quelques fois M. Monet et M. Renoir.

Jacques se trouva stupide de jeter ainsi au-dessus

de la table des noms dont Julius se moquait. L'arrivée du seau à champagne les divertit un instant. Julius leva sa coupe.

— Aux rencontres et aux surprises.

Agnès trempa ses lèvres dans le vin pétillant et posa les premières questions qu'elle avait préparées pour l'occasion :

— Êtes-vous un ami de longue date de Mlle Bowman, monsieur Stewart ? Vous êtes-vous connus en Amérique, ou bien ici, à Paris ? Y vivez-vous depuis longtemps ?

— À quoi voulez-vous que je réponde d'abord ?

Jacques, gêné, rit pour accompagner Julius.

— Nous sommes des amis récents, mais comme cela arrive parfois, la vie semblait avoir prévu notre rencontre. Et vous, monsieur Huet ? Aileen a tenté de m'expliquer ce que vous faisiez, mais je n'y ai rien compris. Vous congelez le sous-sol de Paris, c'est bien cela ?

Julius se leva avant que l'ingénieur ait pu répondre.

— La voilà justement.

Jacques l'imita et tous deux se figèrent. Agnès, levant les yeux sans vouloir être trop curieuse, regarda dans la même direction qu'eux. Car si le peintre l'intriguait, c'était cette jeune journaliste, la mystérieuse Mlle Bowman qui ne portait que des pantalons, qu'elle était impatiente de découvrir.

*

Aileen avait poussé la porte après une longue inspiration. Elle était un peu nerveuse mais avait surtout du mal à respirer. Elle s'était rapidement orientée, voyant au fond de la salle, debout et grands, l'ingénieur blond sur son trente et un et Julius, sa barbe noire et ses épaules de bûcheron. Ils étaient parfaitement dépareillés. Jacques Huet clignait des yeux, Julius hésitait entre rire et applaudissement.

Après avoir tergiversé au point de se mettre en retard, Aileen était maintenant certaine d'avoir fait erreur. Inviter Julius, pour faire une table de quatre et ne pas choquer Mme Huet, aurait bien suffi à rendre le dîner «convenable». Elle en avait rajouté inutilement et se ridiculisait, étouffant dans la robe de Marguerite Durand, doutant d'avoir enfilé correctement cette satanée chose. Le col la démangeait, les coutures la gênaient sous les bras et, même débarrassée du corset, elle sentait le cintre de la taille lui serrer le ventre et les bonnets comprimer ses seins. La seule chose appréciable, jusqu'ici, était l'air circulant dessous, qui caressait ses jambes. Elle n'avait gardé qu'un jupon, ne portait pas de bas et cachait ses vieilles bottes de cheval sous les couches de tissus.

Les regards des hommes de la salle la mirent mal à l'aise. La robe montrait moins ses fesses que ses pantalons et le bustier, rigide, en disait moins sur sa poitrine que ses chemises mal boutonnées, mais passé cette nouveauté – de ne pas provoquer la surprise ou des reproches –, le pouvoir d'attraction de ce vêtement lui apparut aussitôt trompeur et dangereux. Simultanément à l'envie, il provoquait chez les hommes le désir violent de reprendre ce pouvoir. Dans ces échanges de regards se jouait une partie animale répugnante; entre les mâles se jaugeant les uns les autres, pour estimer qui, dans le restaurant, jeune ou vieux, riche ou moins riche, beau ou pas, pouvait prétendre à la possession d'une telle femelle. Aileen, dans cette robe censée la flatter, ne faisait qu'envoyer des signaux de soumission, à la mode féminine et au jugement masculin, validant le droit des hommes à faire des femmes une marchandise sociale. Et si elle en était arrivée là, c'était pour rassurer une inconnue, une bigote à qui elle avait envisagé, pour une nuit ou deux, de voler le mari. Le plus révoltant, d'ailleurs, était la compétition que la belle rousse, dans sa robe couleur perle, avait lancée parmi les autres femmes. Toutes se redressaient, lançaient un bon mot, se manifestaient pour exprimer leur hostilité, une fausse indifférence ou le refus méprisant du combat, pour se faire valoir auprès des hommes qu'elles accompagnaient. Face à Aileen, elles défendaient leur droit à être possédées, leur valeur dans ce petit marché aux bestiaux en cuir vert Empire.

Jacques s'inclina cérémonieusement devant la journaliste. Julius se réjouissait plus encore, après Agnès Huet, d'avoir pour compagnie cette seconde femme qui faisait de leur table la plus enviée de l'établissement. Avant de s'asseoir à côté du peintre, Aileen tendit sa main à Agnès. L'évidence fut violente, que les deux femmes n'étaient pas préparées à se rencontrer.

La surprise de Mme Huet – de ne pas rencontrer *Mlle* Bowman, jeune journaliste américaine aux allures de cow-boy, mais une femme de trente ans passés, dans une robe parfaite, coiffée en chignon effronté, sans maquillage et indifférente à l'effet qu'elle faisait –, cette surprise tourna à la gêne la plus insupportable quand Aileen, ne lâchant pas sa main, la fixa longuement dans les yeux.

Jacques Huet paniqua intérieurement, imaginant que cet échange était le premier défi de deux rivales.

Julius, qui connaissait lui les goûts d'Aileen en matière de femmes et les détours complexes de ses désirs, ne s'y trompa pas. Il comprit que ce dîner aurait besoin d'un modérateur avisé, d'un arbitre, ou d'un tisonnier. Rôles pour lesquels, habitué des bordels de luxe et des salons mondains, il était tout désigné.

— Chère Aileen, cette robe est un enchantement. Je ne résisterais pas à l'envie de vous peindre ainsi habillée.

Puis, avec un sens irréprochable de la galanterie et du rythme, il se tourna vers Agnès.

— Ce que je n'osais pas encore vous demander, très chère Agnès, de peur de vous paraître impoli, mais que je fais maintenant. Si votre mari le permettait, je serais ravi et comblé de vous recevoir à mon atelier.

Agnès, confuse, osait à peine garder la tête haute. Jacques, attendant sa réponse, observait sa femme. Aileen, laissée à elle seule, eut pour la première fois le loisir de la détailler. La femme de l'ingénieur, princesse de l'île de Bréhat, réduite par sa famille à une portion honteuse d'elle-même, était belle au-delà du nécessaire. Une beauté absurde pour un être si timide, que son apparence devait terrifier, en plus de contredire la conscience dégradée qu'elle avait d'elle-même. Aileen, de ridicule, se sentit stupide dans cette robe qui travestissait la vraie Aileen Bowman, journaliste révoltée et libre, héritière de forêts et de torrents. Elle voulait prouver à l'épouse de Jacques qu'elle n'était pas une dinde mais *cette femme-là*, celle qu'elle croyait – comme Joseph – avoir renoncé à être.

Agnès était la femme qui ne réclame pas le droit de vote. La femme qui meurt étouffée par les corsets. La femme qui vit dans l'ombre d'un mari. Même un mari comme Jacques.

Les sous-entendus de Julius, qu'elle seule comprenait, sur l'atelier et les portraits des deux femmes, faits au détriment des époux Huet, le ton du peintre, mondain et teinté de moquerie, insupportèrent l'Américaine. Ou bien était-ce la réaction de la femme de l'ingénieur, intimidée mais curieuse, attirée à l'idée d'accepter ? Aileen se retint de faire une remarque sur Charlotte et les autres modèles de muses, embauchées au bordel. Après tout, organiser ce dîner et y convier Julius était son idée, pour que la femme de Jacques se divertisse, pour les encourager tous les deux et, bien qu'elle refuse de se sentir coupable, pour réparer les soucis qu'elle avait pu donner à l'ingénieur. Elle laissa donc Julius faire son petit numéro et continua d'observer Agnès. Sa timidité vaincue par une deuxième coupe de champagne, la jeune épouse put répondre au peintre que l'idée était neuve pour elle, d'être le sujet d'un tableau. Aileen réalisa alors que son envie d'intervenir n'avait rien à voir avec la proposition à demi malhonnête de Julius. *Elle voulait qu'Agnès la remarque.* Que ce dîner, qu'elle avait voulu pour le couple Huet, soit maintenant pour elles deux. Agnès, exauçant son vœu sans le savoir, se tourna vers l'Américaine. Elle avait pour elle aussi des questions de circonstance :

— Vous plaisez-vous à Paris, mademoiselle Bowman ? New York ne vous manque pas ?

Aileen se prêta au jeu des questions et réponses innocentes, prenant garde de ne pas parler de son ranch et de sa vie de sauvageonne, qui auraient fait dévier vers elle le cours du dîner. Elle avait décidé de sauver les raisons premières de cette rencontre, divertir Jacques et Agnès. C'est donc leurs conversations, comme Julius le fit poliment, qu'elle suivit et entretint.

Elle ne put dire si Agnès, foyer de toutes les attentions – de son mari amoureux, de Julius séducteur, d'Aileen aux jambes nues sous sa robe –, le remarquait ou choisissait de ne pas s'en rendre compte. Elle ne trouva chez cette femme aucun des artifices, coquetteries ou petits stratagèmes de son genre. Quand Agnès était surprise, elle en sursautait presque sur sa chaise, quand une nouvelle était triste, elle le devenait aussitôt, quand on lui faisait un compliment, elle refusait sincèrement d'y croire. À mesure que la soirée avançait, il devint clair que la belle épouse Huet prenait plaisir à la cuisine moderne, aux bouteilles chères et aux convives inhabituels. À des regards et sourires de Jacques, Aileen comprit aussi qu'Agnès buvait plus qu'à son habitude. L'ingénieur était aux anges, lui aussi les joues chauffées par les vins, et ne cessa, en fin de repas, de vouloir porter des toasts. Cette sage soirée comblait le couple Huet, assis face à Julius, bourgeois torturé, et Aileen, consciente de leur incapacité à partager cette simplicité. Mais elle se moquait de la banalité des échanges. En présence d'Agnès, pur objet de désir, Aileen ne voyait pas le temps passer.

Après les desserts, le patron du restaurant leur proposa de s'installer au fumoir pour déguster un cognac. Les deux hommes s'y installèrent dans des fauteuils avec des cigares, les deux femmes sur un sofa qui leur permit, quelques mètres à l'écart, d'avoir enfin une conversation qui ne croisait plus celle de Jacques et Julius.

— Mademoiselle Bowman, je vous envie cette existence passionnante de journaliste, qui vous mène d'un bout à l'autre du monde. Nous n'avons pas encore eu l'occasion de voyager, Jacques et moi. Nous en parlons. Il rêve de découvrir l'Égypte.

— Vous venez tous les deux de Bretagne, c'est bien ça ? Vous y retournez souvent ?

— J'y passe presque tous les étés, avec notre fille.

— Vous aimez Paris ?

— Oui, bien sûr.

— Et vous supportez de passer vos journées chez vous sans travailler ?

— Je vous demande pardon ?

— Vous ne vous ennuyez pas ?

Agnès contrôla la puissance de sa voix, ne voulant pas être entendue par son mari, mais son débit se précipita :

— Tenir notre foyer m'occupe pleinement, les quelques heures que je trouve en plus, je les consacre à notre paroisse. Non, je n'ai pas le temps de m'ennuyer. Je n'ai pas été élevée comme ça.

— Ne prenez pas mal mes questions. Si mon travail de journaliste vous intéresse, je pourrais vous présenter à la directrice du journal *La Fronde*. Je suis certaine que vous pourriez y trouver du travail, pendant ces quelques heures libres que vous avez.

Agnès, encore emportée, ne sut comment se rattraper, comprenant qu'on voulait lui rendre service,

211

réalisant que le vin la faisait réagir trop vite, que la question d'Aileen Bowman sur la Bretagne l'avait mise mal à l'aise.

— *La Fronde*? Quelle drôle d'idée! Je n'ai jamais lu une ligne de ce journal. Et que sais-je de ce métier? Absolument rien.

— Vous pourriez apprendre. Vous êtes éduquée et cultivée.

— Mais enfin, qu'en savez-vous?

Agnès s'empourpra, une main sur le ventre.

— Excusez-moi, mademoiselle Bowman. Vous offrez vos services et je vous réponds grossièrement. Je crois que je commence à être fatiguée, nous devrions rentrer.

— Ne vous excusez pas. Vous avez tous les droits, y compris de vous emporter. Toute l'équipe féminine de *La Fronde* travaille pour la défense de ces droits. Celui des femmes à dire ce qu'elles pensent, de faire tous les métiers et refuser les rôles que leur éducation et leur famille ont préparés pour elles. Vous auriez intérêt à lire ce journal plus souvent et partir en voyage, au lieu de retourner chaque année chez vos parents et faire du bénévolat pour votre église.

Agnès, abasourdie, garda encore le contrôle de sa voix, polie jusque dans l'humiliation:

— Qu'ai-je fait pour mériter votre colère, mademoiselle Bowman? Vous prétendez vouloir m'aider, mais votre ton dit le contraire. Vous ne connaissez rien de moi et tout à coup je ne comprends plus ce que je fais ici. Excusez-moi.

Elle se leva et Aileen, dents serrées, ne bougea pas. Agnès déclara à Jacques qu'elle se sentait fatiguée et souhaitait rentrer maintenant. Tous deux remercièrent Julius, qui insista, amusé, pour offrir le dîner.

Devant le restaurant dont ils étaient les derniers clients, ils se séparèrent. Jacques, au bord d'en faire trop, mit Agnès au supplice, elle qui voulait partir au plus vite, en remerciant longuement la journaliste :

— Ce repas était une excellente idée. Je suis ravi que cet article pour votre journal nous ait donné l'occasion de faire plus ample connaissance, et de rencontrer M. Stewart. J'espère qu'avant votre départ, nous aurons le plaisir de vous rendre la pareille.

— L'occasion se présentera certainement.

— N'hésitez pas à nous contacter.

— Votre épouse s'impatiente, Jacques.

Agnès intervint, soudain dégrisée, retenant sa colère, ne voulant pas laisser à la journaliste ce dernier mot, qui la concernait mais était adressé à son mari :

— Il faut surtout que nous allions chercher notre fille, gardée par une voisine, avant qu'il ne soit vraiment tard.

Sur cette remarque domestique et ordinaire, le couple Huet partit. Tandis qu'à la fenêtre de leur voiture l'ingénieur faisait de grands signes de la main, Julius proposa à Aileen de boire un dernier verre.

— Je crois que je vais plutôt rentrer me débarrasser de cette robe.

— Je vous proposerais bien mon aide, mais vous semblez décidée à me laisser seul cette nuit. Je vous interdis pourtant de partir avant de m'avoir donné une explication. Oublions cette étrange réunion, parlez-moi seulement, s'il vous plaît, de cette robe. Vous ne vous êtes pas habillée ainsi pour me plaire, je n'arrive pas à croire non plus que c'était pour impressionner M. l'ingénieur breton ! Difficile de dire sur qui, du mari ou de la femme, vous avez fait la plus grande impression. Cette magnifique Agnès, qu'on prendrait pour une bonne sœur si elle n'était mariée, ne va pas se remettre de sa rencontre avec une femelle de votre espèce.

Et il éclata de rire.

Sans un mot, Aileen le laissa en plan. Elle marcha deux heures, dans ses bottes usées, jusqu'à la rue des Saints-Pères, contournant sur son itinéraire les barrières encerclant l'Exposition et le cœur de Paris tout éclairé. Cette robe, en plus d'être un choix stupide, l'avait empêchée de prendre son vélo.

Dans son appartement elle arracha le vêtement plus qu'elle ne l'ôta, faisant voler des boutons et des crochets sur le parquet. Ses pantalons, sa chemise et sa veste l'attendaient sur la chaise de son bureau. Le manuscrit était là, auquel elle ne savait plus quelle direction donner. Revenant sans cesse plus loin en arrière dans ses souvenirs et les biographies de ses parents, elle était devenue incapable de savoir à quel moment cette chronologie commençait à la concerner.

Elle enfila ses pantalons qui privèrent la peau de ses jambes du contact de l'air, se dirigea vers la fenêtre et lentement boutonna en remontant sa chemise, recouvrant ses tatouages. Son désir pour Agnès et sa colère contre elle, pendant sa traversée de Paris, s'étaient réciproquement annulés. Elle se demanda ce qui l'avait poussée, au-delà de ses habituelles méfiances, à s'en faire une ennemie. Était-ce pour étouffer ses désirs impossibles ? Ou peut-être, plus perverse, pour gâcher la fin de soirée d'Agnès ? Malgré sa naïveté et tout ce que les Huet n'avaient pas compris, le dîner avait été saturé de sensualité et ses échos allaient les accompagner, avec l'alcool, jusque dans leur lit. Avait-elle voulu assombrir l'humeur d'Agnès et ruiner son excitation sexuelle ?

Aileen jura. Si elle ne s'était pas comportée aussi bêtement, elle aussi aurait conservé un peu de cette sensualité, qu'elle aurait pu partager avec Julius, ou rapporter à sa table de travail, laisser des scénarios s'élaborer, tourner sa chaise vers la nuit et imaginer ce qu'elle voulait. Au lieu de quoi elle se retrouvait seule, frustrée, devant la pauvre vue bouchée de sa fenêtre, les toits sur lesquels dans le noir couraient des rats et les chats de l'immeuble.

*

Julius travailla cette nuit-là à une toile commencée depuis longtemps et qui le tracassait. Il en connaissait l'histoire, mais seulement en partie le personnage principal : une femme, en robe de mariée, debout au milieu du décor de la toile depuis des années, mais toujours sans visage. Il en avait essayé beaucoup, imaginaires ou d'après des modèles, prostituées ou pas, sans trouver celui qui révélerait enfin ce qu'il cherchait à dire. Après le restaurant et le départ d'Aileen, il s'était soudain précipité chez lui, réalisant que la quête de ce mystérieux visage était peut-être enfin terminée. Il avait fébrilement préparé sa palette et ses brosses, puis commencé à peindre, sur les épaules de sa femme inconnue, le visage d'Aileen Bowman. C'était maintenant une évidence, mais il ne l'avait pas comprise avant ce soir, quand il l'avait vue s'éloigner. Bien sûr, parce que c'était la première fois qu'elle portait une robe en sa présence, et qu'au cours du repas, trop curieux d'Agnès, il n'y avait pas pensé. Aileen n'était pas seulement le sujet du portrait auquel ils travaillaient ensemble, mais aussi la réponse à cette longue recherche.

Il termina sa nuit en buvant, parfaitement satisfait, vautré sur le sofa des modèles. Il se demanda en souriant, engourdi par l'absinthe, à quoi avait ressemblé la fin de soirée des époux Huet, si leurs ébats, excités par les alcools, avaient duré plus longtemps qu'à l'accoutumée. Si la belle Aileen s'était immiscée dans les pensées de l'ingénieur besognant sa femme. Et lui, Julius, dans celles d'Agnès.

*

Agnès était toujours mal à l'aise dans la chambre. Elle aurait voulu s'y trouver chez elle, mais n'y était jamais qu'une hôtesse recevant son mari, ou bien son invitée. Ce n'était pas sa chambre, mais *leur* chambre, conjugale, lieu commun et d'obligations. Elle était ce soir particulièrement déchirée entre l'envie, qu'elle avait eue au cours du dîner, de s'y retrouver avec Jacques, et celle, maintenant, d'être seule. Pour repenser à sa guise à tout ce qui avait été dit, ce qui ne l'avait pas été, aux moments où elle aurait dû intervenir ou se taire, et pour faire le tri dans ce qu'elle avait imaginé, cru deviner ou rêvé. Tellement plus de sujets abordés qu'aux habituels et grossiers repas de travail de Jacques. Des choses inédites, qui l'avaient ramenée, sans qu'elle le veuille, inquiète d'en rougir, à des souvenirs troublants. Voyant Jacques rire, goûter le champagne et la bonne cuisine, elle avait eu à nouveau envie de refaire l'amour comme cet été-là, quand elle était restée à Paris et qu'Alice avait été conçue. Refaire l'amour nue, en pleine lumière, quand elle avait réussi à regarder Jacques, et se voir elle-même. Cela l'avait beaucoup excitée. Être enfin témoin du sexe qu'ils partageaient l'avait conduite à un plaisir qu'elle ne connaissait pas. Comme si la pointe d'un couteau, du fond de son vagin, avait fait pression sur la peau de son ventre, la piquant jusqu'à la limite de sa résistance, menaçant de la percer mais sans y parvenir. Cette pointe de douleur, à son paroxysme, s'était répandue tout à coup dans ses organes comme la formidable satisfaction, multipliée, de l'urine libérée. Jusque dans l'anus, les seins et la nuque. Elle avait cru perdre le contrôle de sa vessie et les avoir salis, Jacques et elle, avec les déchets liquides de son corps. La honte l'avait submergée et, se croyant souillée, elle avait couru se laver au bidet de la salle d'eau.

Ce soir, au cours du repas, malgré la peur et la honte, elle avait voulu revivre cette jouissance.

Puis au fumoir, quand Aileen Bowman était devenue agressive, Agnès avait réalisé à quel point l'atmosphère du dîner était en fait douteuse. Le peintre Stewart, apparemment distingué, mais scabreux. Cette journaliste, courageuse, mais finalement vulgaire et provocatrice. Et qu'ils étaient la cause, dans cette fausse intimité qu'ils avaient instaurée, de ses pensées déplacées. Que ce sexe-là, dont elle s'était souvenue, était le fruit d'une crasse morale.

Dans la voiture les ramenant chez eux, elle s'était retenue de vomir. Elle avait bu un cordial à l'appartement avant de rejoindre *leur* chambre, où elle savait devoir être l'hôtesse des désirs de Jacques. Car contrairement à elle, à la façon dont il avait tenu sa main dans la voiture, sa taille pour l'aider à descendre, et dont il s'était glissé vers elle sous les draps, son excitation n'avait pas cessé. Agnès savait comment ne pas frustrer son mari, utiliser un peu de cette huile sur elle quand son corps restait sec, prendre sur le côté la position qu'il préférait et parfois, quand il caressait ses seins, caresser ses mains à lui pour hâter son plaisir. Mais ce soir elle n'en avait pas le courage, elle se tourmentait en cherchant la meilleure façon de présenter les choses, une excuse qui ne ruinerait pas cette soirée que Jacques, blotti contre elle, répétait si réussie. Alors elle exagéra seulement ce qui paraîtrait le plus vrai, qu'elle avait abusé de la boisson et ne se sentait pas bien, qu'elle aussi avait passé un très bon moment mais s'excusait de ne pouvoir le prolonger encore. Elle devina sa déception. Il recula, lui laissant de la place de son côté du lit.

— Je comprends.

— Je suis désolée.

Et elle s'interdit de faire des commentaires négatifs sur Julius Stewart et Aileen Bowman.

— J'espère que l'article de Mlle Bowman sera bon et que M. Bienvenüe sera content de toi.

— Merci de m'avoir accompagné. Je suis heureux que nous ayons partagé ce moment, surtout avant ton départ pour Bréhat avec Alice. Cela faisait longtemps que nous n'avions pas ri ensemble de cette façon.

Ils savaient tous les deux que ce n'était jamais arrivé. Et Agnès, qui voulait parler du fumoir, n'en fit rien.

— Non seulement nous avons très bien mangé, mais la compagnie a été divertissante. Tu sais à quoi j'ai pensé, pendant le dîner?

— Non.

Elle se rapprocha de lui.

— Que l'année prochaine nous devrions faire ce voyage dont tu as tant envie, si M. Bienvenüe consentait à t'accorder un mois de congés.

— En Égypte?

— Oui.

Jacques revint se coller à elle et, du bout des doigts, caressa doucement son ventre.

— Alice est assez grande maintenant. Tu en aurais envie toi aussi?

— Oui.

Elle se tourna vers Jacques et posa la joue sur sa poitrine. Puis sa main, qu'elle fit descendre sur son ventre. Elle hésita, glissa ses doigts sous la ceinture de ses pantalons de pyjama et repoussa le coton pour libérer son sexe, qu'elle prit dans sa main et serra. Il n'était pas dur, seulement encore un peu gonflé de ses désirs contrariés.

— Agnès, qu'est-ce que tu fais?

Elle demanda, alors qu'il durcissait déjà entre ses doigts:

— Tu ne veux pas?

Il passa la main dans ses cheveux et, à la vitesse où il la caressait, elle se mit à bouger sa main de haut en bas. Alors, parce qu'elle crut sentir la main de Jacques pousser sa tête, ou bien parce qu'elle en eut envie, pour la première fois elle s'accorda cette curiosité. Et un nouveau moyen de satisfaire Jacques quand son corps ne pouvait s'y résoudre. Elle se glissa sous les draps et le prit dans sa bouche. Jacques en tremblait, intimidé et excité.

Le dos de son mari s'arquait et, tandis qu'il soupirait de plus en plus fort, dans les goûts et les parfums de sa verge, elle pensa à Aileen Bowman. Était-elle la maîtresse du peintre, elle qui avait voulu lui donner une leçon de liberté ? L'Américaine dont les mots l'avaient blessée plus profondément qu'elle ne l'aurait imaginé ? Pourtant, aussi belle et libre qu'elle l'était, Aileen Bowman était tristement seule, cela se voyait tant. Elle, Agnès, avait Jacques. Si Aileen était la maîtresse de Julius Stewart, était-elle capable de ce geste d'amour ? Le prenait-elle dans sa bouche ? Agnès l'imagina le faisant et, novice, imita les mouvements qu'elle prêtait à la rousse. Elle finit par assembler, morceau imaginaire par morceau imaginaire, le corps entier, nu, d'Aileen penchée sur le peintre, puis sans lui, seulement elle, nue, quelque part dans la chambre, en train de la regarder faire. De sa main libre, tandis qu'elle avalait plus profondément la verge, elle commença à se caresser, en cachette de Jacques.

Elle accéléra ses mouvements, sentant dans sa bouche monter le plaisir de son mari et dans son ventre la pointe du couteau qui poussait contre sa peau. Ce soir, elle s'accordait ce droit. Pour prouver à la journaliste qu'elle en était capable. Et si elle devait ensuite se laver, avant cela, boire toute sa honte.

15

Toute la nuit, Joseph avait dansé, bu, trébuché, chanté et couru autour de son feu. L'alcool change les pensées en spirales et les conduit là où vont les flammes. L'alcool montre le centre des choses autour duquel nous tournons, le siphon qui les aspire. Il avait dans la nuit manqué de boisson et voulu emprunter des bouteilles au campement. On l'avait repoussé, il s'était battu pour un reste de gnôle et du vin de raisin. Les Lakotas du show l'avaient banni. Mais leurs décisions ne comptaient plus, ils n'étaient plus une vraie tribu, seulement des figurants. Il était le dernier guerrier, ils l'avaient chassé de honte.

Ce n'était pas pour trouver du courage qu'il avait bu. La boisson n'en donne pas, c'est seulement ce que croient les lâches. Elle sert à s'élever. Devenir un esprit léger. Divin, disent les Blancs.

Joseph le Blanc avait épuisé ses raisonnements, lassé des mots-mensonges, et s'était tu. Joseph l'Indien menait maintenant le combat. Le sang Ferguson n'était pas assez chaud pour cela, dilué par les traités. Ils se trompaient, sa mère et les autres. Joseph Ferguson n'était pas une pierre fendue. C'était l'erreur de Maria de le croire, elle l'exilée qui ne pouvait pas vivre sans son mari, morte avec lui. Les deux Joseph avaient depuis longtemps fait un pacte, depuis leur enfance sur la réserve, de se battre dos à dos, pour guetter les ennemis venus des deux mondes. Si la paix était la meilleure des stratégies, le Blanc négociait et l'Indien était son témoin. À la chasse, en voyage, sur les pistes, l'Indien dirigeait et le Blanc l'accompagnait, récipiendaire de son savoir. Mais le Blanc, soucieux de paix, avait trop longtemps écouté les promesses d'Aileen, trop longtemps toléré ses visites au tipi, avec ses regards de pitié et ses feuilles de papier qu'elle recouvrait de mots-mensonges. L'Indien avait craché par terre, là où ils auraient dû s'agenouiller pour ramasser l'aumône de la sœur blanche : le ranch Fitzpatrick, cet héritage coupable, un détritus de plus à collecter au cul des Blancs.

Le mustang, revêtu de ses vraies couleurs, jaune, blanc et rouge, n'avait plus à imiter la démarche des chevaux de ville ou de travail. Sur sa robe noire il n'y avait plus de place pour le vert de la guérison. Il était cheval de bataille, monture de guerre.

Joseph ne portait plus la redingote du théâtre des négociations, il avait sur le dos une couverture indienne qui dissimulait ses peintures de guerre, tombant sur ses cuisses et ses genoux, laissant voir un peu de sa peau brune et ses mocassins. Il était honteux de se cacher, mais il n'y en avait plus pour longtemps. Il fallait seulement arriver à destination sans être arrêté. Ses armes étaient invisibles sous la couverture, son chapeau haut de forme lui faisait sous le soleil un petit cercle d'ombre où fondre son visage. Il se dirigeait vers le camp des singes humains, sur la colline nommée Trocadéro. Ses couleurs attiraient l'attention, mais la surprise de son apparition, parmi les charrettes à bœufs et les voitures à chevaux, trouvait une explication dans le voisinage du village colonial. Les enfants le montraient du doigt, des dames portaient la main à leur bouche et des hommes à moitié rassurés les rassuraient : c'était l'un de ces sauvages qu'on autorisait à se promener dans Paris, un figurant de la ville spectacle. Pourtant Joseph n'allait pas au Trocadéro, mais tout près, quelque part sur l'avenue appelée Kléber.

Au croisement de la rue Copernic, là où habitait le grand barbu chez qui la sœur du ranch se rendait souvent, Joseph fit halte. Il n'avait jamais pu se faufiler à l'intérieur de cet immeuble pour voir ce qu'ils faisaient ensemble. Il s'en moquait. Quand ils étaient côte à côte, le barbu et elle, deux forces égales les attiraient et les repoussaient. C'était l'autre qu'elle voulait, celui aux cheveux blonds. Cette chevelure de paille que, comme le roux d'Aileen Bowman, seules les races blanches pouvaient produire. L'homme en costume, qui se déplaçait à bicyclette et allait parfois en faire au bois de Vincennes, qui avait déjà une femme et un enfant. Menteur et trompeur, comme la sœur du ranch.

C'était elle, la division de Joseph. Sa fracture.

Et elle seule les unissait parfaitement, quand ils suivaient sa piste à travers la ville, l'Indien éclaireur et le Blanc qui imitait les Blancs. Elle qui les faisait grimper la nuit, ensemble, sur les toits, pour récolter à deux mains, sur l'unique sexe qu'ils partageaient, l'aumône de ses masturbations, les déchets de ses amours blanches, détritus de ses sentiments pour l'homme blond.

Elle seule avait le pouvoir de renvoyer le Blanc et l'Indien dos à dos. À leur solitude.

À mi-chemin de la grande porte triomphale et de la colline du village colonial, passé la rue du grand barbu, il y avait une entrée des grands souterrains du métropolitain, avec ses plantes métalliques et ses fleurs électriques. Entourée de barrières de planches et fermée au public, seuls des ouvriers y descendaient. Joseph dirigea le mustang vers le trottoir et ils attendirent là, le long de la façade de pierre d'un immeuble, indifférents aux piétons s'écartant d'eux, montant la garde sur une bicyclette.

Quand l'homme blond sortit de sous terre, Joseph, d'un roulement d'épaules, fit glisser sur ses reins la couverture qui cachait les mains inversées le recouvrant.

Il tira de la sangle de son cache-sexe la massue et le poignard, de ses talons frappa les flancs du cheval. Les images des plaines et des montagnes qui avaient habité les rêveries de son attente se fondirent dans les couleurs de la ville, dissoutes en filaments de verdure par le gris des pavés et des immeubles. Il laissa à l'homme un peu d'avance. Il l'avait suivi à Vincennes, savait que la bicyclette ne pouvait pas distancer le mustang, mais ne voulait pas frapper un ennemi lent. Joseph avait eu la vision d'une chasse élancée, d'un coup porté à pleine vitesse. Il était le sujet d'une représentation, lui, le peintre rouge, d'une histoire qui serait racontée et dont les détails, comme toute guerre indienne, devaient être chorégraphiés pour prendre leur sens, pour que des vérités puissent en être retenues.

Ainsi, l'homme n'était pas n'importe quel Blanc, c'était l'un de ces ingénieurs qui inventent et fabriquent, pour les armées exposant leurs trophées humains au village colonial, des armes surpuissantes. Il allait non à cheval mais sur une machine à roues, faite pour les rues et les routes qui défigurent les paysages, les modelant à leurs exigences comme les chemins de fer traversent les montagnes à la dynamite. Lui, Joseph, portait les couleurs de la nature contre son nouvel ennemi, le Blanc des cités aux gratte-ciel métalliques. Il venait prendre le scalp de la ville elle-même.

La charge du mustang jeta le doute dans l'esprit des passants. Ce n'était pas le bruit fait par une bête de transport, ni même celui d'un coursier pressé. Cette cadence des sabots sur les pavés avait le tempo d'une autre intention. Un cri convoqua alors leur attention. Un cri de défi, qui ordonnait de mettre les enfants à l'abri, de soupeser son courage et, si la peur ne figeait pas le sang des jambes, de choisir la fuite.

Jacques Huet n'avait aucune raison de croire, plus qu'un autre, que ce hurlement aigu lui était adressé. Mais lorsqu'il se retourna, il comprit qu'il était sur le chemin d'un cheval emballé. Il poussa sur ses pédales pour s'en écarter, frôlant le trottoir. Quand il regarda à nouveau, le cheval avait changé de direction. Il était toujours sur sa trajectoire. Perdant l'équilibre et évitant de tomber, Jacques discerna sur son dos, bras levés, un cavalier terrifié.

L'ingénieur, depuis plusieurs jours, rendait visite aux équipes de la station Boissière. M. Bienvenüe lui avait personnellement demandé d'y résoudre un inquiétant problème d'infiltration. On ne savait s'il s'agissait d'un passage naturel d'eau, entre deux couches de roche et d'argile, ou bien de la fuite d'une canalisation rompue à proximité, quoi qu'il en soit la voûte était menacée et le creusement d'une voie de doublage arrêté. Quittant son bureau et ses plans de traversée sous-fluviale, Jacques avait accepté avec empressement. Ce changement dans sa routine tombait à point, illustrant en quelque sorte les idées de voyage avec lesquelles Agnès et lui se divertissaient depuis le dîner avec Aileen Bowman et Julius Stewart. Son rêve de visiter la mystérieuse Égypte, pays des plus fabuleux ingénieurs de tous les temps. L'entretien de leur appartement, l'école et les devoirs d'Alice, les courses et leurs emplois du temps étaient devenus, de tâches sacrées occupant toute l'ambition d'Agnès, secondaires. Comme si enfin elle n'était plus réduite à cela. Aucun de ces changements n'était spectaculaire, mais pourtant si important. Ils faisaient l'amour autrement. Le ton de leurs échanges, à table, était plus joyeux ; les mots ne comptaient plus tant que d'être là ensemble. Une atmosphère nouvelle. Comme l'était cette étrange situation, inquiétante certes mais presque amusante, de se retrouver dans la rue devant un cheval emballé.

Alors qu'il se tordait le cou pour le regarder, sans le vouloir Jacques changea de direction et retraversa la chaussée sur sa bicyclette. La bête noire le suivit encore. Ne voulant pas renoncer à l'idée d'une plaisanterie absurde, Jacques prit un nouveau cap, se faufilant entre une charrette à bras et le trottoir. La monture et son cavalier l'imitèrent. Un chapeau haut de forme s'était envolé de la tête de l'homme, son visage était peint, recouvert de lignes parallèles de différentes couleurs. Dans ses mains levées il tenait un bâton épais et ce qui pouvait être, en métal brillant, un grand couteau. Jacques fut un instant scandalisé par cette mise en scène macabre qui terrorisait les passants. Puis, entendant le cri aigu, il se persuada qu'il n'était pas témoin d'un jeu, mais d'une authentique manifestation de folie. Il se mit à pédaler de toutes ses forces, du plus vite qu'il le pouvait sur les pavés qui ralentissaient sa course. Il était en danger. Il fallait admettre ce changement-là aussi, réagir et se sauver. Avait-il tardé à accélérer, le cheval était-il plus rapide qu'il l'avait cru ? Le cri était maintenant juste derrière lui.

Le mustang en pleine extension, les jambes étirées et le poids de sa tête en avant, et le cavalier cambré, poitrine ouverte pour donner à sa masse de guerre le plus de force possible recouvrirent de leur ombre le cycliste couché sur son guidon. L'extrémité de la massue, lancée en arc de cercle par les forces conjuguées du cheval et de Joseph, atteignit en remontant le dos de l'homme, touchant les côtes, brisées instantanément, chassant l'air d'un poumon écrasé. Jacques Huet fut arraché à sa selle et son vélocipède roula quelques mètres sans pilote, avant de se glisser entre les jambes du mustang. Un sabot passa à travers les rayons de la roue arrière, puis un autre en travers du cadre métallique, qui résista à la puissance de la bête. L'énergie des muscles, stoppée par les barres d'acier, se communiqua aux tendons et aux os, qui se brisèrent. Jacques roulait encore sur la chaussée quand le mustang s'écroula et que Joseph heurta les pavés, ricochant comme sur des vaguelettes.

Jacques, dans la mollesse de ses sens engourdis par

la chute, entendit le cri d'une femme, ceux du cheval fou de douleur, un homme qui appelait la police à l'aide et un autre qui accourait vers lui. Son corps se gonflait de substances en lutte les unes contre les autres. La coulée chaude d'un besoin de sommeil et la promesse du repos. Le froid de douleurs osseuses lorsqu'il voulut, désarticulé, se relever. Les éclats de verre de la peur, partout sur sa peau, en voyant le cavalier aux couleurs éclatantes marcher dans sa direction, armes brandies. Les hommes qui l'entouraient, venus à son secours, s'enfuirent et l'abandonnèrent. Jacques, seul à terre, leva les mains pour se protéger. Sa vue se brouilla quand la masse frappa son avant-bras et qu'il le sentit tomber, pendu au bout des os cassés. On empoignait ses cheveux, sa main folle et celle qu'il contrôlait encore s'agitaient au-dessus de lui, la lame glissait dessus, tranchait les chairs et crissait sur les tendons et les os. Il perdait connaissance, le couteau touchait son front. Il espéra que des gens, assez nombreux et retrouvant courage, sauveraient ce qu'il restait encore à sauver de lui, qu'on mettrait fin à ces douleurs absurdes.

16

Le chirurgien avait l'arrogance de ceux à qui nulle erreur n'est jamais reprochée. Les mauvaises nouvelles n'avaient pour lui qu'une seule explication : la fatalité.

— Les blessures ne sont pas mortelles. Les policiers qui ont mis son agresseur en fuite sont arrivés à temps. Mais les coups ont été nombreux et bien qu'aucune artère n'ait été touchée, son affaiblissement est devenu critique après une telle perte de sang.

Sa blouse en était tachée.

Aileen n'avait entendu que cet après-midi, aux bureaux de *La Fronde*, le récit du drame dont les quotidiens du matin faisaient leurs choux gras. Un homme pourchassé en pleine rue par un sauvage de l'Exposition. Puis elle avait compris que la victime était un ingénieur du métropolitain. Avait demandé des précisions. Oui, on connaissait son identité.

L'hôpital Necker était le plus proche de l'avenue Kléber, trop loin pourtant. Le chirurgien, comprenant que l'Américaine était journaliste, lui avait accordé une minute.

— C'est tout ce que je peux vous dire. Son épouse est auprès de lui.

— Qu'est-ce que vous pouvez faire pour lui?

Le chirurgien s'empourpra.

— Ce n'est plus de mon ressort. Voyez avec ces deux fous qui veulent réaliser une transfusion sanguine.

— Qu'est-ce que c'est?

— Une hérésie, madame! Une absurdité scientifique! Ils vont le tuer plus vite encore.

*

Les malades du dortoir se dressaient sur leur lit pour voir. Une demi-douzaine de journalistes prenait des notes au milieu de l'allée centrale et une infirmière les empêchait de trop s'approcher. Un illustrateur croquait la scène sur son carnet à dessin. Agnès Huet leur tournait le dos, sur une chaise, tenant d'une main celle de son mari, de l'autre couvrant son oreille pour ne pas entendre les questions entremêlées. Aileen reconnut le responsable des faits de société du *New York Herald* de James Gordon Bennett. Son confrère américain appuya son salut d'un sourire brutal, heureux de constater qu'Aileen Bowman, la socialiste qui prenait le monde de haut, était aussi là pour récolter quelque chose, et en retard. Aileen déclara à l'infirmière débordée être une amie de la famille. Agnès Huet se retourna.

— Que faites-vous ici?

— J'ai appris la nouvelle. Je suis venue aussitôt.

L'infirmière, le visage rouge sur sa blouse blanche, s'emporta soudainement:

— Partez tous d'ici maintenant! Laissez-les en paix!

Les hommes battirent en retraite, le dessinateur termina son illustration à reculons, mais Aileen ne bougea pas.

— Vous aussi ! Vous n'avez donc aucune pitié ? Partez d'ici !

— Agnès, je ne vous laisserai pas seule. Acceptez mon aide.

L'épouse Huet, regardant la journaliste, hocha la tête. L'infirmière s'écarta pour ne plus faire barrage entre les deux femmes. Agnès hésita, désignant deux hommes en blouse :

— Ces messieurs viennent de la faculté de médecine de Montpellier. Ils disent qu'ils peuvent sauver Jacques.

Elle regarda son mari inconscient, son visage masqué par les bandages, puis revint à la journaliste.

— Je dois lui donner de mon sang.

Aileen s'adressa aux deux médecins :

— Votre collègue chirurgien dit que la transfusion sanguine est dangereuse.

Les docteurs Jeanbrau et Hédon, venus à l'Exposition présenter les résultats de leurs recherches, se redressèrent. Ils avaient découvert l'affaire de l'ingénieur et du sauvage dans les journaux du matin et débarqué ventre à terre. Pour proposer leurs services et profiter de cette aubaine. Sauver l'ingénieur leur ferait une publicité inespérée.

— Notre méthode de transfusion est parfaitement au point… Ce que nous ne pouvons pas garantir, ce sont ses résultats.

— Je vous demande pardon ?

Agnès posa sa main sur le bras d'Aileen et regarda l'Américaine dans les yeux.

— Il y a deux chances sur trois.

Sa réponse était aussi une question. Elle cherchait l'approbation d'Aileen, qui bafouilla :

— Deux chances sur trois ?

Les médecins, impatients, reprirent leurs explications pour elle :

— Tous les sangs ne sont pas compatibles et nous ne pouvons pas encore identifier leurs différents types. L'opération ne présente aucun danger pour le donneur, mais peut s'avérer sans bénéfice pour le receveur.

— Sans bénéfice ?

— C'est pourquoi, si cela est possible, nous demandons aux membres de la famille de donner leur propre sang... Pour ne pas engager la responsabilité de quelqu'un d'autre.

Agnès réfléchissait toujours à cette proposition mathématique. Elle tressaillit, réalisant de quoi ils parlaient.

— Responsable de quoi ?... De la mort de mon mari ?

Aileen intervint.

— Si vous préférez, je peux le faire.

L'épouse eut un sursaut nerveux, de fierté blessée et d'éclat de rire aussitôt réprimé.

— Mais c'est hors de question !

Au bord de l'effondrement, elle se tourna vers le docteur Jeanbrau.

— Mon sang pourrait le tuer ?

— Votre sang pourrait... compliquer son état. Sa faiblesse lui serait alors fatale.

— Ne vaut-il pas mieux, pour un homme, donner le sang d'un homme ?

— Les types de sang sont sans relation avec le genre des donneurs, madame, cela nous le savons.

L'Américaine se permit encore de les interrompre.

— Si l'on choisit deux donneurs, est-ce que les chances sont plus grandes ? Est-ce que deux sangs différents peuvent… travailler ensemble ?

Un malaise s'installa autour du lit. Des décisions devaient être prises et on parlementait encore, du temps précieux était perdu, l'Américaine continuait de poser des questions, sa sollicitude était dérangeante. Jeanbrau, le plus jeune des chercheurs, ne trouvait plus ses mots et c'est son collègue qui continua pour lui :

— Non, madame. Si l'un des sangs mélangés n'est pas compatible, il provoquera tout de même une coagulation et des caillots dangereux pour le patient.

— Peut-on faire des tests avant la transfusion ?

— Non plus, madame. Hors du corps, le sang coagule trop vite pour que nous puissions l'étudier.

— Est-ce que Mme Huet pourra lui donner assez de sang, sans être elle-même en danger ?

Le jeune Jeanbrau s'emporta :

— Les calculs statistiques ne serviront plus à rien si nous perdons encore du temps ! Dans une heure il sera mort !

Son intervention hystérique les fit taire. Agnès regarda son mari inconscient.

— Nous devons le faire, Jacques. C'est la seule chance de te sauver. Je vais te donner mon sang.

On installa des penderies et des rideaux blancs autour du lit de Jacques, puis on remonta la manche d'Agnès, lui fit un garrot et Jeanbrau piqua l'aiguille dans une veine gonflée de son avant-bras. Un petit tuyau de caoutchouc, rouge comme des pneus de bicyclette, reliait l'aiguille creuse à une seringue de laquelle partait un second tube, reliée à une deuxième seringue plantée dans le bras de Jacques. Sur chacun des tuyaux était monté un robinet. Laissant celui-ci fermé du côté de Jacques, les médecins tirèrent le piston de la première seringue, qui se remplit du sang d'Agnès.

— Attendez ! Combien de temps… combien de temps faut-il pour savoir ?

— Nous serons fixés dans trois ou quatre heures, madame.

Agnès contrôlait ses sanglots sans empêcher ses larmes de couler. Elle fit oui de la tête. La seringue pleine, le docteur Hédon ferma son robinet, ouvrit celui de Jacques et poussa le piston pour injecter le sang recueilli dans son corps. Chaque seringue en contenait soixante millilitres. Ils en prélevèrent dix. Plus d'un demi-litre. Agnès regardait le liquide passer de son bras à celui de Jacques immobile, suivant son parcours dans ce cordon ombilical obscène, mécanique. Deux sur trois.

— Nous devons arrêter, madame. Vous avez fait tout ce que vous pouviez. Un prélèvement plus important serait dangereux pour votre santé.

Agnès, agitée, dans un état avancé de fatigue, protesta. Elle posa la main sur son aiguille.

— Il lui en faut encore, il ne bouge toujours pas. Je peux lui en donner plus.

Deux infirmières se précipitèrent pour la maîtriser, Hédon retira aussitôt l'aiguille de son bras et un petit jet de sang jaillit de la veine, tachant la robe d'Agnès.

On la coucha sur un lit de l'autre côté des rideaux. Le docteur Hédon s'assit à son chevet et prononça quelques mots, répétant que tout ce qui était possible avait été fait, qu'il fallait maintenant prier et attendre. Il avait une voix si calme que le dortoir entier suivit ses conseils et retourna à son repos.

Aileen resta aux côtés de l'ingénieur Huet.

Au matin, Agnès souleva le rideau. Jacques était mort. La femme américaine était toujours là, blême, à veiller son cadavre.

Agnès refusa de croire à la mort de son époux tant qu'on n'aurait pas retiré ses bandages et qu'elle n'aurait pas vu ses yeux. Elle en fit une crise de nerfs et le personnel de l'hôpital finit par céder.

Le reste de sa vie, Agnès ne pourrait décider si elle avait eu raison de réclamer cette faveur. Le visage de Jacques, défiguré par les coups, la longue plaie du front tout juste recousue, d'une tempe à l'autre, ne ressemblait pas plus à celui de son mari que la momie qu'il était l'instant d'avant. Sa seule certitude fut que cet être méconnaissable était mort en souffrant.

Agnès dormait quand il était parti travailler la veille. Cherchant son dernier souvenir de lui vivant, elle fut incapable d'en trouver un dans lequel le visage de Jacques apparaissait assez clairement pour remplacer celui qu'elle avait devant elle. Elle vomit.

Aileen avait déjà vu des guerriers rouges se battre. Ils semblaient danser autour de leur adversaire. Puis, au milieu de cette chorégraphie presque comique, se déchaînaient les coups, brefs et sans hésitation, comme les mouvements d'un poisson tournant lentement autour d'une miette, l'avalant d'un coup puis reprenant leur ronde. Les guerriers s'entraînaient toute leur vie pour être ainsi légers, forts et rapides.

Elle avait fait l'erreur de croire que les coups de Joseph, comme ses peintures, seraient symboliques. Il l'avait suivie. Elle l'y avait invité en allant le voir à Vincennes. Elle l'avait conduit jusqu'à Jacques. La danse du poisson avait alors commencé, qui tourne sur lui-même au point de devenir fou, de prendre tout ce qui passe devant lui pour une miette, caillou ou hameçon.

Pas un instant Aileen n'envisagea de parler à la police.

Les infirmières tirèrent les rideaux et on les laissa seuls, Agnès, Aileen dont elle ne voulait plus lâcher la main, et Jacques. Deux chances sur trois.

17

Le *New York Herald*, depuis ses bureaux du premier étage de la tour Eiffel, avait tiré le premier coup de canon : « Meurtre du métropolitain – L'assassin sauvage toujours en fuite ! »

James Gordon Bennett n'aimait rien tant qu'un titre pouvant se passer de l'article qui le suivait. Les journaux français et la presse internationale avaient repris en chœur et les unes terrifiantes réduisirent Paris, pendant vingt-quatre heures, à un silence que l'on n'avait pas connu depuis des mois. On resta chez soi, des réservations de trains, d'hôtels et de traversées en bateau furent annulées.

Des témoins ayant vu l'assassin s'enfuir dans la bouche de la station Boissière du métropolitain, des centaines de terrassiers bretons, armés de pelles et de pioches, fouillèrent les tunnels à la recherche de la « bête » qui avait tué Jacques Huet. Où d'autre pouvait se cacher un « rat » ? On n'en trouva aucune trace, mais la légende de ce spectre assassin, hantant les galeries souterraines, fit vite le tour de la capitale.

La petite Alice ne prononça pas un mot à la nouvelle de la mort de son père ; elle ne comprenait pas de quoi on lui parlait et demandait quand il reviendrait. Agnès lui répondait qu'elle ne savait pas, murmurait : « Bientôt », et l'on discernait dans sa voix un fol espoir, qui donnait des haut-le-cœur à Mme Cornic mère. Elle avait fait aux côtés des parents de Jacques, le lendemain de sa mort, le voyage depuis l'île de Bréhat.

Soixante-douze heures après la charge du cheval noir, avenue Kléber, alors que des bataillons d'ouvriers sillonnaient encore les tunnels, que des dizaines de policiers surveillaient le village colonial, le corps de l'ingénieur, préservé par de la glace des Alpes suisses, fut chargé dans un wagon à destination de la Bretagne.

Aileen paya son billet de train, puis de la gare envoya à Whitelaw Reid son télégramme de démission.

On partit au petit matin et elle espéra que la cérémonie aurait lieu dans un cimetière marin. Qu'il y aurait une vue.

Tous comptaient sur le temps du voyage pour se reposer un peu. L'arrêt à Versailles interrompit trop tôt les premières rêveries. Mais l'escale suivante, deux heures plus tard en gare de Chartres, avait laissé le temps aux cahots et aux grincements de bercer le convoi funéraire. Les paupières étaient plus basses et les regards plus lointains. Le trajet suivant, jusqu'à Rennes, dura quatre heures, durant lesquelles on se soucia de se nourrir et de se désaltérer. Ce fut le moment de grâce du transport, hors du temps.

Il y avait à bord, en plus de la famille et d'Aileen, deux journalistes parisiens et un assistant de M. Fulgence Bienvenüe, porteur d'une lettre de son patron, dans laquelle il s'excusait de ne pouvoir faire le voyage en personne. La mère d'Agnès, sous son voile de deuil, s'était rapidement endormie. Paris l'avait épuisée et elle détestait la métropole grouillante. Les parents Huet s'étaient aussi abandonnés à la berceuse mécanique du train, après deux nuits de veillée dans l'appartement de leur belle-fille. Le couple d'artisans enrichis ronflait l'un contre l'autre.

Agnès, veuve avant sa mère, trop sensible aux formes et aux couleurs des choses passant derrière la vitre, ne pouvait pas dormir. La petite Alice, échappant à la surveillance de ses grands-parents assoupis et de sa mère distraite, était venue s'installer sur la banquette en face d'Aileen. Elle connaissait la journaliste américaine pour l'avoir vue chez elle et à l'église ; la femme aux cheveux rouges se tenait chaque fois aux côtés de sa mère aux cheveux noirs. Aileen Bowman, petite sauvage du ranch Fitzpatrick, ne pensait pas qu'il fallait adresser la parole aux enfants, parce qu'ils avaient la tête bien assez pleine de leurs propres histoires, savaient observer, imiter au besoin, choisir ce qui leur était nécessaire ou plaisant, et que les interventions des adultes gâchaient toutes ces merveilles d'intelligence naturelle. Elle fixait donc la gamine sans parler. Sa ressemblance avec Jacques la troubla une nouvelle fois. C'était par le visage de sa fille que Jacques lui réapparaissait le plus intensément, que ressurgissait la cohue des sentiments mort-nés de leur rencontre.

La petite Alice, qui avait les yeux clairs et les pommettes de son père, sous la frange noire des cheveux de sa mère, l'interrogeait du regard : qui était-elle, cette femme qui attirait à elle toute sa famille, sa mère si triste, son père introuvable dont elle était l'amie, et elle-même, petite fille, fascinée ?

À Rennes, on ne voulait plus que le voyage se termine. La dernière étape de trois heures, jusqu'à Guingamp, fut un pénible retour à la réalité. Il fallait se tirer de cette torpeur, la nuit tombait et là-bas attendaient un corbillard et les autres membres des deux familles. L'arrêt réglementaire serait prolongé d'une minute, prévint le chef de train, pour que le cercueil puisse être déchargé sans hâte.

L'aube du départ, nota Aileen, avait mieux convenu à ce voyage que le crépuscule de son arrivée. Le solstice était passé, les jours recommençaient à raccourcir. On ne le voyait pas encore, mais on avait cessé de gagner le soir une minute de lumière, on en perdait désormais.

Guingamp, traversée à la lueur des lanternes, dans des voitures aux cuirs humides de rosée, le long de rues sombres, était aussi éloignée de Paris qu'un village amish l'était de New York. Sur les seuils chichement illuminés, Aileen aperçut des femmes aux robes droites, avec sur la tête des voiles leur donnant des allures de nonnes, et des hommes coiffés au bol, chapeaux en mains et têtes basses. Il y avait dans leur inclinaison une habitude qui ne trompait pas, de plier devant plus haut que soi – en l'occurrence, au lieu d'un noble, un cadavre. À chaque carrefour des croix de granit et, quand on devinait un jardin devant un bâtiment, c'était une chapelle où brûlaient des cierges. Les Bretons, fussent-ils catholiques, avaient une foi grise comme celle des amish, protestants dont le credo de résistance au monde actuel semblait s'appliquer ici aussi.

Trois voitures, à la suite du corbillard, sortirent de la ville. Quelle lenteur après le train. Et quel calme.

Aileen retrouvait la véritable vitesse des déplacements, celle des bêtes et des routes défoncées, et ses narines se dilatèrent pour absorber le plus possible des odeurs de la campagne, herbe, terre, bois vermoulu, genêts, bruyères. Tout ce qui lui manquait à New York et à Paris. Les parfums étaient aussi forts que lors de ses derniers voyages au ranch Fitzpatrick, pour les enterrements de son père et sa mère. Son nez cherchait avidement l'odeur de la terre où l'on enfouit les corps. Comment Agnès, dans sa voiture, accueillait-elle ces signaux olfactifs de son enfance ? Se bouchait-elle le nez ou bien, comme Aileen, souriait-elle aux relents nocturnes du sous-sol qui allait avaler son mari géologue ?

À Paimpol, où ils arrivèrent deux heures plus tard, bientôt minuit, Aileen fut logée dans un hôtel de la place du Martray, à deux pas du port de commerce où les familles importantes, comme les Huet, avaient leur maison. Pas question d'accueillir chez soi la journaliste aux cheveux de catin irlandaise dont, pour des raisons incompréhensibles, la pauvre Agnès refusait de se séparer.

Aileen dormit mal entre quatre murs de cette province superstitieuse.

*

Le curé était jeune et plutôt beau garçon. Comme le jour du mariage d'Agnès et Jacques, le ciel était bleu et une brise tiède soufflait de la Manche. La petite chapelle de la Trinité s'élevait sur une pointe de roches envahie d'arbustes, genêts et troènes ; parmi les bruyères et les asters tremblant dans le vent, sur les rochers surplombant la mer, dominait le parfum de curry oriental des petites immortelles. L'air qui se frottait au granit était net dans la bouche et le nez.

Le sermon fut incompréhensible. La langue bretonne sonnait aux oreilles de l'Américaine comme le plus exotique des barbarismes. Elle reconnaissait le ton de commisération et la mise en scène des symboles chrétiens, comprenait quelques mots de latin, mais en vint rapidement à interpréter à sa guise le message délivré par le prêtre. Oubliant l'appareil – la chapelle et l'architecture du sacré –, elle accepta l'offrande naïve de réconfort. Les injonctions de soumission et le chantage à la damnation perdus dans ce langage mystérieux, elle put se laisser aller à la musicalité de la cérémonie. Puis elle se rappela, observant la foule réunie, que de tout temps la sainteté s'était achetée. Bourgeois et ouvriers, à qui la Révolution avait donné le droit à la propriété, acceptaient toujours que leur bien le plus précieux ne leur appartienne pas : leur vie était un don du Grand Créancier, qui reprenait à sa guise. Arthur Bowman avait une image pour décrire ce cercle vicieux : « Ils, disait-il pour désigner indistinctement un curé, un officier ou un homme politique, t'enferment dans une église, un fort ou un pays, te collent une arme sur la tempe, te disent que tu es en sécurité tant que tu ne cherches pas à sortir, et que si une balle devait te traverser la tête, ce serait pour une bonne raison. » Dans cette province où l'on avait protégé les prêtres au lieu de les déculotter, le privilège de lever des impôts sur les âmes n'avait pas été aboli. Son irritation devenue trop forte, Aileen quitta la chapelle avant la fin du sermon et partit marcher sur le chemin côtier.

À portée de vue, assez proche pour donner l'impression d'entendre ce qui s'y passait, elle voyait l'île de Bréhat où s'était exilée la famille Cornic. L'île aux princesses qui attendait le retour d'Agnès et Alice. La veuve et sa fille ne rentreraient pas à Paris. Qu'y deviendraient-elles sans Jacques ?

Elle n'alla pas au cimetière, s'allongea sur des bruyères pour regarder les nuages et dormir. Quand elle revint à Paimpol, les invités de la famille Huet quittaient la grande maison. Aileen fit demander Agnès par un domestique.

— Où étiez-vous ? Je vous ai cherchée.

— Je suis désolée de vous avoir laissée seule, mais je crois que ma présence n'était pas nécessaire.

— De quoi parlez-vous ? Vous êtes la bienvenue, vous êtes une amie.

— Auriez-vous quelques instants pour parler ?

— Je ne sais pas si je peux quitter la maison maintenant, mes beaux-parents…

— Seulement quelques minutes, je promets de ne pas vous retenir longtemps, je reprends un train ce soir.

— Pourquoi ne pas rester ? Nous aurions plus de temps demain, nous pourrions visiter mon île ensemble.

— Je dois rentrer à Paris. Marchons seulement un peu, personne ne remarquera votre absence.

— Je ne sais pas, Aileen. Ce que vous avez à me dire, est-ce si important ?

— Je pense, oui.

— J'ai peur de vous parler, Aileen.

— Peur de ce qu'ils vont penser ?

— Non, que vous me mentiez, par gentillesse, au sujet de votre départ, et que nous ne nous revoyions plus. Je suis confuse, excusez-moi. Mais comment expliquez-vous, alors que nous ne nous connaissons pas, que j'aie tant besoin de vous ?

Agnès était sur le point de s'effondrer, Aileen prit son bras.

— Allons nous asseoir sur ce banc.

La lune était à la moitié de sa lumière, faisant briller les pavés en arcs de cercle et les façades des maisons pointues. On entendait, venus du port, les sifflements du vent dans les gréements des navires. Pas d'électricité ici, l'air était libéré de cette constante vibration parisienne des dynamos.

— Que pensez-vous qu'on attende de vous, Agnès ?

— Vous voulez dire, dans cette situation ?

— Oui.

La réponse s'imposait naturellement, mais son temps de réflexion en contredisait déjà l'annonce :

— Que je sois forte.

— Est-ce que vous avez envie d'être forte ?

— Je ne sais pas. Je suppose que je le dois.

Elle baissa la tête.

— Il y a tant de morts, partout et tout le temps, que celle de Jacques ne devrait pas compter plus que les autres. Mais pour moi, il n'y a rien de plus dur. Si ma vie n'est pas aussi extraordinaire que la vôtre, et mes forces insuffisantes pour supporter dignement son départ, tant pis. Cela ne veut pas dire que je suis faible, mais que je l'aimais.

— Alors ne luttez pas. Baissez les bras et écroulez-vous. Vous aurez toutes les ressources nécessaires pour vous relever ensuite. Ils en doutent et ils se trompent. Pleurez ce qui vous a été pris et, quand vous serez prête à reprendre le cours de votre vie, faites-le. La seule erreur que vous pourriez faire serait de vous reprocher la mort de Jacques.

— Mon sang était mauvais.

Elle serra la main d'Aileen.

— Votre sang, j'en suis certaine, l'aurait sauvé. Je n'aurais pas dû refuser votre aide. Mon sang était trop faible. Il était sale.

— Vous dites n'importe quoi. Jacques est mort de ses blessures.

— Qui était ce sauvage ? Pourquoi mon mari ?

— Vous n'avez rien à vous reprocher. Ce n'est qu'une suite de hasards.

— Rien n'est jamais une suite de hasards. Il y a des raisons, même quand elles nous échappent. Le hasard n'est pas un vrai mot. Il en cache d'autres.

— Jacques n'avait pas d'ennemis. Ce sont de malheureuses coïncidences.

Agnès secoua la tête.

— C'est cette Exposition.

— L'Exposition ?

— Cette bête humaine qui l'a attaqué, c'est… comme un esprit qui se serait révolté. Contre je ne sais quoi. Toute cette vanité. Cette idée me rend folle, que la mort de Jacques était la punition du péché d'orgueil de l'Exposition. Alors je me retiens de m'effondrer. Parce que je dois être plus forte que cette faute. Comme on l'attend de moi. Vous me trouvez stupide et bigote. Vous ne vous embarrassez pas de culpabilité, vous êtes libre de tout ce poids. Pourtant vous portez un peu de mon deuil par solidarité et amitié. Je me moque de ce qu'ils pensent de vous.

— Nous sommes amies, ils ne pourront rien y changer.

— Je vois bien que mon monde n'est pas le vôtre, que vous ne les aimez pas beaucoup. Mais si vous étiez ce qu'ils imaginent, une mauvaise personne, vous ne seriez pas ici. Vous faites plus que ma propre mère pour m'aider. Parce que vous n'avez pas peur de parler. Elle, elle ne connaît que le devoir de silence.

Aileen se leva.

— Retournez sur votre île. Restez-y le temps nécessaire. Je vous promets de revenir prendre de vos nouvelles avant mon départ.

— Vous ne resterez pas en France ?

— Je n'en suis pas certaine.

Elle prit le visage d'Agnès dans ses mains et embrassa son front.

— Ce qu'ils n'attendent pas de vous, c'est la femme que Jacques aimait.

— Celle qu'il attendait. Que je ne suis pas devenue.

Les larmes d'Agnès se glissaient entre ses joues et les paumes d'Aileen.

— Elle n'a aucune raison de mourir avec lui.

— Vous reviendrez, vous le promettez ?

— Venez, je vous raccompagne à la maison.

— Non. J'irai seule. Allez prendre votre train.

18

Aileen ne dit rien qui expliquât la dureté de son corps dans l'exercice de la pose, mais Julius avait immédiatement perçu cette tension. Les lignes symboliques de ses tatouages croisaient les lignes de force de ses tendons et de ses muscles crispés. Les liaisons nerveuses et les nœuds magnétiques de ses articulations, verrouillés, retenaient la colère comme des cordes. Une décharge érotique mena l'imagination du peintre vers un scénario de lente libération du corps de la journaliste. Mais dans ces conditions, une confrontation sexuelle ne mènerait, sans plaisir, qu'à la violence. Il chassa ces idées, travailla un peu plus le rouge dans son mélange de couleur chair, faisant monter le sang à la peau de son tableau.

— J'ai reçu une lettre de Mary Stanford. Elle vous salue.

Aileen descendit de l'estrade et noua la robe de chambre autour de sa taille.

— Je suis désolée, je ne tiendrai pas plus longtemps aujourd'hui. De toute façon, vous savez comme moi que ce portrait est terminé. Nous faisons semblant de continuer.

— Pas semblant, ma chère. Nous avons *envie* de continuer. Mais il est vrai que je n'ai plus besoin de vous pour les touches finales. Ce n'est plus que de l'interprétation désormais.

— Avez-vous entendu parler de la psychanalyse du docteur Freud ?

— Vaguement. Il soigne des femmes hystériques, c'est bien ça ?

— Il a inventé une nouvelle cure des maladies mentales, basée sur des séances durant lesquelles le patient parle et lui écoute seulement. Parfois il pose des questions pour le guider vers des sujets qui lui échappent, et les raisons secrètes de ses actes. Freud pense que nos rêves sont la preuve de l'existence de ces motifs secrets, qu'ils les reformulent en images, ainsi que les émotions que nous ne parvenons pas à exprimer.

— C'est une belle manière de voir les rêves. J'aime cette théorie. Croyez-vous que nos rendez-vous dans cet atelier soient des séances comparables à celles de ce docteur ?

— Cela y ressemble.

— Sauf que personne ne parle. Je ne sais pas à quoi vous pensez quand vous posez.

— C'est le tableau qui parle.

— Si je suis votre raisonnement, cette toile serait comme un rêve, qui exprime ce que vous ne savez pas de vous-même ?

— L'idée est jolie, non ?

— Mais ma part de rêve s'y mélange aussi à la vôtre.

Aileen sourit en regardant son image peinte.

— Et l'interprétation de vos rêves ne prête pas à confusion, cher ami. Ce nu est un vrai scandale.

Julius arrêta de peindre et lui fit face.

— Qu'est-ce qui ne va pas, Aileen ?

— Mon séjour à Paris va se terminer, mais comme pour notre tableau, je refuse de l'admettre.

— Si vous n'êtes pas prête à partir, c'est qu'il vous reste quelque chose à faire ici.

Julius leur servit du vin et ils s'installèrent dans les fauteuils, sur le rectangle du tapis au centre de l'atelier. Il leva son verre, ses yeux balayant l'espace blanc de la pièce, geste solennel et rêveur pour acquiescer aux émotions flottant dans l'air.

— J'aurais eu bien du mal à faire entrer dans ce portrait toutes les femmes que vous avez été pour moi. Journaliste. Amante. Studieuse. Insatiable. Généreuse. Sarcastique. Et ma préférée, l'intransigeante.

— Je trouve les compromis de plus en plus tentants.

— Et la dernière bien sûr, la tentatrice.

Aileen jeta la robe de chambre sur le dossier du fauteuil et se rhabilla. Julius sourit, savourant une dernière fois cet éclatant mélange des cheveux et du pubis roux, de la peau blanche comme du papier et des lignes noires des tatouages.

— Adieu, donc ?

— Bientôt.

*

Le petit bassin du village congolais, une pauvre fosse ronde profonde d'un mètre et entourée de clôtures à bestiaux, était devenu la piscine des gamins nègres. Fumant la pipe, des touristes des deux sexes les regardaient plonger et s'éclabousser. Les visiteurs profitaient de la fraîcheur du lieu pour se reposer, riant aux acrobaties des corps noirs brillants d'eau. Les Parisiens avaient l'habitude de ces spectacles ethnologiques. Depuis vingt-cinq ans, au parc du Jardin d'acclimatation où l'on présentait des animaux de tous pays, on pouvait aller voir derrière leurs grilles des Nubiens, des Tahitiens, des Kanaks, ou des Zoulous, dont on craignait qu'ils transportent des maladies mortelles et que l'on séparait des autres cages. Certains en mouraient de froid l'hiver.

Des serveurs du sauvage Congo, coiffés de la chéchia rouge des troupes indigènes, apportaient des verres de citronnade au public. Les petits baigneurs, entre deux galipettes simiesques, se désaltéraient avec l'eau dans laquelle ils pataugeaient. Une Négresse aux seins nus se glissa dans le bassin, se gargarisa et recracha. La nudité des sauvages ne choquait pas plus que celle des putains des tableaux. Bras dessus, bras dessous, des couples d'amoureux contemplaient quiètement les fesses et les mamelles allongées des mamans nègres. Il était midi et la chaleur de juillet écrasante sur la colline. Dans les fontaines du Champ-de-Mars, de l'autre côté de la Seine, les enfants blancs trempaient leurs vêtements et quelques dames, ayant ôté leurs bottines, rafraîchissaient leurs pieds. Un instant on enviait presque les sauvages dans leur marécage, avant de s'éloigner vers le calme des rues de la médina. Les Arabes avaient arrangé à leur manière les mauvaises copies des maisons de leur pays. Pour faire de l'ombre, des draps étaient tendus entre les façades à grand renfort de clous plantés dans les lattis, des tapis avaient remplacé les portes, laissant circuler l'air et arrêtant les mouches, les seuils étaient arrosés pour amalgamer la poussière. Sous le soleil au zénith le village colonial était paisible ; pas de tambourins, pas de danses, les boutiques étaient désertes. Aileen y venait à cette heure-là, calme, ou bien tard la nuit, quand les acteurs du zoo humain étaient couchés.

*

Elle s'était rendue au campement de Vincennes dès son retour de Bretagne. Le tipi de Joseph avait été démonté par la tribu et aucun Indien n'avait répondu à ses questions. On savait, là-bas, qui avait tué l'ingénieur blanc. Les Lakotas se préparaient au départ du show et rien de ce qu'ils savaient, jamais, ne serait révélé aux Blancs. Surtout pas, elle l'avait compris, la fierté de certains des guerriers, à l'évocation du fait de guerre de Joseph Ferguson, le métis qui avait failli prendre le scalp de la ville. Pas une seconde non plus l'idée ne lui était venue de dénoncer leur complicité. À qui ? En échange sans doute de son silence, ils l'avaient laissée repartir sans l'inquiéter. Le métis était désormais une légende, inatteignable. Dans le monde rouge, Joseph était racheté.

Elle s'était assise devant le cercle de cendres du foyer de Joseph, espérant bêtement qu'il se montrerait à ce moment-là, abrégerait ce jeu inutile. Mais il avait décidé de le faire durer. L'attente avait tout figé.

Le XXe siècle, qu'elle croyait ne devoir attendre que quelques mois, semblait ne plus pouvoir advenir, fauché avec Jacques Huet dans sa course à l'existence. C'était en toute logique que les recherches d'Aileen l'avaient ensuite conduite jusqu'au village colonial, anachronique, qui échappait au temps des Blancs, ces horlogers, pourfendeurs de la ténèbre des âmes et des rues, ces missionnaires fabricants de lumières.

En réalité, elle ne cherchait pas Joseph. Elle se montrait pour qu'il la trouve. Chaque jour elle suivait le tracé de la ligne du métro, de Champs-Élysées à Trocadéro, passant devant la station Boissière où le barbare s'était enfui. Le village colonial était devenu le terminus de ce trajet rituel. Aileen n'avait plus ajouté un mot à son manuscrit et méditait, dans ce décor du monde, sur la valeur du temps de l'écriture. Ce temps, pris à la vie et passé à la raconter – comme ces architectures de plâtre imitaient des pays et des civilisations –, lui semblait maintenant un doublon creux. Une redondance vaine. Du temps perdu.

Après une semaine à suivre le métropolitain et déambuler dans le village, elle découvrit une première main inversée, sur le mur d'une boutique d'artisanat marocain. Elle ne fit alors plus qu'attendre, parcourant les rues de l'Algérie, de la Côte d'Ivoire, de l'Indochine et de la Guyane.

Depuis que ce sauvage, sans identité ni nation, avait tué l'ingénieur Huet, la fréquentation touristique était en baisse. Des policiers patrouillaient et il arrivait que des visiteurs, nerveux, repoussent à coups de canne des figurants trop enthousiastes. La rumeur enflait, dans ce monde aux vingt langues et cent dieux, démons et esprits, petite Babel démontable, qu'un être maléfique s'y cachait. Et qu'une femme, un esprit vengeur, guerrière aux cheveux rouges, était à sa poursuite. Il laissait pour elle des mains peintes sur les murs.

19

Le 19 juillet 1900, la merveille de l'innovation française, projet pharaonique, bataille personnelle de Fulgence Bienvenüe, le métropolitain de Paris, fut ouverte au public. Sans les grandes pompes habituelles de la IIIᵉ République et de l'Exposition. Le lendemain seulement, dans la plus grande discrétion, le ministre des Travaux publics et le préfet Lépine parcoururent la ligne 1, accompagnés de Fulgence Bienvenüe et de quelques journalistes.

Était-ce à cause des conflits entre les administrations, la mairie de Paris et l'État, les entreprises se battant pour obtenir les chantiers ? Des grèves des ouvriers bretons ? De la grogne des Parisiens fatigués des déviations, de la poussière et des explosions des mineurs qui secouaient les appartements ? Ou parce que les beuglements et l'emphase des bonimenteurs, depuis des semaines, avaient lassé les curieux qui ne croyaient déjà plus à l'unique. Ni au nouveau. L'inauguration de la ligne 1, trois mois après le début de l'Exposition, avait lieu dans un silence honteux. Une naissance de bâtard.

Parmi le petit cortège de journalistes se pressant

dans le wagon, il y avait l'Américaine. La femme aux pantalons que l'on croisait parfois aux fêtes de *La Fronde* et que le préfet Lépine avait saluée en personne. Quand il avait lancé, à la cantonade, avoir accordé l'autorisation de porter culottes à Mlle Bowman, tout le monde avait ri. L'Américaine commençait à avoir une réputation. Des rumeurs, les mêmes qu'à New York, lui faisaient maintenant une aura parisienne. On disait qu'elle fréquentait un peintre millionnaire aux mœurs douteuses, qu'elle avait beaucoup d'argent, traînait à Montmartre avec d'autres artistes débauchés, qu'elle avait quitté New York précipitamment. Et son accoutrement confirmait la plus persistante des messes basses : elle était adepte du saphisme. Tous savaient que c'était elle, sous ce pseudonyme français, qui rédigeait des chroniques sulfureuses sur Paris, putain des puissants. Lesbienne dangereuse. Comme Séverine, Durand et leurs acolytes de *La Fronde*, avocates et artistes. Certains journalistes auraient voulu la cogner, reprendre ce qu'elle volait de leur monopole. Ce n'était pas la femme qu'ils voulaient blesser, mais l'homme en elle qu'ils voulaient chasser, battre ou baiser la part d'eux qu'elle s'appropriait. Leurs épaules étaient dures, les contacts froids. Aileen n'avait plus la force, aujourd'hui, de les affronter. Parmi le petit groupe des ingénieurs, elle cherchait les cheveux blonds et la silhouette de Jacques.

Sur la manche vide du bras de Bienvenüe, arraché par un train, il y avait un brassard noir. Peut-être y avait-il eu un décès dans sa famille, peut-être portait-il encore le deuil de l'ingénieur Huet ? Autour de ce vêtement creux, le brassard était comme un nœud à un mouchoir, pour ne pas oublier la fragilité de ceux qui construisent, pour durer, des machines qui les tuent. Aileen croisa un instant le regard de l'ingénieur en chef, crut y apercevoir un acquiescement, peut-être une reconnaissance, alors que les dos des autres hommes l'engloutissaient, qu'elle reculait toujours et se retrouva sur le quai, sans savoir si elle avait fait seule le dernier pas ou si on l'avait poussée. Un employé referma devant elle la porte de la voiture, il y eut un coup de sifflet et la rame illuminée s'éloigna.

— Quelque chose ne va pas, madame ?

— J'attendrai le prochain.

— Le prochain ? Il n'y en aura pas d'autre avant une heure, madame. La circulation est interrompue pendant la visite de M. le ministre.

— Tout va bien, j'attendrai le prochain.

— Madame ?

Elle s'éloigna vers les escaliers qui remontaient place de l'Étoile, se figea. L'employé la suivait du regard. Aileen fit quelques pas supplémentaires, se retourna. L'homme s'éloignait à l'autre bout du quai. Elle écrasa son chapeau en feutre dans son poing, maintint la besace contre son ventre et sauta d'un bond sur les rails. Elle s'accroupit, des doigts effleura, sur la paroi de béton armé, l'empreinte de main inversée appliquée par Joseph avec un mélange de terre et de graisse. Le dessin se fondait dans l'ombre, à peine visible. Sur la pointe de ses bottes, elle courut vers le tunnel, rapide et légère comme une Indienne.

Sous la voûte elliptique elle entendait encore les bruits de la rame officielle, aspirant un air chaud qui tirait ses mèches de cheveux en arrière. Des rats filaient entre ses jambes. Elle levait haut ses genoux pour anticiper les obstacles, reposant lentement ses talons sur les cailloux calibrés du ballast et le bois sonore des traverses. Cela lui faisait une démarche de grand échassier ou de danseuse africaine. Sans lumière, les odeurs gagnaient en force. L'acier des rails, le béton humide, la graisse mécanique des aiguillages, le parfum d'étincelle du granit, le cuivre des câbles électriques dont elle sentait la chaleur. Ses pupilles se dilataient et devinaient des contours, quelques lignes, suffisantes pour que son imagination en complète les dessins.

Elle connaissait l'itinéraire – Fulgence Bienvenüe l'avait guidée ici – et retrouva l'embranchement du tronçon, barré par des barrières, qui conduirait bientôt au Trocadéro et à l'Exposition, en passant par Boissière. Elle enjamba les planches.

Elle atteignit la station en chantier, maintenant carrelée de céramique blanche biseautée, dont les angles scintillaient comme de la pyrite dans une grotte. La station la fit penser à une salle au trésor vide, la chambre funéraire pillée d'une pyramide, couverte de poussière. Elle se hissa sur le quai, frotta ses mains pour enlever la saleté, épousseta ses vêtements et rit d'elle-même de vouloir rester propre.

Elle longea le quai jusqu'au bout, écouta, redescendit sur la voie alors que tournait dans sa tête une petite phrase de son père, qu'il ne prononçait jamais pour lui, seulement comme un conseil : « Aux hommes libres, rien n'arrive comme aux autres. » Il avait fallu du temps à Aileen pour apprendre à reconnaître les êtres libres ; en apparence, leur vie se différenciait peu de celle des autres. C'était face à l'inéluctable, au nécessaire et aux logiques imparables, là où les autres restaient paralysés, qu'ils se révélaient. Les êtres libres avaient d'autres formules, d'autres images et choix que ceux préparés à l'avance pour les circonstances de nos vies. Mais c'était face à la peur qu'on les reconnaissait le mieux. Plus grandes les peurs, plus grande la liberté.

Après la clarté perlée de la station, dans l'obscurité du tunnel les parfums reprirent le dessus, et elle continua d'avancer. Elle estima être à mi-chemin de Boissière et de Trocadéro, là où le noir était le plus pur. Il y avait une autre odeur, autour d'elle, en plus de celle du métro et des émanations nerveuses de son propre corps. L'odeur complexe d'un autre. Familière et problématique, saturée d'informations. Le monde animal, à l'odorat surpuissant, est sans solitude, partout rempli de messages d'amour, de menace, d'indices sur les routes à suivre vers la nourriture et les frontières à ne pas franchir.

Sans doute lui aussi hésitait-il à se matérialiser, à révéler sa présence à un autre sens. Ils avaient encore le choix de s'ignorer, l'alibi de ne pas se voir, de nier en passant leur chemin.

Il sentait la sueur et la charogne, vivant et mort. Le musc acide de la peur, comme un chien battu, un putois pris au piège. Aux hommes en fuite non plus, rien n'arrive comme aux autres. Tout est danger.

— Joseph ?

Joseph Ferguson, capable de folie, était une bête plus dangereuse que les bêtes. La folie, faculté risquée de dépasser les obligations animales. Plus libre l'esprit, plus grandes les peurs.

— Joseph ?

C'était une odeur rapide, dressée à se cacher, poursuivre et tuer.

— Réponds-moi.

Il sentait le sang, la transpiration caillée de l'anxiété. Ou bien était-ce le parfum de l'âge de fer ?

— Réponds-moi, Joseph.

— Tu n'as rien demandé, sœur blanche.

Elle inspira lentement, tentant de séparer dans son nez l'odeur de Joseph et l'air dont elle avait besoin.

— Je n'ai pas de questions, Joseph. Je veux seulement savoir.

Il se rapprocha sans un bruit ; peut-être marchait-il pieds nus, comme un funambule, sur un rail.

— Le savoir est un sens supérieur, réservé aux guerriers, qui réunit ce que les non-combattants séparent. Le début et la fin, la victoire et la défaite, le ciel et la terre. Tu ne peux pas acquérir ce savoir. Tu le possèdes ou non, sœur blanche.

— Tu dis guerrier, ils disent assassin.

— Que savent-ils ?

— Que tu as tué.

— Quelqu'un est mort, oui. Mais ces séparations-là n'existent pas non plus. Il n'y a que des forces, opposées ou collaborant. Les ignorants croient aux mystères. Pour ceux qui savent tout est résolu. Tu ne sais rien de la mort que l'ingénieur a reçue.

— Je tenais sa main quand il est mort. Je sais exactement de quoi tu parles.

— Si tu n'as pas de questions, tu es venue me juger ?

— Non. Mais ce sont bien tes mains peintes partout dans le village colonial. Toi seul as tué, même si tu penses agir au nom d'une autre cause. Je veux

258

connaître *tes* raisons. Les vraies. Celles qui nous regardent tous les deux.

— Tu parles de liens impossibles, sœur du ranch.

— Des faits sont impossibles. Mais on peut ressentir des choses impossibles. Rien ne l'empêche.

La chaleur était plus intense. Il était plus proche ou sa colère plus grande.

— Vouloir des choses impossibles, c'est être fou.

— Ou libre. Une autre façon que celle des guerriers de réunir ce qui est séparé. Est-ce que tu es libre, Joseph, dans ces tunnels à rats ?

— Héritage. Liberté. Des mots que tu n'as toujours pas appris à garder pour toi, sœur blanche.

— Tu veux me les interdire ? Comme tu as cru m'empêcher d'aimer cet homme ?

Son cri la fit sursauter, des postillons tièdes touchèrent son visage.

— Tu as déjà tout et tu voudrais en plus la récompense de l'amour !

Aileen trébucha contre un rail, tomba en arrière, s'éraflant les paumes. Joseph parla au-dessus d'elle :

— Toutes ces merveilles que tu professes n'ont plus le même sens quand on doit les reprendre par la force, les mendier ou les négocier. Quand on a été enchaîné, on n'est plus jamais libre, seulement libéré. Aimer, quand on a été privé de tout, ce n'est plus une joie, c'est une récompense de chien !

Elle devait se relever. Joseph n'avait pas de pitié pour les bêtes blessées, un ennemi vaincu devait être abattu. Adossée à la paroi du tunnel, elle se redressa. La salive dans sa bouche avait pris le goût de son frère, de peur et de décomposition ; elle devait la boire pour parler.

— L'homme que tu as tué n'avait rien à voir avec ton combat. J'ai respecté ma part de notre marché en te protégeant, mais tu ne me feras pas taire.

Les doigts de Joseph, qui avaient touché des pierres, puisé de l'eau croupie et gratté des excréments – la vraie odeur de l'Ouest –, s'enroulèrent autour de sa gorge. Des lumières apparurent. Deux points jaune pâle sur ses yeux, une clarté venue de quelque part au bout du tunnel, que le verre des pupilles reflétait mais que l'œil, derrière, ne percevait pas.

— Je ne me suis pas trompé d'ennemi. Tu le sais parfaitement.

La peau d'Aileen expulsait la peur comme une urine, impureté liquide de ses émotions.

— Je ne l'aimais pas, je voulais l'aider. Comme je voulais t'aider. Tu as tué l'ingénieur par jalousie. Par égoïsme. Arrête de mentir. Tu es amoureux de ta sœur blanche et c'est le seul secret que j'accepterai de garder.

Les lumières de ses yeux grandirent à mesure qu'ils se rapprochaient.

— Cet amour-là aussi a été volé, sœur blanche. Il est interdit dans les réserves.

Elle poussait péniblement les mots, sans air et affaiblis, hors de sa bouche :

— Tu ne pouvais pas le reprendre par la force. Les sentiments et les souvenirs ne peuvent pas être forcés, cela les déforme.

— Et si c'est le seul moyen de les garder ?

— Alors ils sont cassés.

Les mains de Joseph relâchèrent son cou, restèrent sans serrer en contact avec sa peau. Ses doigts bougèrent, réflexe ou caresse pudique, rêches, sur sa gorge. La voix du métis baissa.

— Tout est cassé ici, dans cette ville, même le temps du guerrier. Le passé est honteux, l'avenir est menteur. Le temps des voyages a changé, en train et en bateau, mais les pensées vont toujours à la même vitesse. On ne sait plus, arrivé quelque part, où l'on est. Je ne me suis pas trompé d'ennemi. La justice aussi est cassée, pour moi, pour les peaux jaunes et noires du village, même pour toi. On voudrait me juger selon ses règles ? La juste qui régente nos réserves ? Tu dis que tu voulais aider l'ingénieur, comme tu veux m'aider ? Comment le pourrais-tu ? Personne ne pouvait me retrouver, pas même toi. Il a fallu que je te guide jusqu'ici. Tu confonds nos passés. Ils ont pris des routes séparées et ne se croiseront plus jamais. Tu n'es qu'aux ordres de ton monde, de la morale blanche, ma sœur. Le seul secret que j'accepterai de garder, c'est celui de la culpabilité qui te ronge. C'est moi aussi qui dois t'aider, sinon tu ne seras pas à la hauteur de la tâche qui te revient. Alors écoute, puisque tu es venue chercher mon savoir. Tu n'es pas responsable d'être née blanche, mais de ce que tu fais ensuite de ta peau de Blanche. Comme je n'ai pas choisi mon sang mêlé, mais que j'ai ensuite choisi mon camp. Celui des Rouges, dont les règles ne sont pas cassées. Vous, Blancs, ne pouvez plus rendre justice, seulement me condamner. Le privilège des sentences justes vous a été retiré. Je choisirai la mienne. Quelle sentence veux-tu pour toi, sœur blanche ?

Ses mains s'écartèrent lentement, l'air froid se glissa entre les doigts et la peau de son cou humide. L'haleine d'Aileen exhala un parfum de charogne.

— Moi aussi j'ai franchi des lignes qui séparaient ce qui ne l'est plus. La peine et le plaisir, l'action et le rêve. L'emprisonnement et la liberté. Je sais que des forces traversent la vie qui ne collaborent pas avec elle, qu'en les ignorant, comme cette Exposition naïve du progrès, au lieu de la prospérité, on prépare la guerre. Mais des frontières existent toujours, dans ton monde comme dans le mien, que tu ne peux pas ignorer. Ce que tu as fait, Joseph, quoi que tu penses, est un acte mauvais. Tu as provoqué la peur, la souffrance et le deuil. Dans mon monde, aussi cassé que tu le dis, comme dans le tien, il n'y a aucun honneur à de telles actions. Ton véritable secret, le plus lâche, petit frère, c'est que tu as tué l'ingénieur au lieu de me tuer.

— Tu l'as dit, l'amour ne se prend pas par la force, qui ne peut que le détruire. C'est ce que j'ai fait.

— En tuant un innocent ?

— Tu ne comprends toujours pas. Ce n'est pas l'ingénieur que j'ai tué en prenant son scalp. Ni ton amour pour lui. C'est ton amour pour moi.

Sans les mains de Joseph autour de son cou, pour l'aider à tenir, les jambes d'Aileen flanchaient sous son poids.

— Tu nous as réduits à n'être plus rien, Joseph. Plus rien qu'un assassin et un bourreau.

Il s'écarta d'elle. Son odeur et sa chaleur diminuèrent, privée d'elles, Aileen s'écroula sur le sol. Joseph parla doucement :

— C'est la sentence que tu te choisis ? Ni adversaire ni complice. Bourreau ? Même ça, tu n'y serais pas arrivée sans moi.

Du tunnel montèrent les vibrations et les bruits

lointains d'une rame du métro, agitant et poussant l'air jusqu'à eux. La circulation avait repris.

— Joseph ?

Appeler plus fort ne servait à rien.

— Joseph ?

Aileen se laissa un peu de temps, les genoux remontés contre sa poitrine, pour arrêter ses larmes et reprendre son souffle. Puis elle chercha à tâtons sa besace étanche. Entre les carnets, les feuilles et les crayons, la blague à tabac et la pipe, elle retrouva le métal poli et la crosse du Ladysmith, aux petites balles de calibre 22, si petites qu'on ne les prenait pas au sérieux. Toute arme fabriquée est destinée à servir. «Et tout ce qui vit sur terre, disait son père, a été tué avec du .22.» Son arme, contrairement à ses pantalons, qu'elle avait le droit de porter. Parce qu'elle était américaine ? Qu'elle chassait depuis toute petite sur de vieilles terres rouges ? Que pister l'Indien était un sport de Blanc ?

Aileen déboutonna sa chemise trempée de sueur et l'étendit sur les cailloux. Elle fit sauter la boucle de sa ceinture, laissa tomber ses pantalons et les plia à côté de la chemise, puis ôta ses bottes. Elle avait maintenant l'habitude de poser nue et, le revolver à la main, on ne pouvait rien lui reprocher ni lui interdire. Elle travaillait pour l'art blanc. Elle était l'injustice, la régisseuse de ranchs, l'héritière, la cousine tatouée, la déserteuse de son camp, l'allégorie du Blanc.

Son père lui avait appris à tirer, sa mère qu'on peut avoir plusieurs amours.

L'odeur de Joseph était plus nette. Il ne fuyait pas, il l'attendait. Ils avaient atteint la fin de la future ligne, sous les installations du Trocadéro et le village colonial. On entendait couler de l'eau, comme une petite cascade ou un ruisseau de montagne. Une infiltration sans doute, dans le sous-sol instable de la ville.

Les éclats de granit du ballast entaillaient les plantes de ses pieds.

Joseph s'était arrêté. Les pupilles dilatées, Aileen devina quelques lignes de son corps, suffisamment pour que son imagination complète le dessin de sa cible. Elle visa le dos de Joseph, si seul qu'il n'avait plus que cela à offrir.

— Joseph ?

Le premier devoir d'un bourreau est de ne pas présenter d'excuses. D'exécuter sans flancher. C'est la seule aide qu'il a à offrir, un peu de dignité. Aileen ravala ses mots d'amour et les excuses qu'elle voulait demander à l'oncle Pete et la tante Maria.

Joseph Ferguson attendit, sans se préoccuper de guetter la menace. Il savait de quel côté du monde elle venait. Le monde blanc dans son dos d'Indien. Il n'y avait plus rien derrière. Plus rien d'autre devant, que la bouche noire du tunnel et la promesse de surface du tintement de l'eau.

20

Aileen laissa sur son bureau une enveloppe pour la concierge et la bonne, contenant un peu d'argent et une note expliquant qu'elle serait de retour «dans quelque temps». Puis elle jeta dans son vieux sac ses vêtements couverts de graisse du métro, glissa la machine à écrire dans sa caisse et boucla sa besace.

À bord du train qu'elle prit pour Strasbourg, elle réalisa qu'il manquait une dimension à ce qui l'entourait, une distance inhabituelle entre elle et les objets. Elle avait perdu l'odorat. Quand elle en prit conscience, elle retint son souffle comme si on avait plongé sa tête dans l'eau, dans un élément dangereux. Son père, vétéran de la Compagnie des Indes, perdait parfois l'usage de sa main droite, celle dans laquelle il avait tenu des sabres et des pistolets, avec laquelle il avait tué. Elle devenait insensible et se paralysait après des nuits de cauchemars plus intenses. Il en retrouvait progressivement l'usage après quelques jours. L'odorat d'Aileen reviendrait de la même façon. Après ses premières inquiétudes, elle installa sa machine à écrire sur la table de son compartiment de première classe.

Le premier arrêt, six heures plus tard, fut en gare

de Nouvel-Avricourt, construite aux frais de la France après la défaite de 1871. La ligne de chemin de fer, sur quelques dizaines de kilomètres, était la nouvelle frontière entre la Prusse et la France. Strasbourg et le village français où elle avait promis de se rendre étaient aujourd'hui allemands.

Son passeport visé et le train reparti, elle se remit au travail. Le temps de l'écriture n'était plus perdu. Au contraire, il fallait maintenant le gagner, le reprendre à l'autre, celui qui dévorait les souvenirs et les odeurs.

Elle passa une nuit à Strasbourg, où l'on parlait allemand et français, acheta des rouleaux d'encre et des rames de papier, le lendemain loua une voiture pour faire les derniers soixante kilomètres jusqu'à Thannenkirch. Le réseau routier était excellent et elle devina là des mesures stratégiques : dans cette région sous tension, des troupes devaient pouvoir se mouvoir rapidement.

Le village, aux maisons à colombages hautes et massives, élevées autour d'une église au long clocher pointu, était niché dans une petite vallée boisée des Vosges et rappelait ceux des communautés germaniques de la côte est des États-Unis.

Elle loua une grande chambre dans l'unique auberge, sur la place centrale embellie par une fontaine et des géraniums rouges aux balustrades des balcons. Elle se remit aussitôt à écrire.

Les souvenirs qu'elle transportait étaient arrivés à destination, elle les déchargeait. Son nez retrouva une première odeur, celle de sa besace posée sur la table, odeur d'écurie, le parfum de son père. Le travail qu'on lui avait confié, commencé avec Arthur autour des feux de camp, quand il racontait pour elle la corne à poudre en ivoire, les champs de bataille d'Afrique et d'Inde, avec les livres et les conseils d'Alexandra, avec l'oncle Pete décrivant les forêts vierges du Sud, la tante Maria sa civilisation disparue, avec toutes les histoires des voyageurs et des travailleurs de passage au ranch, puis avec tous les autres, femmes et hommes qu'elle avait interviewés au cours de sa vie, son travail s'arrêtait là. Ses souvenirs avaient trouvé leur point de départ et la direction de leur retour, l'Amérique des grands rêves.

Elle fit une pause au bout de quatre jours et demanda à la patronne de l'auberge s'il restait au village des membres de la famille Buchbinder.

— Pourquoi cherchez-vous des *Buchbinder* ? répondit-elle, insistant sur la prononciation correcte du nom.

— Je suis une amie de la famille.

La patronne la regarda étrangement, fixant ses cheveux roux. Elle avait peut-être une dizaine d'années de moins que la mère d'Aileen. L'avait-elle connue ? La patronne, troublée, finit par lui répondre.

— Karl Buchbinder habite toujours sur la place. C'est le dernier des fils.

L'oncle Karl ?

La femme lui indiqua le chemin de la maison Buchbinder et Aileen frappa à la porte. Elle devinait aux balcons, derrière les décorations florales, les regards curieux. Sa présence, depuis plusieurs jours déjà, devait alimenter les discussions du village.

Le vieux Karl Buchbinder ouvrit et il n'eut aucune hésitation. Découvrant Aileen, le souffle lui manqua. Aileen avait des excuses à la bouche, elle sourit, alors qu'elle venait de décharger ses tonnes de souvenirs sur le seuil du vieil homme. Il l'invita à entrer, sans un mot, écartant le bras vers l'intérieur. Karl Buchbinder trop ému, c'est elle qui posa la première question :

— Est-ce que vous êtes nombreux ?

Il s'arracha à la contemplation du visage de la femme.

— Des Buchbinder ? Je suis veuf. J'ai deux fils et une fille. Sept petits-enfants. Mes frères et sœur sont tous… Il s'interrompit et des larmes montèrent à ses yeux clairs.

— Alexandra ? Est-ce qu'elle est vivante ?

— Elle est morte il y a presque un an.

Il s'essuya les yeux du revers de sa main, gêné, d'un geste rapide.

— Ah. Alors tous mes frères et sœur sont morts. Nous étions quatre. Trois frères et Alexandra. Avec vous, il y a maintenant neuf cousins… Vous lui ressemblez tellement. Où est-elle enterrée ?

— Sur les terres de son ranch, dans la Sierra Nevada.

— En Amérique ?

— Oui. J'en viens moi aussi.

— Alors, elle y est arrivée ?

L'oncle Karl sourit, fier de sa petite sœur, lui le dernier de la fratrie. Il se frotta le menton, les questions se bousculaient :

— Et la communauté, celle dont elle rêvait ? Vous venez de cette communauté ?

— Non. La communauté a été un échec. Au ranch, elle élevait des chevaux, avec mon père.

Il demanda poliment :

— Est-ce que vous avez le temps de me raconter ? Est-ce que vous pouvez rester un peu ? Il y a tant de choses que je voudrais vous demander. Alexandra… pourquoi n'a-t-elle jamais donné de nouvelles ?

C'était la pire des questions et la plus simple des réponses :

— Je ne sais pas. Mais je peux vous montrer ce que je sais.

— Me montrer ?

Aileen sortit de son sac les feuillets dactylographiés.

— Je suis en train de tout écrire. C'est en français.

Il ne toucha pas aux feuilles posées sur la table, ne les quitta pas des yeux.

— C'est son histoire ?

— Et celle de mon père, de notre famille là-bas.

Karl Buchbinder effleura du doigt les tranches blanches du papier.

— Vous savez ce que veut dire *Buchbinder* ?

— « Relieur de livres ».

Il sourit.

— Je serais très heureux de lire votre récit.

— C'est aussi très personnel. Parfois intime. Peut-être choquant.

Il réfléchit un instant.

— Vous en avez honte ?

— Non.

— Alors, si vous me faites confiance, je lirai tout.

Quand ils se séparèrent, Aileen ne voulut pas lâcher sa main.

— Je ne savais pas si je trouverais quelqu'un en venant ici. C'était un voyage symbolique. Je suis heureuse de vous avoir rencontré.

Le vieil homme était embarrassé.

— Je ne sais pas si mes enfants vous auraient accueillie avec autant de… curiosité. Et si l'histoire de leur tante les intéressera autant que moi.

— Vous pensez qu'ils seraient choqués, eux ?

— Oui, si ce que vous racontez n'est pas ordinaire.

— Alors je vous fais doublement confiance. Le texte sera pour vous seul, racontez-leur seulement ce qui vous semble nécessaire.

*

Il fallut deux jours à Karl pour lire les premières dizaines de pages, puis ils commencèrent à avancer ensemble. Aileen écrivant à l'auberge et, tous les deux ou trois jours, lui apportant les feuillets. Les présentations officielles, avec les autres membres de la famille, eurent lieu en août à l'occasion d'un grand déjeuner dans la maison Buchbinder. Il y avait là tous les cousins et leurs enfants, trop de nourriture et des nappes blanches.

Quand Aileen approcha du dernier chapitre de son récit – qui raconterait son voyage en Alsace –, octobre était arrivé et l'automne, sur les Vosges, tomba rapidement.

L'oncle Karl joua tout au long de son séjour, avec tact et sérieux, le rôle de passeur qu'il avait endossé. Faisant le tri des informations trop intimes, il racontait aux autres, après les avoir lus, les épisodes de la grande aventure de la tante Alexandra, partie pour le Nouveau Monde. Karl avait eu raison. Ses enfants se moquaient du voyage de cette tante qu'ils n'avaient pas connue, et n'approuvaient pas la présence d'Aileen à Thannenkirch. L'apparence de cette Américaine, tout ce qui en elle était étranger, les inquiétait. Leur curiosité fut vite remplacée par de l'indifférence, puis de la méfiance et enfin de la jalousie quand, par bribes et déductions, les Buchbinder comprirent qu'Aileen Bowman, cousine d'Amérique, était l'héritière d'une fortune dont ils ne pouvaient que rêver. Le vieux Karl en était gêné, mais quand ils se retrouvaient, il demandait sans cesse plus de détails à Aileen ; sur le ranch et ses bâtiments, la capture des mustangs sauvages ou la ville de Carson City. Si, dans la légende familiale, Alexandra était celle qui était partie, Karl était celui qui aurait voulu partir. Aucun autre Buchbinder ne semblait avoir hérité de ce désir.

Aileen repartit aux premiers jours de l'hiver, alors que des rafales de vent arrachaient leurs dernières feuilles aux arbres. Karl la reçut chez lui, un feu crépitait, la dernière page était écrite et lue.

— C'est une histoire à peine croyable. Tout au long de ma lecture, j'ai été inquiet de ce qui allait arriver à ma sœur. Je sais maintenant qu'elle a été heureuse. Et que votre père a été pour elle un bon mari. Je vous remercie, de tout cœur, de m'avoir permis d'apprendre tout cela.

— Quel est votre personnage préféré ?

— Mais ce ne sont pas des personnages, je ne peux pas en préférer un aux autres. Ils ont tous quelque chose que j'aurais voulu dans ma vie, et en même temps quelque chose qui me rend triste. Comme votre frère adoptif. Ce pauvre Joseph. Personne ne sait ce qu'il est devenu ?

Aileen se redressa pour répondre au vieux Karl, mentant pour la première fois à voix haute, après l'avoir fait par écrit, mettant à l'épreuve des mots sa version de l'histoire.

— Non. Il a disparu après la mort de ses parents sur la réserve.

— Est-ce que vous allez essayer de le retrouver, comme vous avez fait ce voyage jusqu'ici pour retrouver la famille de votre mère ?

— Je ne sais pas si Joseph a envie qu'on le retrouve.

— Et votre ranch ?

— Mon ranch ?

— Est-ce que vous allez y retourner ?

*

Quand elle revint à Paris, l'Exposition universelle avait officiellement fermé ses portes depuis une semaine. La capitale redevenait lentement elle-même alors que l'on procédait au démontage des attractions et à la revente en gros des matériaux de construction. Difficile encore de prédire ce qu'il en resterait. Dans l'écho du palais des congrès, quelques idées en l'air ? La baleine du Grand Palais et son petit. Le pont Alexandre-III, la grande roue des Tuileries et les dettes, plus solides que les bâtiments, de cette immense gabegie qui avait ruiné les petits porteurs ayant acheté des actions pour la financer. Une fois que les derniers commerçants auraient plié bagage, un claquement de doigts et tout serait oublié. Non, personne ne se risquait à prédire ce qu'il en resterait. Le démontage, dernière excitation, était le moment des ultimes affaires, l'occasion de petites fortunes vite faites. C'était le temps des démonteurs, des nettoyeurs, des ouvriers sans qualifications, assez costauds juste pour manier la masse et les arrache-clous. Des conducteurs de grues descendaient, du dôme du pavillon des aciéries du Creusot, les canons et les tourelles dont la peinture rouge s'envolait en écailles au-dessus de la Seine.

La première personne à qui Aileen rendit visite fut Marguerite Durand, rayonnante et prête à en découdre avec le monde qui, elle le savait, n'avait pas changé pendant l'Exposition. La patronne de *La Fronde* fut impressionnée par la taille du manuscrit de l'Américaine. Elle promit de le présenter à l'une de ses connaissances dans le milieu de l'édition. Elle lança une suite de noms, accompagnés de petits commentaires sur des âges, des marques de costumes et l'état des mariages : Hachette, Plon, Fayard, Lévy ou Garnier, peut-être le jeune Albin Michel, à la recherche de nouveaux talents.

— Allez-vous rester à Paris ? ajouta Marguerite.

— Je ne sais pas.

— Vous n'avez pas fait l'unanimité parmi vos collègues de *La Fronde*, mais j'ai beaucoup apprécié vos chroniques. Je suis prête à continuer à vous employer si vous le désirez. Je pourrais vous confier une rubrique quotidienne.

— Je vous remercie, je vais y réfléchir.

— Avez-vous des nouvelles de la femme de votre ami ingénieur, mort dans de si terribles conditions ?

— Elle est retournée vivre avec sa famille en Bretagne.

— Savez-vous que pendant votre absence, on a retrouvé le cadavre de l'assassin ?

— Pardon ?

— C'est ce que la préfecture de police affirme et j'ai personnellement entendu l'avis de M. Lépine. Un corps a été exhumé dans le métropolitain, lors des derniers travaux de la ligne de Trocadéro, tout près du lieu du meurtre. Le cadavre était à peine enterré sous les cailloux des rails. Des rats l'avaient déterré. Les médecins qui ont examiné le corps n'ont pu déterminer de quel continent il venait, seulement qu'il n'était pas blanc. En revanche, ils savent qu'il a été tué par des balles. Le préfet Lépine m'a confié qu'il n'y avait aucune preuve absolue, parce qu'on n'a pas retrouvé les armes ayant tué l'ingénieur, mais les probabilités sont grandes que ce soit bien le tueur. Le mystère, maintenant, est l'identité de celui qui l'a tué. Et pourquoi celui qui a ainsi rendu justice, ou qui se serait défendu d'une attaque dans ce tunnel, ne s'est pas fait connaître. La thèse de M. Lépine est qu'il pourrait s'agir d'un complice.

— Un complice ?

— Un autre sauvage qui se serait échappé avec l'assassin du village colonial. Ils se seraient entretués. Qui sait ? Quoi qu'il en soit, si vous revoyez la veuve de l'ingénieur, vous pourrez lui dire que le meurtrier de son mari a reçu une punition à la hauteur de son crime.

— Je n'ai plus de contacts avec elle.

— De toute façon, cela ne lui rendrait pas son époux. Marguerite, toujours pressée, chassa ces horribles détails d'un geste de la main, réitéra sa proposition de collaboration et disparut dans un tourbillon de tissus.

Aileen quitta l'immeuble de *La Fronde*, tourna

dans une ruelle et courut s'y cacher. Elle n'en ressortit qu'une fois ses tremblements maîtrisés et son estomac vidé de tout ce qu'elle avait mangé.

Après trois mois en Alsace, à écrire une version de l'histoire dans laquelle Joseph avait à jamais disparu, elle s'était trop facilement convaincue de ses mensonges. Joseph n'avait pas disparu. Les rats l'avaient retrouvé. Elle s'était cassé les ongles à gratter les cailloux du ballast, sans pouvoir descendre bien profond. Joseph avait refait surface et refusait à Aileen l'usufruit de Paris.

*

Rue Copernic, Julius l'accueillit comme s'ils s'étaient quittés la veille ; comme si elle était revenue trop vite pour qu'il se soit habitué à son absence. Elle eut l'impression de ne pas être aussi bienvenue dans l'atelier. À moins qu'elle ne s'y soit plus sentie aussi bien.

— Installez-vous, Aileen. Vous semblez avoir besoin d'un remontant. Buvez quelque chose, je suis à vous dans un instant.

Il travaillait le fond d'une petite toile, autour de la silhouette tout juste ébauchée d'un homme à chapeau. Aileen remplit un verre à pied de cognac et le vida sans trop se précipiter, à petites gorgées régulières.

— Vous l'avez terminé ?

— Oui.

— Vous n'avez pas l'air très heureux de me voir. Ou bien est-ce le tableau ? Vous n'en êtes pas satisfait ?

Le silence de Julius dura un peu trop.

— Au contraire.

Il abandonna sa palette et sa brosse, rangea l'œuvre inachevée et alla chercher un autre tableau de grandes dimensions, recouvert d'un drap, qu'il plaça sur le chevalet. Aileen s'approcha, alors Julius tira sur le drap.

Le cadre, plus haut qu'Aileen, large d'un bon mètre, était encore plus grand que dans son souvenir, son corps avait presque des proportions naturelles.

Elle ferma les yeux et les rouvrit pour comprendre ce qu'elle voyait en premier. Difficile à dire. Julius avait brouillé les pistes. L'attention ne se fixait pas sur un seul point, forcée de se déplacer entre les sommets d'un triangle allongé, dessiné par le visage d'Aileen, de trois quarts face, dont les yeux plongeaient vers la machine à écrire qui en faisait le deuxième sommet, sur la droite. Puis on descendait jusqu'au sol et, aux pieds d'Aileen, au chien couché qui terminait le triangle. C'était l'un de ces incroyables molosses blancs que Julius associait à ses nus. Une bête musclée, immaculée, domestiquée et dangereuse. De tous les êtres habitant le tableau, il était le seul regardant le spectateur. C'était l'incarnation de Julius et la place qu'il s'était réservée, gardien intraitable de son œuvre. Aux pieds de la femme. Les oreilles du chien pointaient vers le centre du triangle et le sexe roux d'Aileen. Une des oreilles coupait la ligne extérieure de la cuisse et s'y enfonçait comme un coin, menaçant le pubis aux poils fins. Julius avait dessiné les grandes lèvres légèrement retroussées, la protubérance du clitoris, la naissance du vagin. L'ombre oblique du bureau, refusant d'être l'agent de la pudeur, évitait soigneusement ce sexe rose, sans le recouvrir, le mettant au contraire en valeur. Son ombre était une réponse aux lignes sombres des tatouages, qui faisaient un tableau dans le tableau de Julius, et de la peau d'Aileen une seconde toile.

Le sexe de la femme était du même rose que son front et son visage, penché et concentré sur la feuille qui sortait, droite comme une érection, de la machine à écrire. Ce sexe, origine biologique du monde, était, autant qu'un lieu de plaisir, une source d'énergie et d'inspiration, l'origine de la création intellectuelle. Alors on notait sa bouche, lèvres fermées mais sur le point de s'ouvrir, comme les cuisses ouvertes et les autres lèvres, le clitoris pointé. Les correspondances de couleurs et de matières, entre le sexe et la tête d'Aileen, étaient le véritable sujet de ce nu : l'inspiration, et l'extase intime qui l'accompagnait, d'une femme écrivain. Pas une bourgeoise, pas une nymphe, pas une prostituée.

Au lieu de peindre l'humidité du sexe, Julius pour l'évoquer avait fait couler une goutte de sueur sous le bras d'Aileen, glissant sur ses côtes. La chaleur entière du corps se dégageait de ce détail. Il avait respecté les petites asymétries de ses seins et les avait peints plus petits qu'ils n'étaient. Pas des fontaines à enfants, mais des objets sexuels.

Julius avait choisi, nouveau scandale, de peindre l'estrade sur laquelle Aileen avait posé. Le chien était allongé dessus et on voyait aussi, en bas du tableau, un coin du tapis d'Orient sur lequel ils se tenaient à l'instant. Julius vendait la mèche, révélant les artifices de la mise en scène ; la réalité de la nudité en était encore augmentée.

Derrière la femme naissait, de l'estrade grotesque devenant un plancher, l'angle d'un mur de salon, en une perspective fausse, bancale et vertigineuse. Les éléments de décor y avaient la légèreté d'objets rêvés.

Le papier peint fleuri était celui du bordel. Sur une colonne, un buste sculpté au visage inquiétant. Aileen pensa à la tête de Socrate que l'on pouvait voir au Louvre, tentative honnête de représenter un grand homme laid. C'était Arthur Bowman tel que l'avait imaginé Julius, en guerrier philosophe de l'Antiquité.

Des photos étaient peintes au mur. Parmi elles, un cyanotype de Jeandel, celui de la femme attachée à une planche d'exécution, et du bourreau enfonçant un entonnoir dans sa gorge. Le cyanotype était accroché au-dessus d'une vitrine à bibelots, une de ces collections d'objets ethnologiques rapportés d'expéditions scientifiques. Une pipe indienne gravée, un coutelas de guerre, une poupée avec sa robe à franges, un prospectus au papier jauni du Pawnee Bill's Wild West Show. La vitre protégeant les étagères était entrouverte, avec le même angle que les jambes d'Aileen.

Il y avait un dernier portrait peint, autre tableau dans le tableau, celui d'une seconde femme rousse dont le regard plongeait avec celui d'Aileen sur la machine à écrire. Alexandra.

Par la fenêtre derrière la femme nue, on voyait le soleil se coucher sur les toits de Paris, la tour Eiffel et la grande roue, sur des tours et des dômes des drapeaux multicolores. Des lumières électriques parsemaient la ville au début de la nuit.

Ce tableau scandaleux n'avait pas même un nom mythologique pour le sauver, il s'appelait *Nu de la femme américaine*.

— Pensez-vous que votre portrait, chère amie,

deviendra une légende plus grande encore que *L'Origine du monde* ?

— J'en suis sûre.

— Vous plaît-il ?

— Vous avez beaucoup travaillé depuis mon départ. Je le trouve parfait. Et vous, Julius, qu'en pensez-vous ?

— Je suis inquiet de ne plus jamais trouver un sujet pareil, mais heureux de l'avoir volé aux peintres qui viendront après moi. Voulez-vous toujours que je le garde ?

Aileen hocha la tête et regarda Julius, le peintre, l'ami du ballon captif.

— Ma décision est prise, je vais partir. Votre tableau prend ma place à Paris.

Alors qu'elle renfilait sa veste, Julius observait le chien de la toile – lui-même – qui le regardait. Il pensait à l'autre Aileen qu'il avait peinte et gardait secrète, dans sa robe de mariée. Il ne savait plus qui, du molosse ou de la femme nue, montait la garde de qui. La vertu sur le vice, ou le vice sur la vertu ?

Soulagé par le départ de l'Américaine, Julius rejeta le drap sur le portrait et le rangea au fond de son atelier.

*

La traversée jusqu'à l'île de Bréhat fut une petite apocalypse de vent et de houle. Les gouttes de pluie crépitaient sur les cirés comme des pétards chinois, des paquets de mer balayaient le pont et dégorgeaient en cascade des sabords. Avec une voilure réduite à presque rien, le bateau mit vingt minutes à atteindre l'abri du port clos. Quand Aileen débarqua, la nuit tombait, renvoyant dos à dos les noirs de la mer et de la terre noyés dans celui du ciel. Avec une telle météo, en plein hiver, la journée n'avait duré que quelques heures.

Elle avait fait prévenir de sa venue, sans être certaine de l'accueil qu'on lui réserverait. Quelqu'un l'attendait. Un homme qui marcha vers elle, courbé dans le vent, s'accrochant à sa lanterne comme si le feu était toujours le bien le plus précieux de l'île de Bréhat. Il parlait breton mais elle n'eut pas besoin de le comprendre pour le suivre. La lampe à huile tint bon, suspendue à la perche du chariot à bœuf, et son chauffeur la déposa devant la maison Cornic. Le vent hurlait et luttait contre sa silhouette encapée, comme s'il voulait l'empêcher d'atteindre la porte. Aileen se crut le personnage d'un roman de Mary Shelley ou de Bram Stoker, un envoyé de la rationalité face aux éléments naturels soudain doués d'intentions. Elle frappa de toutes ses forces pour être entendue.

La servante qui ouvrit prit son manteau et lui demanda de bien vouloir attendre.

La maison était simplement meublée, les portes basses, les dalles de granit froides. Le deuil y rognait la lumière et ne datait pas du retour d'Agnès ; c'était le mortier de ces vieilles pierres. Des feux de cheminée brûlaient vainement pour en sucer l'humidité. Au salon la servante installa Aileen dans le demi-cercle des flammes jaunes.

— Mme Cornic va bientôt arriver.

Aucune lampe ne restait dans les pièces. Comme le conducteur du chariot, chacun se déplaçait dans le noir avec la sienne. Sauf la petite Alice, qui arriva la première en courant, échappant à la lenteur de l'endroit.

— Bonjour, Alice.

La gamine se tint à la frontière de la chaleur du feu. La fille d'Agnès, en quelques mois, avait gagné en prudence. Elle n'avait pas grandi, mais vieilli. Elle ne répondit pas et, sa curiosité satisfaite, repartit en vitesse, disparut à gauche dans le couloir tandis que sa grand-mère apparaissait à droite.

— Madame Bowman.

Mme Cornic invita la journaliste à la suivre, jusqu'à l'étage et la chambre préparée pour elle ; le lit était fait, il n'y avait pas de bois dans la cheminée, sur une commode une lampe et une boîte d'allumettes.

— Nous dînerons dans une heure.

Les Cornic économisaient l'huile d'éclairage autant que les mots.

Quand Aileen redescendit à la salle à manger, toute la famille l'attendait et trois lampes en plus de la cheminée donnaient assez de lumière pour chasser les ombres des visages. Agnès était amaigrie, ses joues creusées soulignaient la largeur de sa bouche. Aileen aurait voulu que la première réaction de la veuve trahisse un appel à l'aide, mais le sourire d'Agnès n'était que fatigue et renoncement. Elle n'était pas prisonnière, tout ici était servitude volontaire. Le père austère, la mère inquiète, la fille solitaire. Sauf la petite Alice dont l'agitation révélait la curiosité.

Mme Cornic ne fit aucun effort pour engager la conversation, M. Cornic s'en tint à des civilités. Tous les autres sujets étaient des pièges à éviter. Paris, le travail de journaliste de leur invitée, l'île. Aileen fit donc ce que l'on fait lors des repas de famille menacés de conflit, elle s'intéressa à l'enfant.

— Tu vas à l'école sur l'île, Alice ?

— Non, j'apprends à la maison avec ma préceptrice.

— Elle est amusante ?

Mme Cornic devança sa petite-fille.

— Son rôle n'est pas de divertir Alice.

— Est-ce que tu apprends des langues étrangères ?

— Des langues étrangères ?

La mère Cornic serrait les dents.

— Le français et le breton sont les deux seules langues qu'Alice ait besoin de connaître.

La petite se moquait des interventions de la vieille dame.

— Vous parlez combien de langues, vous ?

— Pas plus que toi, juste deux. Le français que parlait ma mère et l'anglais que parlait mon père. Tes amis, ici, ils parlent breton ou français ?

Le père Cornic se manifesta enfin. Le sujet l'avait réveillé.

— Le français est toujours considéré ici comme une langue étrangère, rendue obligatoire par la République. Certains Bretons refusent de l'apprendre.

M. Cornic, riche bourgeois, avait quant à lui chassé toute trace d'accent breton de son français, et son intervention avait sauvé l'enfant de répondre qu'elle n'avait pas d'amis : la maison Cornic était une île dans l'île.

— Qu'est-ce que tu apprends d'autre, Alice ?

— Des choses ennuyeuses. Je voudrais apprendre l'anglais.

282

— Alice, tais-toi !

La petite obéit à sa grand-mère. Agnès, gracieux fantôme, posa la main sur celle de sa fille pour la réconforter, puis elle regarda Aileen, pleine de patience, morte là.

— L'hiver est long sur Bréhat. Au printemps, Alice pourra reprendre ses jeux dehors et sera contente d'être revenue sur l'île.

— Paris vous manque, Agnès ?

La mère Cornic s'en étouffa, monsieur fixait la nourriture dans son assiette. Agnès serra plus fort la main de sa fille pour la retenir de quitter la table.

— Notre vie est ici désormais.

La maigreur et la tristesse n'avaient pas consumé toute la beauté d'Agnès, dont on ne trouvait aucune trace sur les visages de ses parents, pas même dans l'association imaginaire des deux. Elle avait été le produit miraculeux d'une union de laids, un monstre dans l'ordre naturel Cornic. Rien d'étonnant à ce que sa mère ait tenté par tous les moyens de la cacher, gâter et gâcher. Parce que la beauté avait pour fonction de provoquer la convoitise, d'inviter au sexe et au départ. Après Jacques Huet qui avait enlevé Agnès, le danger était à nouveau à la table de la mère Cornic : cette journaliste américaine, que sa petite-fille et sa fille ne quittaient pas des yeux.

Les mots sortirent de la bouche d'Aileen dans un silence de monastère, avant que la mère Cornic, terrorisée, n'ait le temps de l'en empêcher :

— On peut avoir plusieurs vies.

Aileen avait regardé Agnès droit dans les yeux, puis la petite Alice.

— Tiens, je vais te l'écrire en anglais, si tu veux. Ce sera la première phrase que tu apprendras.

La grand-mère tenta de reprendre le contrôle :

— Inutile, madame. Il est tard et Alice doit aller se reposer. D'ailleurs il est tard pour nous tous et vous avez fait un long voyage.

Aileen sortit de sa poche un carnet et un crayon, écrivit quelques mots, déchira la page, la plia en deux et la tendit à l'enfant qui se jeta dessus comme sur une friandise qu'on allait lui reprendre. La grand-mère cria :

— Alice !

La petite, se libérant de la main de sa mère, partit en courant. Agnès eut un sourire d'indulgence pour l'effronterie de sa fille, ou bien un sourire d'excuse pour Aileen, de n'être pas à la hauteur de sa visite. Aileen eut pitié d'elle, doutant de pouvoir contenir plus longtemps sa rage.

— Je suis heureuse de voir que vous allez bien, Agnès. Merci pour ce repas et bonne nuit à vous.

Aileen remonta à sa chambre et ne dormit pas. Le lendemain matin, la mère Cornic l'informant qu'Agnès ne se sentait pas bien, elle demanda à dire au revoir à la fillette.

— Alice non plus ne peut vous voir, elle est occupée à ses devoirs. M. Cornic vous salue. Bon retour à Paris, madame Bowman.

— Je ne retourne pas à Paris, je repars pour les États-Unis.

— Ah. Bien. Bon voyage à vous dans ce cas.

— Transmettez toutes mes amitiés à votre fille, s'il vous plaît. Prenez soin d'elle.

284

— Je sais ce que j'ai à faire, madame.

— Vraiment ?

Mme Cornic referma brutalement la porte de sa maison.

Aucun chariot ni conducteur n'attendait dehors. Aileen marcha deux kilomètres jusqu'au port, dans le demi-jour du ciel dont les nuages faisaient une symétrie d'ardoise au sol. Le retour sur le continent fut plus clément que l'aller.

Comme devant toute gare, on trouve un hôtel face aux embarcadères. Une auberge en l'occurrence, à Ploubazlanec. Elle y loua une chambre, avec vue sur le quai où était amarré le bateau assurant la liaison avec Bréhat. Elle dormit, lut des livres et, depuis son poste de guet, regarda passer au-dessus de l'île tous les cieux inventés par le vent, les nuages et le soleil en haubans.

XXᵉ siècle

Après l'Exposition universelle de 1900, le peintre Julius LeBlanc Stewart peignit de plus en plus de portraits de la haute société. Ses nus devinrent plus rares, les femmes de ses compositions moins fragiles, plus austères. On vantait toujours l'éclairage naturel de ses toiles, la puissance et l'ingéniosité de ses couleurs, mais ses tableaux avaient perdu de leur force, de cette provocation des sens qui avait fait les premiers succès de sa carrière.

À la vérité, sans que l'on sache exactement pourquoi ni à quelle occasion, Julius était entré dans une nouvelle phase de sa vie ; après avoir été un riche artiste turbulent, il retournait aux origines et aux principes de son éducation bourgeoise : la religion. Une profonde crise mystique, précipitée par la culpabilité d'avoir trop longtemps erré sur de mauvais chemins. Les mois de l'Exposition universelle, en particulier, étaient pour lui des souvenirs cuisants, le dévorant de honte. Peut-être aussi, son avidité sexuelle diminuant avec l'âge, s'était-il peu à peu permis de la condamner ?

Quelques semaines après le départ de la journaliste américaine, il ressortit le tableau de la femme en robe de mariée, celle dont le visage lui avait si longtemps échappé, devenu celui d'Aileen Bowman.

Cette dernière version, qu'il avait crue parfaite, le fit à nouveau douter.

Dans le salon de velours d'un bordel, des clients et des prostituées étaient en pleine bacchanale. Au milieu de ce tourbillon de fête et de chairs, se tenait, droite dans une robe de mariée à dentelles, une putain fixant dans les yeux le spectateur. Elle était aussi pure et solennelle que son entourage était païen et braillard. Dans une main elle tenait un bouquet de fleurs, l'autre était posée sur la nappe d'une table dressée pour un banquet, chargée d'argenterie et de verres. Les hommes étaient des bourgeois, saouls, le rouge au nez. Les femmes avaient des rires vulgaires. La mariée, simple promise ou sacrifice, avait une expression de détermination. Sur la tapisserie murale du bordel, derrière elle, se mêlant aux motifs décoratifs, une apparition du Christ en croix rayonnait d'une douce force. On pouvait croire que le combat moral de cette femme, au milieu de la souillure du bordel, était gagné, et que le Christ était là en témoin satisfait de sa victoire. Mais la main que la femme posait sur la table des victuailles était une horrible main à trois doigts, longs, pointus et sans phalanges, comme si un pied fourchu du diable l'avait remplacée. C'était l'image de la tentation, qui la retenait encore aux plaisirs et à l'abondance de la table, à la jouissance et au désir. Et c'était cette main que le Christ, tête baissée, épinglé à son papier peint, regardait.

Il y avait dans cette monstruosité physique un doute que Julius n'avait jamais réussi à chasser.

S'il avait mis longtemps à trouver le visage de sa dame blanche, il avait aussi peint cinq ou six versions différentes de la main, humaines ou diaboliques, avant de décider, par honnêteté et respect pour son doute, de l'abandonner au démon. Le combat vertueux n'était jamais gagné, la main resterait hideuse, de cette muse corrompue au visage d'Aileen Bowman.

Ayant ressorti la toile, Julius s'effondra. Il avait compris que le visage de la journaliste ne pouvait pas illustrer sa fable morale. Aussi pécheresse qu'elle était, Aileen Bowman refusait d'être sauvée. Mais alors, se souvenant du soir où, sortant du restaurant, il avait pensé à Aileen comme modèle pour cette toile, il eut une nouvelle idée. Julius reprit ses couleurs et ses pinceaux pour donner, n'osant y croire, un visage définitif, sans plus aucun doute cette fois, à la prostituée vertueuse. Aux traits d'Aileen Bowman qu'il conserva, il associa ceux d'une seconde femme dont il gardait toujours le souvenir. La femme de l'ingénieur assassiné, présente avec lui au dîner, dont il n'avait pas oublié le visage excitant de sainte. Agnès Huet.

Les cheveux roux se foncèrent du noir de ceux d'Agnès ; ses yeux bleus, son regard et sa bouche s'adoucirent. Les deux femmes, fusionnées, se muèrent en une dialectique féminine complexe, généreuse et violente, attirante et pure, qui incarnait parfaitement les questions que Julius voulait soumettre à son public. Les deux visages réunis donnèrent naissance à la plus désirable des putains, ou la plus forte des mères possibles parmi toutes celles que Julius avait peintes. Le tableau prit aussi son titre final : *Rédemption*.

Après cette épiphanie, Julius ne se consacra plus

qu'à des sujets religieux, dont les femmes devinrent des saintes monolithiques, des amalgames irréprochables de souffrance et de jouissance.

En 1915, il s'engagea dans une brigade d'ambulances de la Croix-Rouge française. Julius ne supporta pas les horreurs dont il fut témoin sur le front et, souffrant d'une grave dépression nerveuse, se réfugia chez des amis à Londres. Il y resta jusqu'à l'armistice de novembre 1918.

À son retour à Paris, rue Copernic, sa forte silhouette, sans s'effondrer, semblait s'être vidée. Âgé de soixante-trois ans, Julius était devenu un arbre creux. Il ne s'entoura plus que d'hommes, des amis, peintres pour la plupart.

Le matin du 5 janvier 1919, lent et le souffle court, il rendit une dernière visite à son atelier. Il ne peignit pas, mais après une longue méditation, exhuma de sous une pile de cadres poussiéreux un certain tableau qu'il avait toujours pris soin de garder caché. Julius le contempla en pleurant, ses doigts osseux accrochés au bois du cadre, puis l'emballa consciencieusement. Avec application, il écrivit sur l'emballage une adresse qu'il espérait être suffisante, puis demanda un courrier. Ce fut son dernier choix d'artiste. Il retourna ensuite à sa chambre, où il mourut vieux garçon.

*

L'euphorie d'Eugene Stanford, de retour à Titusville, Pennsylvanie, après son voyage en France, était justifiée. Il avait parfaitement anticipé l'avenir : la Standard Oil, au cours de la décennie qui suivrait, passerait du statut de grande entreprise familiale à celui de colossale et inquiétante puissance économique internationale. Après s'être diversifiée au tournant du siècle, rachetant des entreprises de production de gaz et d'électricité, se lançant à coups de millions dans les chemins de fer pour faire face à la crise de l'éclairage, la société allait trouver dans la généralisation des moteurs à combustion interne un débouché exceptionnel. Rockefeller, en 1908, pleurerait de joie devant la première chaîne de fabrication de la Ford T. Un nouveau monde commençait, qui ne tournerait plus que grâce au pétrole. Les méthodes sans scrupules, l'armée d'espions, les saboteurs et les gros bras de la Standard Oil, en plus de sa stratégie de guerre des prix, élèveraient l'entreprise à un degré de monopole qui n'aurait rien à envier à ceux des anciennes compagnies des Indes.

Mais à son retour de Paris, le destin d'Eugene Stanford, époux de la jeune Mary, ne fut pas aussi heureux que celui de la firme qui l'employait. À Titusville, cité au nom de maladie, Mary Stanford commença à ruer dans les brancards. La seule chose qui comptait pour elle était d'échapper à ce mariage avant d'avoir un enfant dans le ventre. Première mesure, Eugene Stanford fut donc prié de prendre ses quartiers dans une chambre séparée.

Mary n'en faisait plus qu'à sa tête. Elle voulait peindre et écrire, se rendait de plus en plus souvent à New York voir des expositions, assister à des pièces de théâtre et bien sûr, soupçonnait Eugene, y retrouver un amant. Dans les galeries d'art de New York, Mary croisait parfois Royal Cortissoz, toujours plus tassé et intransigeant.

Peut-être fut-ce parce qu'il se sentait seul qu'Eugene Stanford, un jour de 1902, accueillit avec enthousiasme une reportrice du *McClure's Magazine*, Ida Tarbell. Non seulement Mlle Tarbell s'intéressait au commerce du pétrole, mais elle était elle-même une fille du pays, enfant d'un exploitant pétrolier de Venango County, à vingt miles de Titusville. Elle avait l'âge d'Eugene et, professeure de géologie et de botanique, ayant dédié sa vie à sa carrière, ne s'était pas mariée. Pour le magazine new-yorkais qui l'employait, Ida faisait une série de reportages sur l'industrie pétrolière. Mary absente, Ida, pendant des jours, fut reçue par Eugene et l'écouta. Il lui dit tout ce qu'il savait de la Standard Oil.

On raconta par la suite qu'il sonna ainsi le glas de la domination sans partage de la compagnie ; en tout cas, il alluma une des mèches qui mirent le feu aux poudres. Après avoir recueilli ses confessions, Ida Tarbell disparut et Eugene ne la revit jamais. Deux ans plus tard, elle publia un livre qui devint un immense succès : *The History of the Standard Oil Company*. On y apprenait, pour la petite histoire, que le père d'Ida avait lui-même été ruiné par les sales manigances de Rockefeller. À la suite de cette publication, la Standard Oil, déjà dans le collimateur de la Cour suprême, fut attaquée de toutes parts, jusqu'à son démantèlement, en 1911, pour violation des lois antitrust.

Si Eugene Stanford fut en partie responsable, alors sa jeune épouse Mary, en le délaissant, le fut aussi. Mary, elle, rendait cet honneur à la femme qui lui avait ouvert les yeux à Paris, en lui faisant découvrir le nouveau monde de la liberté et de la création : Aileen Bowman. Mary évoquait volontiers, pour illustrer cette histoire, le jour où elle avait accepté, tout intimidée, l'invitation de la journaliste à se rendre dans l'atelier d'un peintre parisien, rue Copernic.

Eugene, congédié par la Standard Oil, ne chercha pas à négocier avec Mary quand elle lui proposa en 1906 d'organiser leur séparation. Le gouvernement américain refusant la légalité du divorce d'un commun accord, l'adultère prouvé était le moyen le plus sûr d'en obtenir un. Beaucoup d'avocats de New York s'étaient spécialisés dans ce business. Ils préparaient tous les papiers, offraient les services d'un photographe et ceux d'une ou un acteur, souvent des prostitués, pour jouer les amants. Mary expliqua à Eugene qu'ils pouvaient faire l'économie du salaire d'un acteur, le photographe suffirait. Flash. Avocat et juge. Divorce. En échange de la compréhension d'Eugene, Mary ne lui demanda aucun argent. Pendant plusieurs années, elle reçut l'aide d'une fondation féministe, basée à San Francisco, qui soutenait les femmes artistes.

Mary avait choisi de peindre. Ce qu'elle fit jusqu'à sa mort en 1964 dans son atelier de Manhattan, âgée de quatre-vingt-quatre ans, prouvant que le sexe et la création conservent magnifiquement.

*

Royal Cortissoz eut l'opiniâtreté de mourir en 1948, prouvant de son côté que la bile était aussi un puissant conservateur. Il s'éteignit dans son appartement de

Manhattan, après avoir proclamé des années que les Picasso, Matisse, Van Gogh et autres Mondrian étaient des dégénérés mentaux qu'on oublierait vite.

*

Alice Huet eut une vie assez longue pour en avoir plusieurs. La première dura de sa naissance à la mort de son père. Devenue adulte, elle mentait en disant qu'elle se souvenait parfaitement de lui. Une seule photo de Jacques Huet existait, posant devant l'entrée d'un tunnel en construction, parmi un groupe d'hommes en costumes noirs, le visage noyé dans le grain de l'impression photographique. Il avait été un ingénieur de la première ligne du métro parisien et il était mort assassiné, attaqué par un fou. Un de ces sauvages que l'on exhibait lors des grandes expositions coloniales du XIX\ :sup:`e` siècle et jusqu'à la Seconde Guerre mondiale. Cette légende familiale, quand Alice était adolescente, lui assurait l'attention de l'auditoire. Plus tard, réalisant le drame que la mort de Jacques Huet avait été pour sa mère, elle arrêta de la raconter pour se mettre en valeur. Âgée de sept ans lors de sa disparition, elle aurait dû avoir des souvenirs clairs de son père, pourtant elle n'en avait aucun. Cette défaillance de sa mémoire n'était pas naturelle, ce drame avait profondément marqué sa première vie, la plus courte et décisive.

La deuxième vie d'Alice Huet commença en même temps que celle de sa mère, lors d'une traversée en bateau dont, à l'inverse de son père, elle se souvenait très bien. Avant tout était flou, ensuite tout était clair.

Une petite traversée, de l'île de Bréhat – dont était

originaire sa famille – jusqu'à la côte bretonne, un jour d'hiver glacial. Sa mère tenait très fort sa main et criait dès qu'Alice voulait aller voir l'eau glisser le long de la coque. Où donc aurait-elle pu aller sur ce bateau ? Mais sa mère ne voulait pas la lâcher. Alice avait un autre souvenir, précédant ceux de ce minuscule voyage, lors d'un dîner dans une pièce sombre. Quand Aileen Bowman lui avait donné un papier, des mots à lire en anglais. Il y avait là ses grands-parents et une atmosphère de mauvais rêve. Le message d'Aileen n'était pas en anglais. Elle l'avait lu dans sa chambre, sans plus jamais l'oublier.

Alice, ce message est pour toi et ta mère. Je vous attendrai de l'autre côté. Retrouvez-moi.

Au port quand elles débarquèrent, Aileen était sur la jetée, avec ses pantalons et son vieux chapeau. Dans les minutes qui suivirent, ou bien Alice croyait se souvenir d'un tel empressement, elles montèrent toutes les trois à bord d'une voiture, puis d'un train, arrivèrent au Havre et plus vite encore, à bord d'un immense navire, elles quittèrent la France.

*

Enfant, Alice expliquait de façon simple pourquoi elles étaient devenues une famille : parce que tous leurs prénoms commençaient par la lettre A. La grand-mère Alexandra qu'elle n'avait pas connue, Aileen, sa mère Agnès, elle, Alice, et même le mystérieux grand-père américain, Arthur.

Quand, jeune femme, elle lut les manuscrits d'Aileen, Alice en tira trois leçons importantes : que tout est naturel pour celui qui grandit dans un monde jugé pourtant monstrueux ou absurde par les autres ; que se souvenir c'est se mentir ; que les enfants ne savent jamais qui sont leurs parents, parce que les adultes qui leur apprennent à ne pas mentir sont eux-mêmes les plus grands menteurs.

L'épisode de leur départ de France, sur un paquebot transatlantique, vérifiait ces trois règles. Alice ne s'en souvenait ni comme d'une fuite ni comme d'un scandale, mais comme d'une formidable aventure. Elle se rappelait que sa mère et la journaliste américaine s'amusaient et étaient aussi heureuses qu'elle à bord. Enfin, elle crut ce qu'Aileen Bowman lui disait, qu'elle était une tante prenant le temps de jouer avec elle et qui les emmenait, sa mère et elle, en vacances.

Les récits autobiographiques d'Aileen ne furent jamais publiés de son vivant. En dehors des éditeurs qui les refusaient, ses manuscrits n'avaient qu'une seule lectrice : Agnès. Puis Alice, quand elles décidèrent qu'elle était en âge de comprendre que la lettre A n'était pas une explication suffisante à leur vie ensemble.

Avec patience et témérité, Aileen et Agnès l'aidèrent à démasquer les faux-semblants, à reconnaître l'authentique liberté et savoir son prix, à pister le mensonge, ingrédient de toutes les vérités, et le réduire à sa proportion la plus honnête. Ce qu'Alice comprit longtemps après avoir quitté la maison, c'était que sur le terrain neuf de la conquête de soi, sa mère, guidée par Aileen Bowman, avait avancé en même temps qu'elle.

Le défi était amoureux et, comme l'expliquait Aileen, cet amour dangereux : il n'était naturel que pour elles, scandaleux et monstrueux pour les autres.

— Mais je suis rousse, ne vous inquiétez pas. De nous trois je serai la première à être brûlée.

La plus importante leçon qu'Alice retint de ce tour de force fut de ne jamais croire à l'impossible. Face au prérequis, au préconçu, au préempté, au prémédité et au prédit, les êtres libres inventent encore leur voie. Pour provoquer des convives bien-pensants, Alice présentait parfois comme une énigme le projet d'Aileen Bowman :

— Comment vous y prendriez-vous, mesdames, pour attirer dans votre lit une jeune veuve catholique ? Je vous donne un premier indice, valable pour vous aussi, messieurs, dans le cas d'un jeune veuf : l'idéal est d'avoir de l'argent pour les acheter.

*

Sur le paquebot, Agnès Huet avait dormi. Les brouillards marins lui avaient fait un cocon et son repos, d'éternel à Bréhat, devint le premier pas vers sa transformation. Sa peau de porcelaine chinoise, d'un blanc translucide, laissant voir aux tempes et autour des yeux les dessins bleus des veines, s'épaissit pendant la traversée. Jusqu'à pouvoir supporter le soleil quand il apparaissait et qu'Aileen lui faisait faire des promenades sur le pont. Quand Agnès avait besoin d'être seule, l'Américaine gardait la petite Alice dans sa cabine.

La première précaution prise par Aileen, quand

elles débarquèrent à New York, fut d'organiser leur départ le plus rapidement possible. Élevée dans l'œuf de Bréhat, expulsée de Paris par la violence et le malheur, Agnès ne pouvait pas encore affronter une telle ville. Elles avaient télégraphié en France pour informer les parents Cornic de la situation. Agnès n'avait pas reculé en rédigeant le message.

Dans le train – après qu'Aileen lui eut expliqué que les États-Unis étaient si grands que personne encore n'en avait fait entièrement le tour – la petite annonça qu'elle se souviendrait de tout ce qu'elle voyait par la fenêtre, qu'ainsi elle n'aurait pas besoin de revenir. Parce qu'elle en ferait le tour, elle, de tout ce pays.

— Je ne sais pas si c'est possible, tu sais. Les États-Unis sont vingt fois plus grands que la France, et trois millions de fois plus grands que Bréhat. Tu imagines, visiter trois millions d'endroits grands comme ton île ?

— Oui, en train.

— Ils ne peuvent pas prendre les petits chemins ni aller partout.

— Trois millions de jours, ça fait combien d'années ?

— Un peu plus de huit mille ans. Pourquoi ?

— Parce qu'il faut un jour pour faire le tour de Bréhat à pied. Alors c'est impossible.

— Et à cheval ?

— Oui ! À quelle vitesse va un cheval au galop ?

— Cinq fois plus vite que quelqu'un qui marche.

— Alors avec un cheval au galop, pour visiter trois millions de Bréhat, il faudrait combien d'années ?

— Tu divises huit mille par cinq.

— Je n'y arrive pas.

— Ça donne mille six cents ans.

— Mais c'est encore beaucoup trop !

— Oui, mais à Paris, j'ai vu une voiture automobile qui allait cinq fois plus vite qu'un cheval au galop…

— Alors on peut encore diviser mille six cents par cinq ?

— Oui.

— Ça fait… combien ?

— Trois cent vingt.

Alice s'attrista.

— C'est toujours trop. On ne peut pas vivre plus de cent ans.

Aileen regarda l'enfant.

— Alors il faut plusieurs vies pour y arriver. Par exemple celle de ta maman, plus la tienne, plus la mienne.

Alice réfléchit à cette idée.

— Ou bien une automobile qui va trois fois plus vite.

Alors que la petite s'endormait, après avoir tenu le plus longtemps possible à regarder défiler les paysages, Aileen recommença à tricoter ses rêves, au sujet du seul endroit sur Terre où elle pourrait prendre soin d'Agnès. Là où son voyage à Paris l'avait reconduite. Cette évidence fatale. La prison d'Arthur Bowman, le rêve brisé de communauté d'Alexandra, le paradis perdu de Joseph, le ranch Fitzpatrick serait leur refuge aux dimensions d'une île.

Là-bas, Agnès regarderait passer les nuages sur le miroir du lac Tahoe. Aileen monterait à cheval, chasserait et emmènerait Alice avec elle, dont l'intrépidité ne devait jamais être étouffée par la prudence.

Elle mettrait des noix et des amandes dans sa besace, apprendrait à la petite à dresser un camp et faire du feu pour se protéger de la neige, elles rapporteraient du gibier, de la viande rouge et sauvage.

Un an après la disparition d'Alexandra et la peur qu'Aileen avait eue de l'oublier, le français revint au ranch. Elles étaient maintenant trois, au milieu de la Sierra, à parler cette langue magique.

Dans la maison du lac, Aileen retira les draps recouvrant les meubles. Dès qu'Agnès et Alice y furent installées, elle commença à les préparer. Dans le blanc et le silence de l'hiver, devant le lac gelé, le repos continua, mais elles se mirent ensemble en mouvement. Première étape, Aileen enseigna l'anglais à la mère et la fille. Sur les objets de la maison, elle déposait des bristols portant leur nom en anglais, le soir elle lisait à voix haute des livres qu'elle traduisait phrase par phrase.

La deuxième étape fut pour Aileen de se séparer du ranch, de faire son propre deuil.

La discussion la plus difficile, avec les deux autres actionnaires du Fitzpatrick – l'oncle Oliver Ferguson et sa femme Lylia –, porta sur Joseph Ferguson, leur neveu. Dans l'acte notarié officialisant la cession de ses parts, Aileen dut les convaincre de faire ajouter une clause, valable jusqu'à leur mort et la sienne : si Joseph Ferguson, disparu, devait revenir un jour et réclamer son héritage, un tiers du ranch lui reviendrait. Lylia commença par hurler. L'oncle Oliver tenta de négocier l'héritage de son neveu. Quinze pour cent ? Vingt ? Un quart ? Aileen ne céda pas. Intraitable, elle négocia la part d'un mort.

— Une part égale à la nôtre. Ensuite, quand nous

ne serons plus là, vous et moi, vos enfants deviendront les seuls propriétaires. Ils pourront se faire la guerre les uns les autres aussi longtemps qu'ils le voudront.

Ils déduisirent, des parts rachetées à Aileen, la valeur de la maison du lac, ses granges et une centaine d'hectares, d'un seul tenant, autour de la propriété. Les bâtiments ne représentaient qu'une faible partie de la transaction; le bétail et les cinq mille hectares de terre d'élevage, sur les flancs est de la Sierra, en étaient le véritable enjeu. Depuis longtemps les terres de montagne n'étaient plus que la marotte d'Arthur Bowman qui y élevait ses chevaux, et la maison le rêve romantique d'Alexandra – Lylia détestait cet endroit, elle qui régnait désormais sur un petit palais dans le centre de Carson City. Oliver et sa femme, soucieux de postérité, n'étaient que trop heureux de tirer un trait sur les origines crasseuses de leur fortune. Ils ne firent aucune difficulté non plus quand Aileen demanda une trentaine de chevaux, étalons et juments, choisis parmi les plus belles bêtes du Fitzpatrick. Si la propriété du lac avait été l'un de ses doigts, Lylia l'aurait tranché avec ses dents pour s'en débarrasser.

Ces deux corps idéologiques, l'utopie des parents d'Aileen et le rêve américain d'Oliver et Lylia, furent séparés l'un de l'autre comme des siamois ennemis. Sans que l'on sache s'ils auraient chacun un cœur pour continuer à vivre. Si cette amputation mutuelle sonnerait leur mort, à l'utopie devenue un squelettique fantôme du réel, au rêve américain évidé.

Joseph Ferguson, métis de Rouge et de Blanc, d'une croix d'absent en bas de l'acte notarié, signa et scella cet accord.

La négociation suivante fut avec Agnès. Aileen dut convaincre la veuve d'apposer elle aussi son nom au bas d'un autre document, faisant d'elle et sa fille, à parts égales avec Aileen Bowman, les copropriétaires du ranch Fitzpatrick. Une fois prisonnières de plein droit de leur refuge, elles purent s'atteler au projet d'Aileen : celui d'en partir pour de bon.

Agnès Huet, goûtant à l'air des montagnes après une vie de bord de mer, reprit des forces, aiguillonnée aussi par la curiosité. Elle voulait comprendre pourquoi cette femme, Aileen Bowman, qu'elle ne connaissait pas six mois plus tôt, lui avait offert une maison et des terres – la petite Alice avait calculé, leur ranch était trente fois plus grand que l'île de Bréhat – en Amérique.

Plus aguerrie, Agnès se serait peut-être inquiétée d'une telle folie, soupçonnant que rien en ce monde n'était jamais donné sans prix. Que la fortune de la journaliste ne suffisait pas à expliquer sa générosité. Que des raisons plus obscures présidaient à ce rêve. Mais Agnès, princesse de l'île, avait le don et la naïveté de ne pas penser en ces termes. Ses pourquoi devinrent des qui : qui était Aileen pour agir de la sorte ? Une parfaite chrétienne, celle que les familles Cornic et Huet avaient refusé de recevoir chez elles ?

Dans cet environnement, les habits d'Aileen ne choquaient plus. Ni son ton ni ses manières directes, quand elle s'adressait à des voisins en visite ou des journaliers travaillant au ranch. Elle était toujours la journaliste qui écrivait à Paris des chroniques obscènes dans un journal de féministes enragées, qui buvait, fréquentait des artistes et jurait, sans enfants et célibataire. Mais

ici, au milieu des vachers et des trappeurs, elle devenait l'être le plus raffiné de tous. Se prenait-elle pour
un homme ? Non. Elle était toujours, ici, malgré tout
et plus encore, une femme. Avec la petite Alice, si elle
avait des jeux d'homme, elle avait l'attention d'une
préceptrice et d'une mère. Elle était double en tout
point, réunissant des qualités qu'Agnès n'attribuait
que séparément à des hommes et des femmes. Quand
elle pensait à Aileen, ses inquiétudes trouvaient simultanément leurs réponses.

Sa curiosité la fit se lever de plus en plus tôt, marcher plus loin dans la neige autour du lac et travailler
plus tard à son anglais, dans lequel se cachait peut-être
une part du mystère. Mais une question plus perti-
nente troublait Agnès : si Aileen Bowman était un être
subversif, une folle, ou même une simple originale,
pourquoi acceptait-elle sans hésiter son aide et ses
cadeaux ? Parce qu'elle s'était crue morte pour toujours à Bréhat.

Parce que cet endroit était plus beau que tout ce
qu'elle avait connu.

Parce qu'elle venait de faire le premier voyage de
sa vie.

Qu'ici ses questions trouvaient des réponses.

Parce qu'elle n'était plus jamais seule et avait toujours quelqu'un à qui se confier. Une femme qui la
rassurait comme un homme. Ou un homme qui aurait
su lui répondre comme une femme.

Parce qu'elle avait le droit de redevenir belle de la
façon qui lui convenait, sans le montrer ni le cacher.
Belle à la façon d'Aileen, les cheveux dénoués et les
mains sales.

Que pour apprendre à monter à cheval, elle put choisir des pantalons dans l'armoire d'Aileen. Que le sol gelé du corral qui lui faisait si peur au début bientôt ne l'inquiéta plus. Et que son corps s'endurcissait, qu'elle avait maintenant l'impression de pouvoir résister à une chute.

Parce qu'ici ses souvenirs de Jacques étaient les bienvenus. Le temps ne s'y réduisait plus à son seul deuil et la vie s'y mêlait un peu plus, jusqu'à ce que la mort de Jacques n'interdise plus, dans une même journée, de se souvenir de lui et de rire.

Quand elle se réveillait en criant, poursuivie dans ses rêves par le visage défiguré de son mari sur le lit d'hôpital, Aileen venait s'asseoir au bord de son lit. Dans *sa* chambre. Pas celle de Paris, ni celle de son enfance chez ses parents. Sa première chambre qu'elle ne fermait pas à clef, où Aileen frappait avant d'entrer et où Agnès la recevait sans gêne.

Le soir du 31 décembre 1900, elles attendirent ensemble, devant une horloge à l'exactitude douteuse, les douze coups de minuit du nouveau siècle. Roulées dans des couvertures, elles sortirent sur la terrasse et burent un alcool fort. Ce XXᵉ siècle électrifié qu'Aileen était allée chercher à Paris, elles l'accueillirent en pleine sauvagerie, sous la lune que les montagnes blanches reflétaient au point d'illuminer le lac. La petite Alice s'était blottie entre Agnès et Aileen, qui se tenaient par les épaules sous les couvertures.

L'ajout du 1 de 1901, bien qu'Aileen se garde de gâcher la soirée avec ses tristes impressions, chassait toutes les promesses de l'année 1900. Le temps n'était plus suspendu à ces zéros, sa mécanique s'était remise en marche. La première année du siècle ne sonnait pas à ses oreilles comme un début, mais comme le premier coup d'un compte à rebours.

*

Au printemps suivant, quand elles purent commencer à se baigner dans le lac, il arrivait qu'Aileen entre sans frapper dans la chambre d'Agnès, pour apporter du café, demander quelque chose, parler, alors qu'elle se réveillait, dormait ou s'habillait.

Les arbres puisèrent comme des affamés dans la terre qui se réchauffait, la montagne devint verte en quelques jours. Le soleil restait de plus en plus haut et longtemps au-dessus du ranch. Aileen, perpétuant la tradition familiale, sortait de la maison endormie à l'aube, une couverture sur les épaules, la laissait tomber dans l'herbe et plongeait nue dans l'eau lumineuse. Il arriva, comme Aileen entrait dans sa chambre, qu'Agnès soit aussi réveillée et, à l'abri des montagnes et des cent hectares qui les séparaient du reste du monde, la seule à la voir. Puis un matin Agnès sortit elle aussi sur la terrasse avec une couverture sur le dos, la laissa tomber à côté de celle d'Aileen, plongea et la rejoignit.

— Comment fais-tu pour rester aussi longtemps ?

— Il faut nager, sinon tu vas devenir bleue et couler comme une pierre.

— Restons là où nous avons pied.

— Tu nages très bien, tu n'as pas de raison de t'en faire.

— C'est la seule chose que mon père m'ait jamais

apprise, à la petite plage de Bréhat, quand j'avais l'âge d'Alice.

La petite avait été la première à tutoyer Aileen. Cette fraternité langagière, que ne permettait pas l'anglais, avait été adoptée sans discussion, comme le code secret du monde qu'elles se bâtissaient. Agnès n'avait jamais tutoyé ses parents. Jacques était la seule autre personne avec qui elle se l'était permis. Aileen n'avait jamais tutoyé que sa mère.

— Mes parents se baignaient dans le lac la moitié de l'année. Ici, ce n'est pas la mer, c'est comme si l'eau était toujours la même. Quand je nage, j'ai l'impression de me frotter à eux, et que le lac a pris leur goût.

Aileen en but une gorgée et sourit.

— Goûte, toi aussi.

— Je n'ose pas.

Elles rirent toutes les deux. Aileen arrêta de nager et laissa ses pieds descendre jusqu'au fond.

— Goûte, vas-y.

Agnès prit pied elle aussi, réprima un frisson quand la vase, plus chaude que l'eau, se glissa entre ses orteils.

— C'est stupide, mais je suis gênée. Sortons.

Le froid la saisit aussitôt qu'elle se fut immobilisée ; elle croisa ses bras sur ses seins, parce qu'elle ne pouvait s'empêcher de regarder ceux d'Aileen, déformés par les mouvements de l'eau claire, et voulut cacher les siens. Ses lèvres tremblaient et celles d'Aileen fonçaient, violettes, leur dessin inchangé et ressortant sur son visage blanc. Aileen sourit et plia les genoux, son visage disparut jusqu'aux yeux sous la surface, puis elle se releva, les joues pleines et rondes, et avança d'un pas. Les pointes de ses seins effleurèrent les bras croisés d'Agnès, ses lèvres froides se collèrent aux siennes. Agnès ferma les yeux, ouvrit la bouche et Aileen y vida l'eau tiède qui remplissait la sienne, épaissie de salive.

Parce que cet endroit était le plus beau qu'elle ait jamais vu,

Et cette femme la plus belle qu'elle ait jamais connue,

Elle but le lac des parents morts,

La vase douce au goût du sexe de Jacques,

La langue d'Aileen depuis longtemps invitée à entrer dans sa chambre,

L'eau bénite de la peur et du deuil,

Le liquide des rêves en pointes de couteau.

Aileen déversa dans la bouche d'Agnès la promesse d'arrêter le froid,

Le sel de sa salive et de la justice qui assoiffe.

Elle y enfonça les cris du fantôme qui voulait la trahir,

L'imperméabilité des secrets que lui avait enseignée son père,

Les papilles de la passion qu'enseignait sa mère,

Le goût de l'eau pure qui coule d'entre les jambes et les lèvres de ceux qui aiment.

Sur la terrasse de la maison du lac, réveillée ce matin-là par les chants des oiseaux, la petite Alice regarda sa mère de l'île et sa mère du ranch s'embrasser sur la bouche, puis elle rentra chercher du pain dans la cuisine.

*

Alice Huet eut une vie assez longue pour en avoir plusieurs. Après la lointaine Paris, l'île fantasmagorique de Bréhat et le ranch Fitzpatrick de son enfance, en 1910 elle déménagea à San Francisco avec Agnès et Aileen. Elles y avaient une maison. D'autres femmes, écrivains, syndicalistes, journalistes ou artistes, venaient y trouver l'aide de leur fondation, organisation féministe promouvant l'expression artistique des femmes, leur émancipation politique et sociale par la création. À San Francisco, Aileen et Agnès étaient à la fois des notables et des objets de curiosité, des bourgeoises remuantes dont l'argent achetait suffisamment le respect pour qu'on les laisse en paix, sans pouvoir empêcher toutes les méchancetés et l'outrage puritain.

Alice partit tôt de cette maison – toujours pleine de monde et aux allures de place forte –, avec en poche une solide liste d'objectifs. Aux premiers rangs desquels se trouvaient l'université et les véhicules rapides.

En Europe, les rumeurs de guerre étaient si fortes qu'elles s'entendaient jusqu'à San Francisco, atteignaient Carson City et passaient même les cols de la Sierra Nevada pour arriver jusqu'au ranch. Lorsque Aileen apprit la mort de Rudolf Diesel, en octobre 1913, elle fut touchée par les circonstances de son décès. Les journaux spéculèrent quelque temps sur un possible crime et une affaire d'espionnage industriel. La réalité, moins romanesque et plus cruelle, était que Rudolf Diesel s'était suicidé, en se jetant à la mer d'un paquebot le transportant en Angleterre. Avant de quitter l'Allemagne, il avait laissé à sa femme une valise contenant de l'argent liquide. Tout l'argent qu'il lui restait. Aileen repensa à sa marche au bras de Rudolf

Diesel, charmant et nostalgique. Dépressif et couvert de dettes, ce sombre pacifiste avait choisi de mettre fin à ses jours en pleine mer du Nord. Elle l'imagina flottant dans l'eau froide, les vagues remplissant sa bouche, le dernier bruit qu'il avait entendu avant de couler, celui du moteur à combustion interne du bateau dont il avait sauté. Pendant qu'en Angleterre, en Allemagne et en France, les ministères des Armées équipaient de moteurs Diesel leurs navires de guerre et leurs véhicules blindés. Les grandes mobilisations commencèrent quelques mois plus tard. Rudolf Diesel, victime du compte à rebours, pensa Aileen.

En 1917, âgée de vingt-quatre ans, Alice devint la première femme à recevoir de l'université de Berkeley un diplôme en ingénierie civile. Elle voulait construire des routes et des ponts.

Ses deux mères retournaient régulièrement au ranch. Là-bas, loin de la ville, elles imaginaient de nouveaux projets, écrivaient, montaient à cheval, se baignaient et, entre les clôtures de leur propriété, s'aimaient librement.

L'été, Alice passait un mois avec elles à la maison du lac. Elles étaient riches et, alors que les États-Unis décidaient d'envoyer des troupes en Europe, à l'abri de la guerre.

— Tu es une femme, mais ça ne change rien, lui déclara Aileen. Si tu avais été un homme, tu aurais déserté. En 1864, en pleine guerre de Sécession, ton grand-père Arthur cachait déjà des déserteurs au ranch.

En 1919, la jeune ingénieure Alice Huet-Bowman, comme elle se faisait désormais appeler, fut embauchée pour participer à la construction du plus périlleux tronçon, le long des falaises de Big Sur, de la future California State Route 1 devant un jour relier San Francisco à Los Angeles. La même année, Alice fit l'acquisition d'une motocyclette Indian Scout, équipée d'un moteur bicylindre de six cent six centimètres cubes, d'une puissance de douze chevaux-vapeur et pouvant atteindre la vitesse de quarante-cinq miles à l'heure.

Cet été-là, chargeant sa moto dans un train, elle parcourut ensuite sur son deux-roues les trente miles de piste séparant la gare de Truckee du ranch. Elle y arriva trois heures plus tard, couverte de poussière, après deux chutes et deux crevaisons. Agnès et Aileen lui conseillèrent de se jeter dans le lac, puis on soigna ses écorchures. Aileen déclara que cette motocyclette ne devait pas être plus difficile à piloter qu'un vélo, ni plus dangereuse qu'un cheval, puis elle demanda à Alice de fermer les yeux. La jeune femme s'exécuta et Agnès, qui terminait de panser sa main, se mit à rire.

— Depuis des jours, Aileen ne parle plus que de ça.

Alice l'entendit revenir sur la terrasse.

— Tu peux regarder.

Elle cligna des yeux, trouva la silhouette d'Aileen, suivit la direction que montrait son bras et découvrit un tableau, appuyé au bardage. Elle se leva et s'approcha de la toile, son regard hésita un instant sur l'endroit où se poser, passa de la tête du molosse blanc au sexe de la femme, puis de la machine à écrire à son visage. Quand elle se retourna, Aileen avait reculé et se tenait à côté d'Agnès.

— D'où il vient ? Qui l'a peint ?

Aileen prit la main d'Agnès dans la sienne.

— Il est arrivé par la poste cet hiver. Il a été peint à Paris en 1900, quand j'étais là-bas pour couvrir l'Exposition universelle.

— Quand vous vous êtes connues ?

Agnès avait les joues rouges. Elle rougissait encore, quand elle était témoin des extravagances de sa compagne, ou que ses sentiments et ses désirs bousculaient les restes des principes d'une autre vie. Elle se serra contre Aileen et passa son bras sous le sien. La petite victoire qu'elle venait de remporter sur ses vieilles morales, conjuguée à l'exposition du nu à la lumière du lac, avait piqué son ventre d'excitation.

— Le soir où j'ai rencontré Aileen la première fois, dans un restaurant parisien, j'étais avec ton père et elle était venue avec un peintre, Julius Stewart. C'est lui qui a peint ce tableau. Il l'a envoyé presque vingt ans plus tard au *New York Tribune*. Quelqu'un là-bas a retrouvé l'adresse du ranch et l'a fait suivre jusqu'ici.

Aileen lui demanda ce qu'elle en pensait. Alice se pencha sur la toile, inspectant le décor derrière le corps nu de la femme, passa sur la copie peinte, en miniature, du cyanotype de Jeandel, et ses sourcils se levèrent.

— Qu'est-ce que c'est que ça ?

Agnès rougit à nouveau. Aileen sourit.

— Ce qu'il y avait de mieux à faire à Paris cette année-là.

Alice refit le tour du décor, le papier peint à fleurs, les éléments suspendus dans la fausse perspective, les bibelots indiens de la vitrine entrouverte, la machine à écrire, la pose et la nudité magnifique, l'estrade et la présence révélée de l'atelier de peinture ; tout ce qui dans la composition prouvait que le tableau disait la vérité, et tous les mensonges que le peintre et son modèle y avaient cachés, sous la garde du grand chien blanc devenu sphinx.

Elle sourit à ses mères. Les deux femmes partageaient le même soleil de San Francisco et du ranch, les mêmes bains dans le lac, la même nourriture, les mêmes lits, travaillaient ensemble. Leurs visages avaient pris le même teint bronzé, leurs yeux et leurs bouches s'étaient ridés aux mêmes sourires. Elles étaient habillées de la même façon, pantalons et chemises. Les cheveux et les yeux noirs d'Agnès avaient éclairci à la lumière des montagnes, ceux d'Aileen, peut-être assagie, avaient perdu de leur flamme et s'étaient assombris ; après vingt ans de vie commune, jusqu'à la couleur de leurs yeux semblait vouloir se ressembler. Aileen avait cinquante-quatre ans, Agnès la suivait de peu et, si elles étaient encore des femmes séduisantes, elles regardaient déjà le tableau avec l'indulgence de la nostalgie. Les mensonges et les secrets avaient été ramenés à leur proportion la plus honnête, elles pouvaient désormais se le permettre.

Alice leur parla de ponts au-dessus de la mer, de machines qui perçaient les falaises de Big Sur, des centaines de prisonniers tirés des geôles du pénitencier de Folsom, embauchés pour trente-cinq *cents* la journée pour les tâches les plus dangereuses du chantier de la California State Route.

Le matin, elles jetaient des couvertures sur un tronc mort et se baignaient ensemble.

Il leur restait à vivre une poignée d'étés, durant

lesquels elles seraient encore toutes les trois femmes de la même façon.

Alice rendit ensuite visite à deux vieilles dames.

*

Au printemps 1937, le colossal chantier de la California State Route s'acheva. Alice Huet-Bowman, dont la réputation lui avait déjà valu des offres d'emploi partout dans le pays, enfourcha un tout nouveau modèle d'Indian Sport Scout, équipé cette fois d'un moteur de mille deux cents centimètres cubes, pour une puissance de vingt-quatre chevaux-vapeur et pouvant rouler à quatre-vingts miles à l'heure. Une dizaine de stations-service, le long de la route, rendait possible le trajet d'une traite, de San Francisco à Los Angeles, en véhicule à combustion interne. Des journalistes et des photographes assistèrent à son départ. La belle et intrépide Alice, héroïne d'un jour, avait quarante-quatre ans. Son objectif était de parcourir en quatorze heures, à une vitesse moyenne de trente-cinq miles à l'heure, les quatre cent soixante-cinq miles séparant les capitales de la Californie du Nord et la Californie du Sud.

Elle y parvint en douze heures et trente minutes, établissant un premier record, sur son Indian rouge vif, à une vitesse constante de trente-sept miles à l'heure. Un télégramme, plus rapide qu'elle, avait pendant ce temps voyagé de Carson City à San Francisco, puis à Los Angeles, et l'y attendait.

*

Au ranch Fitzpatrick, dont la légende fait désormais partie du folklore local, vivaient l'héritière de la famille Bowman, Aileen, et la femme dont on disait pudiquement – depuis qu'elles étaient vieilles – qu'elle lui tenait compagnie ; la Française, Agnès Huet. Les « dames du lac », qui s'y baignaient tous les jours depuis quarante ans et qu'on disait centenaires. La légende, pour se poursuivre et rester digne d'être entretenue, raconte qu'elles s'y noyèrent le même jour ; l'une, sans doute, ayant voulu sauver l'autre.

Elles n'avaient pas cent ans, seulement soixante-dix, et si elles avaient vieilli ensemble, l'une était tombée malade avant l'autre. L'ordre n'importait pas. Inversé, leur décision aurait été la même.

Arrivée de Los Angeles, Alice trouva la maison du lac parfaitement rangée, les armoires de vêtements vides, sinon ses propres affaires d'été. Sur la table à manger, devant les fenêtres donnant sur l'eau, ordonnés et classés, se trouvaient les feuillets dactylographiés d'Aileen, tous ses ouvrages refusés, qu'elle avait fini par n'écrire que pour elles. Contre le plateau de la table était appuyé le tableau de Julius Stewart, le *Nu de la femme américaine*.

De sa mère Agnès, il n'y avait qu'un tout petit mot, griffonné sur une page arrachée à un carnet.

Il ne fallait pas se laisser abuser par la disproportion de leurs écrits. Ils comptaient autant. Pour qu'un courant d'air ne le souffle pas, le message d'Agnès était retenu par une boîte d'allumettes.

Nous avons eu notre part. Tout l'amour et les vies qui restent sont à toi.

Alice savait, elle, que le cancer s'en était pris à Agnès. Que c'était Aileen qui l'avait soignée, Aileen ce jour-là qui s'était installée aux rames de la barque qui les avait transportées au large sur le grand lac Tahoe. Mais jamais Alice ne se risqua à prédire qui, le jour de leur mort et tout le reste de leur vie, avait sauvé qui de la noyade.

Le lac avait maintenant leur goût.

Alice fit un tas de papier au bord de l'eau, posa dessus le tableau et attendit la nuit. Elle craqua une allumette et l'approcha du petit message de sa mère, la sage Agnès, qui enflamma tous les mots-mensonges d'Aileen, ces romans aux allures de vérité, et le feu dévora le nu de la femme aux cheveux rouges.

Du même auteur :

Le Fruit de vos entrailles, Toute Latitude, 2006.
Le Gâteau mexicain, Toute Latitude, 2008.
Fakirs, Viviane Hamy, 2009.
Le Mur, le Kabyle et le marin, Viviane Hamy, 2011.
Trois mille chevaux-vapeur, Albin Michel, 2014.
Battues, La Manufacture de livres, 2015.
Cat 215, La Manufacture de livres, 2016.
Équateur, Albin Michel, 2017.
L'Artiste, La Manufacture de livres, 2019.

Le Livre de Poche s'engage pour
l'environnement en réduisant
l'empreinte carbone de ses livres.
Celle de cet exemplaire est de :
400 g éq. CO_2
PAPIER À BASE DE   Rendez-vous sur
FIBRES CERTIFIÉES   www.livredepoche-durable.fr

Composition réalisée par Soft Office

———————————

Achevé d'imprimer en août 2020 en Espagne par
Liberdúplex
Dépôt légal 1re publication : septembre 2020
LIBRAIRIE GÉNÉRALE FRANÇAISE
21, rue du Montparnasse – 75298 Paris Cedex 06